2010年版

NCRE
全国计算机等级考试

考点分析·分类精解·全真模拟

一级MS Office

全国计算机等级考试命题研究组　组编

机械工业出版社
CHINA MACHINE PRESS

本书为全国计算机等级考试一级 MS Office 的考前辅导用书，主要内容包括：考点概览，重点考点，复习建议，考点分类精解，典型题的详细讲解，大量强化训练题，模拟考卷及精辟解析和应试策略。本书还提供了配套光盘，其中含有全真模拟考试环境和大量全真试题。

本书适用于备战全国计算机等级考试一级 MS Office 的考生以及各类考前培训班。

图书在版编目（CIP）数据

考点分析·分类精解·全真模拟——一级 MS Office（2010 版）/全国计算机等级考试命题研究组组编．—3 版．—北京：机械工业出版社，2010.1
（全国计算机等级考试）
ISBN 978-7-111-29253-1

Ⅰ. 考…　Ⅱ. 全…　Ⅲ. ①电子计算机—工程技术人员—水平考试—自学参考资料②办公室—自动化—应用软件，Office—工程技术人员—水平考试—自学参考资料　Ⅳ.TP3

中国版本图书馆CIP数据核字（2009）第228370号

机械工业出版社（北京市百万庄大街22号　邮政编码100037）
策划编辑：孙　业
责任编辑：李　萌
责任印制：李　妍

北京振兴源印务有限公司印刷

2010 年 1 月第 3 版·第 1 次印刷
184mm×260mm·15 印张·444 千字
9501－14000 册
标准书号：ISBN 978-7-111-29253-1
　　　　　ISBN 978-7-89451-342-7（光盘）
定价：33.00 元（含 1CD）

前　　言

全国计算机等级考试是由教育部考试中心主办，面向社会，用于考查应试人员计算机应用知识与能力的全国性计算机水平考试体系。由于计算机的迅速普及和广泛应用，许多单位和部门已把掌握一定的计算机知识和应用技能作为人员录用、职务晋升、职称评定、上岗资格的重要依据之一，而等级考试，就成了一种客观公正的评定标准。

▶▶▶ 本书主要特点

（1）内容针对性强

本书只针对等级考试的考点，不涉及无关内容。等级考试的考试大纲中列出的考试内容比较多，实际考试并非全部考核，有些内容是无法或难以考核的。所以，我们的分类精解，只对真正考核的内容进行精解，不考核的内容则不涉及。我们认为，在考试辅导书中，面面俱到并非是一个优势，针对性强才会真正对考生有益。

（2）独具特色的知识点建构方式

每个知识点的复习是这样建构的：先通过对考点的讲析搭建系统框架，然后用"典型题解"重现重点难点，完成从理论到应用的转变；"强化训练"再次重现知识点，使读者在关注重点难点的同时又不至于遗漏其他知识，造成考试中的盲点；最后通过做模拟试卷从整体上把握考试题型和解答要点。

（3）配套光盘：提供全真模拟试卷

等级考试的上机考试是系统自动判分的，如果不熟悉具体的考试系统，即使知道怎样做，而且做对了，也可能因为操作错误而不能得分。考生需要在考前了解考试环境和操作要求，以免前功尽弃。

本书配套光盘提供了模拟考试环境和大量全真试题，供考生进行上机考试练习。

▶▶▶ 本书主要内容

本书根据教育部考试中心制定的最新版考试大纲编写，Windows 操作系统使用 Windows XP，Office 使用 Office 2003 版。主要包括以下内容：

① 针对每章内容概括考点分值、重点考点，给出复习建议。

② 分类精解，精要讲析考点，考点覆盖全面，重点突出；"典型题解"讲解详细透彻，读者可以举一反三，遇到相同类型的题目完全可以迎刃而解；大量"强化训练"题可使读者加深印象，巩固知识点。

③ 模拟试卷给出大量全真模拟试题以及精辟解析，以备战考试。

④ "备考策略"提出考试复习建议，讲解解题技巧，说明上机考试过程。

⑤ 附赠的超值多媒体光盘中含有考试模拟环境，读者可以在考试之前进行训练和预测。模拟系统按照实际考试系统编写，附有大量模拟练习题，并能够自动判分，给出答案和分析。另外，还提供上机系统的操作过程录像，并附有全程语音讲解。

参加本书编写的人员有：陈河南、林彩娥、贺军、隋扬、李元园、倪洁、赵楠、周云、赵远峰、孙蕾、牛晓林。

由于时间仓促，书中难免有疏漏之处，敬请批评指正。如有疑问，或有好的建议，请与我们联系：jsjfw @mail.machineinfo.gov.cn。

全国计算机等级考试命题研究组

目　　录

第 **1** 章　计算机基础知识

🔵 考点概览
　　本章与第 6 章因特网基础与简单应用内容在一级 MS Office 的考试中，构成 20 道选择题，共计 20 分，每道选择题 1 分。在选择题中，绝大部分是本章内容。

🔵 重点考点
① 计算机的发展简史、特点、分类及其应用领域。
② 数制的基本概念，二进制和十进制整数之间的转换。
③ 计算机中数据、字符和汉字的编码。
④ 计算机硬件系统的组成和作用，各组成部分的功能和简单工作原理。
⑤ 计算机软件系统的组成和功能，系统软件和应用软件的概念和作用。
⑥ 计算机的性能和技术指标。
⑦ 计算机病毒的概念和防范。

🔵 复习建议
　　考生需要理解和掌握相关的基本概念、基本术语和基本特点。对于基本概念需要掌握计算机系统及软硬件系统的概念，如计算机系统的组成、各种软件类别的划分等。对于基本术语，需要掌握计算机技术中各种硬件设备的名称，以及主要技术指标和功能。对于基本特点，则应当掌握计算机硬件设备的工作特点，计算机病毒的特点以及防范。
　　对本章中的大部分知识了解和记忆即可，对于数制转换以及计算机内部的存储机制，则需要深入理解。

1.1　计算机概述

▶▶▶ 考点 1　计算机发展简史

1. 世界上第一台计算机
1946 年 2 月，第一台电子计算机 ENIAC（Electronic Numerical Integrator And Calculator，电子数字积分计算机）在美国宾夕法尼亚大学诞生。

2. 冯·诺依曼机
在 ENIAC 的研制过程中，冯·诺依曼总结并归纳了计算机的 3 个特点。

（1）采用二进制

在计算机内部，程序和数据采用二进制代码表示。

（2）存储程序控制

程序和数据存放在存储器中，即程序存储的概念。计算机执行程序时，无需人工干预，能自动、连续地执行程序，并得到预期的结果。

（3）计算机的 5 个基本部件

计算机应具有运算器、控制器、存储器、输入设备和输出设备 5 个基本功能部件。

今天的计算机的基本结构仍采用冯·诺依曼提出的原理和思想，人们称符合这种设计的计算机是冯·诺依曼机。

3. 计算机发展的 4 个阶段

根据计算机所采用的物理器件，将计算机的发展分为 4 个阶段，如表 1-1 所示。

表 1-1　计算机发展的四个阶段

阶段 部件	第一阶段 （1946～1958）	第二阶段 （1958～1964）	第三阶段 （1964～1970）	第四阶段 （1971 至今）
主机电子器件	电子管	晶体管	中小规模集成电路	大规模、超大规模集成电路
内存	汞延迟线	磁心存储器	半导体存储器	半导体存储器
外存储器	穿孔卡片、纸带	磁带	磁带、磁盘	磁盘、磁带、光盘等大容量存储器
处理速度 （指令数每秒）	几千条	几万～几十万条	几十万～几百万条	上千万～万亿条

4. 计算机的发展趋势

计算机的发展趋势是巨型化、微型化、网络化、智能化。

典型题解

【例 1-1】用电子管作为电子器件制成的计算机属于（　　）。

A）第一代　　　　　B）第二代　　　　　C）第三代　　　　　D）第四代

【解析】通常根据计算机所采用的电子元件不同将计算机划分为 4 代。第一代计算机是电子管计算机。其基本元件是电子管。因此本题的答案为 A。

强化训练

（1）世界上第一台电子计算机诞生于（　　）年。

A）1939　　　　　B）1946　　　　　C）1952　　　　　D）1958

（2）计算机从其诞生至今已经经历了 4 个时代，这种对计算机划代的原则是根据（　　）。

A）计算机所采用的电子器件（即逻辑元件）

B）计算机的运算速度

C）程序设计语言

D）计算机的存储量

（3）现代微型计算机采用的主要元件是（　　）。

A）电子管　　　　　　　　　　　　B）晶体管

C）中小规模集成电路　　　　　　　D）大规模、超大规模集成电路

（4）计算机的发展趋势是（　　）、微型化、系统化、网络化和智能化。

　　A）大型化　　　　　B）小型化　　　　　C）精巧化　　　　　D）巨型化

（5）我国自行生产并用于天气预报分析的银河 III 型计算机属于（　　）。

　　A）微型计算机　　　B）小型机　　　　　C）大型机　　　　　D）巨型机

（6）冯·诺依曼研制成功的存储程序的计算机名叫（　　）。

　　A）EDVAC　　　　　B）ENIAC　　　　　C）EDSAC　　　　　D）MARK-II

（7）计算机之所以能够实现连续运算，是由于采用了（　　）工作原理。

　　A）布尔逻辑　　　　B）存储程序　　　　C）数字电路　　　　D）集成电路

【答案】

（1）B　（2）A　（3）D　（4）D　（5）D　（6）A　（7）B

▶▶▶ 考点2　计算机的特点、用途和分类

1. 计算机的特点

① 高速、精确的运算能力。

② 准确的逻辑判断能力。

③ 强大的存储能力。

④ 自动功能。

⑤ 网络与通信功能。

2. 计算机的应用

计算机问世之初，主要用于数值计算。当今计算机的应用如下。

（1）科学计算

著名的人类基因序列分析计划、人造卫星的轨道测算、气象预报的数据分析等都是科学计算方面的应用。

（2）数据处理

数据处理也叫"信息处理"。"数据"不仅包括"数"，而且包括更多的其他数据形式，如文字、图像、声音信息等。数据处理就是对这些数据进行输入、分类、存储、合并、整理以及统计、报表、检索查询等。文字处理、计算机数据库技术都属于信息处理。

（3）实时控制

实时控制系统是指能够及时收集、检测数据，进行快速处理并自动控制被处理的对象操作的计算机系统。现代工业生产的过程控制基本都以计算机控制为主。

（4）计算机辅助

计算机辅助工程主要有计算机辅助设计（Computer Aided Design，CAD），计算机辅助制造（Computer Aided Manufacturing，CAM）、计算机辅助教学（Computer-Assisted（Aided）Instruction，CAI）、计算机辅助技术（Computer Aided Technology/Test，Translation，Typesetting，CAT）、计算机仿真模拟（Simulation）等。核爆炸和地震灾害的模拟都可以通过计算机辅助实现。

（5）网络与通信

将一个建筑物内的计算机和世界各地的计算机通过电话交换网等方式连接起来，就可以构成一个巨大的计算机网络系统，做到资源共享。移动通信就是基于计算机技术的通信方式。

（6）人工智能

利用计算机进行图像和物体的识别，模拟人类的学习过程和探索过程，如机器翻译、智能机器

人等。人工智能主要研究内容包括自然语言理解、专家系统、机器人以及定理自动证明等。

（7）数字娱乐

应用方面有网络电影、电视资源，网络游戏、数字电视等。

（8）嵌入式系统

许多特殊的计算机用于不同的设备，是把处理器芯片嵌入其中，完成特定的处理任务。这些系统称为嵌入式系统，如数码相机、数码摄像机以及高档电动玩具等。

3．计算机的分类

（1）按使用范围分类

按使用范围分类，计算机可以分为通用计算机和专用计算机。

（2）按处理数据的形态分类

按处理数据的形态分类，计算机可以分为数字计算机、模拟计算机和混合计算机。

（3）按性能分类

按性能分类，计算机可以分为超级计算机、大型计算机、小型计算机、微型计算机、工作站、服务器。

典型题解

【例 1-2】利用计算机预测天气情况属于计算机应用领域中的（　　）。

A）科学计算　　　　B）数据处理　　　　　C）过程控制　　　　　D）计算机辅助工程

【解析】利用计算机预测天气情况，不但能够快速、及时地对气象卫星云图数据进行处理，而且可以根据对大量历史气象数据的计算进行天气预测。主要是使用计算机进行科学计算，因此本题的答案为 A。

【例 1-3】计算机辅助设计简称（　　）。

A）CAT　　　　　　B）CAM　　　　　　　C）CAI　　　　　　　D）CAD

【解析】计算机辅助设计简称为 CAD（Computer Aided Design），本题的答案为 D。选项 A "CAT" 是计算机辅助技术（Computer Aided Technology），选项 B "CAM" 是计算机辅助制造（Computer Aided Manufacturing），选项 C "CAI" 是计算机辅助教学（Computer-Assisted （Aided）Instruction）。

强化训练

（1）早期的计算机是用来进行（　　）。

A）科学计算　　　　B）系统仿真　　　　　C）自动控制　　　　　D）动画设计

（2）CAM 的含义是（　　）。

A）计算机辅助设计　　　　　　　　　B）计算机辅助教学

C）计算机辅助制造　　　　　　　　　D）计算机辅助测试

（3）计算机在实现工业生产自动化方面的应用属于（　　）。

A）实时控制　　　　B）人工智能　　　　　C）数据处理　　　　　D）数值计算

（4）专门为某种用途而设计的计算机，称为（　　）计算机。

A）专用　　　　　　B）通用　　　　　　　C）普通　　　　　　　D）模拟

（5）个人计算机属于（　　）。

A）小型计算机　　　B）巨型机算机　　　　C）大型主机　　　　　D）微型计算机

【答案】

（1）A （2）C （3）A （4）A （5）D

1.2　计算机数据和数制

1．基本概念

（1）数据分类

① 计算机数据分为两大类：数值数据和字符数据。

② 数值数据用以表示量的大小、正负，如整数、小数等。

③ 字符数据也叫非数值数据，用以表示一些符号、标记，如英文字母 A～Z、a～z、数字 0～9、各种专用字符+、−、*、/、〔、〕、（、）及标点符号等。汉字、图形、声音数据也属于非数值数据。

④ 任何形式的数据，无论是数字、文字、图形还是图像、声音、视频，进入计算机都必须进行二进制编码转换。

（2）计算机采用二进制编码

二进制只有"1"和"0"两个数。二进制具有如下的优点。

① 运算简单。

② 易于物理实现。

③ 通用性强。

④ 所占用的空间和所消耗的能量极小。

⑤ 机器可靠性高。

2．数制

（1）十进制计数制

任意一个十进制数可用 0、1、2、3、4、5、6、7、8、9 共 10 个数字字符的字符串来表示，加法规则为"逢十进一"。

十进制中，从小数点向左数第 1 位是个位，权是 10^0；第 2 位是十位，权是 10^1。第 3 位是百位，权是 10^2，依此类推。

（2）二进制计数制

任意一个十进制数可用 0 和 1 两个数字字符的字符串来表示，加法规则为"逢二进一"。权是 2^i。

（3）十六进制计数制

基数 R 为 16，即"逢十六进一"。它含有 16 个数字符号：0、1、2、3、4、5、6、7、8、9、A、B、C、D、E、F，其中 A、B、C、D、E、F 分别表示数码 10、11、12、13、14、15。权为 16^i。

3．数制转换

（1）二进制数转换成十进制数

其方法是直接写出二进制数的按位权展开式，逐项计算相加即得。

例如：

$(110101)_2 = 1 \times 2^5 + 1 \times 2^4 + 0 \times 2^3 + 1 \times 2^2 + 0 \times 2^1 + 1 \times 2^0$

$\qquad\qquad = 32 + 16 + 0 + 4 + 0 + 1$

$\qquad\qquad = 53$

（2）十进制数转换成二进制数

"除二取余"法。

具体步骤如下。

① 把十进制数除以 2 得一商数和一余数。

② 再将所得的商除以 2，得到一个新的商数和余数。

③ 不断用 2 去除所得的商数，直到商等于 0 为止。

④ 每次相除所得的余数便是对应的二进制整数的各位数字。第一次得到的余数为最低有效位，最后一次得到的余数为最高有效位。

⑤ 所有运算都是除 2 取余，只是本次除法运算的被除数须用上次除法所得的商来取代，这是一个重复过程。

（3）十进制数转换为十六进制数

用类似于将十进制整数转换成二进制整数的方法，可将十进制整数转换成十六进制整数，只是所使用的除数以 16 去替代 2 而已。

（4）二进制数转换为十六进制数

① 从个位数开始向左按每 4 位二进制数一组划分，不足 4 位的组前面以 0 补足。

② 将每组 4 位二进制数代之以 1 位十六进制数字即可。

用二进制数编码存在这样的规律：n 位二进制数最多能表示 2^n 种状态，分别对应：$0, 1, 2, 3, \cdots$，可见，用 4 位二进制数就可对应表示 1 位十六进制数。

（5）二进制数转换成十六进制数

将每 1 位十六进制数字代之以与其等值的 4 位二进制数。

（6）八进制数与十六进制数之间的转换

二进制数、八进制数和十六进制数之间存在特殊关系：$8^1=2^3$、$16^1=2^4$，即 1 位八进制数相当于 3 位二进制数，1 位十六进制数相当于 4 位二进制数，转换方法较容易，见表1-2。

表1-2　八进制数与二进制数、十六进制数之间的关系

八进制数	对应二进制数	十六进制数	对应二进制数	十六进制数	对应二进制数
0	000	0	0000	8	1000
1	001	1	0001	9	1001
2	010	2	0010	A	1010
3	011	3	0011	B	1011
4	100	4	0100	C	1100
5	101	5	0101	D	1101
6	110	6	0110	E	1110
7	111	7	0111	F	1111

根据这种对应关系，二进制数转换成八进制数时，以小数点为中心向左右两边分组，每 3 位为一组，两头不足 3 位补 0 即可。同样，二进制数转换成十六进制数只需以 4 位为一组进行分组。

典型题解

【例1-4】十进制数 100 转换成二进制数是（　　）。

A）01100100　　　　　B）01100101　　　　　C）01100110　　　　　D）01101000

【解析】将十进制数转换成二进制数采用"除二取余"法。

余数

十进制数 100 转换成二进制数是 01100100，因此本题的答案为 A。

【例 1-5】二进制数 00111101 转换成十进制数为（   ）。

A）58   B）59   C）61   D）65

【解析】二进制数 00111101 转换成十进制数的计算为：

（111101）$_2$=1×2^5+1×2^4+1×2^3+1×2^2+0×2^1+1×2^0=32+16+8+4+0+1=61

因此本题的答案为 C。

强化训练

（1）计算机中采用二进制，因为（   ）。

  A）可以降低硬件成本   B）机器的可靠性高

  C）二进制的运算规则简单   D）上述三条都正确

（2）二进制数 110000 转换成十六进制数是（   ）。

  A）77   B）D7   C）70   D）30

（3）将十进制数 257 转换为十六进制数为（   ）。

  A）11   B）101   C）F1   D）FF

（4）下列 4 个无符号十进制整数中，能用 8 个二进制位表示的是（   ）。

  A）257   B）201   C）313   D）296

（5）已知字符 B 的 ASCII 码的二进制数是 1000010，字符 F 对应的 ASCII 码的十六进制数为（   ）。

  A）70   B）46   C）65   D）37

（6）若在一个非"0"无符号二进制整数右边加两个"0"形成一个新的数，则新数的值是原数值的（   ）。

  A）4 倍   B）2 倍   C）1/4   D）1/2

（7）计算机采用（   ）进行计算。

  A）十进制数字   B）二进制数字   C）十六进制数字   D）十二进制数字

（8）将十进制数 97 转换成无符号二进制整数等于（   ）。

  A）1011111   B）1100001   C）1101111   D）1100011

（9）与十六进制数 AB 等值的十进制数是（   ）。

  A）171   B）173   C）175   D）177

（10）与二进制数 101101 等值的十六进制数是（　　）。

A）1D B）2C C）2D D）2E

【答案】

（1）D （2）D （3）B （4）B （5）B （6）A （7）B （8）B （9）A （10）C

1.3 计算机字符编码

▶▶▶ 考点1 西文字符编码

① 计算机中的信息用二进制表示。用以表示字符的二进制编码称为字符编码。

② 计算机中常用的字符编码有 ASCII（American Standard Code for Information Interchange）码。ASCII 码是美国标准信息交换码，被国际标准化组织（ISO）指定为国际标准。

③ ASCII 码有 7 位码和 8 位码两种版本。

④ 国际通用的 7 位 ASCII 码用 7 位二进制数表示一个字符的编码，共有 2^7=128 个不同的编码值，相应可以表示 128 个不同字符的编码。

⑤ 有些特殊的字符编码容易记忆。例如，"a"字符的编码是 97，"b"的编码值是 98；"A"字符的编码为 65，则"B"的编码值是 66；"0"数字字符的编码为 48，"1"的编码值是 49。

⑥ 计算机内部用 1 字节（8 位二进制位）存放一个 7 位 ASCII 码，最高位置为 0。

典型题解

【例 1-6】对国际通用的 7 位 ASCII 编码的描述准确的是（　　）。

A）使用 7 位二进制代码 B）使用 8 位二进制代码，最左一位为 0

C）使用输入码 D）使用 8 位二进制代码，最左一位为 1

【解析】在计算机内部用 1 字节（8 位二进制位）存放一个 7 位 ASCII 码，正常情况下，最高位（最左一位）为 0，因此本题的答案为选项 B。

强化训练

（1）微型计算机普遍采用的字符编码是（　　）。

A）原码 B）补码 C）ASCII 码 D）汉字编码

（2）国际通用的 7 位 ASCII 码用（　　）位二进制数表示一个字符的编码。

A）5 B）6 C）7 D）8

（3）下列字符中，ASCII 码值最小的是（　　）。

A）a B）A C）x D）Y

（4）（　　）是数据度量的最小单位。

A）字节 B）位 C）字 D）双字节

（5）标准 7 位 ASCII 码的码长是（　　）位。

A）7 B）8 C）12 D）16

（6）下列不能用做存储容量单位的是（　　）。

A）B B）MIPS C）KB D）GB

（7）大写字母 B 的 ASCII 码编码值是（　　）。

A）65　　　　　　　B）66　　　　　　　C）41H　　　　　　　D）97

【答案】

（1）C　（2）C　（3）B　（4）B　（5）A　（6）B　（7）B

►►► 考点 2　汉字编码

1. 中文字符的编码

① 国家汉字编码标准 GB 2312—1980 全称是《信息交换用汉字编码字符集——基本集》（简称 GB 码）。根据统计，把最常用的 6763 个汉字分成两级：一级汉字有 3755 个，按汉语拼音排列；二级汉字有 3008 个，按偏旁部首排列。

② 一个国标码必须用 2 字节表示。

③ 代码表分 94 个区和 94 个位。由区号和位号构成了区位码。

④ 汉字输入区位码和国标码之间的转换关系：将汉字的十进制区号和十进制位号分别转换成十六进制，然后再分别加上 20H，就成为汉字的国标码。

2. 汉字输入码

① 为将汉字输入计算机而编制的代码称为汉字输入码，也叫外码。它是利用计算机标准键盘上按键的不同排列组合来对汉字的输入进行编码。

② 常用的输入法主要有音码、形码、语音、手写输入或扫描输入等。区位码也是输入法。

③ 不同的输入码通过输入字典转换统一到标准的国标码之下。

3. 汉字内码

① 汉字内码是为在计算机内部对汉字进行存储、处理的汉字代码。当一个汉字输入计算机后转换为内码，然后才能在机器内传输、处理。

② 一个汉字的内码用 2 字节存储，并把每字节的最高二进制位置 "1" 作为汉字内码的标识。

③ 汉字的国标码与其内码有下列关系：

$$汉字内码=汉字国标码+8080H$$

4. 汉字字形码

① 经过计算机处理的汉字信息，如果要显示或打印出来阅读，则必须将汉字内码转换成可读的方块汉字。汉字字形码又称汉字字模，用于汉字在显示屏或打印机输出。汉字字形码通常有两种表示方式：点阵和矢量表示方式。

② 根据输出汉字的要求不同，点阵的多少也不同。简易型汉字为 16×16 点阵，普通型汉字为 24×24 点阵，提高型汉字为 32×32 点阵、48×48 点阵等。

③ 点阵规模愈大，字形愈清晰美观，所占存储空间也愈大。缺点是字形放大后产生的效果差。

④ 矢量表示方式存储描述汉字字形的轮廓特征，描述与最终文字显示的大小、分辨率无关，因此可产生高质量的汉字输出。TrueType 技术就是汉字的矢量表示方式，解决了汉字点阵字形放大后出现锯齿现象的问题。

5. 汉字地址码

汉字地址码是指汉字库（这里主要指整字形的点阵式字模库）中存储汉字字形信息的逻辑地址码。需要向输出设备输出汉字时，必须通过地址码。

6. 其他汉字内码

① GBK 编码（扩充汉字内码规范），是 GB 编码的扩充。简体版中文 Windows 95/98/2000/XP

使用的是 GBK 内码。

② UCS 编码（通用多 8 位编码字符集）是国际标准化组织（ISO）为各种语言字符制定的编码标准。

③ Unicode 编码是另一个国际编码标准，采用双字节编码统一地表示世界上的主要文字，在网络、Windows 系统和很多大型软件中得到应用。

④ BIG-5 是目前中国台湾、香港地区普遍使用的一种繁体汉字的编码标准。繁体版中文 Windows 95/98/2000/XP 使用的是 BIG-5 内码。

典型题解

【例 1-7】要放置 10 个 24×24 点阵的汉字字模，需要的存储空间是（　　）。

A）72B　　　　　　B）320B　　　　　　C）720B　　　　　　D）72KB

【解析】1 个 24×24 点阵的汉字字模需要 24×24/8=72B 存储空间。10 个这样的汉字字模需要 72×10=720B。因此本题的答案为 C。

【例 1-8】"国标"中的"国"字的十六进制编码为 397A，其对应的汉字机内码为（　　）。

A）B9FA　　　　　　B）BB3H7　　　　　　C）A8B2　　　　　　D）C9HA

【解析】汉字机内码=汉字国标码+8080H，"国"字的汉字机内码=397AH+8080H=B9FAH，因此本题的答案为 A。

强化训练

（1）在微型计算机的汉字系统中，一个汉字的内码占（　　）B。

A）1　　　　　　B）2　　　　　　C）3　　　　　　D）4

（2）在计算机中存储一个汉字内码要用 2B，每字节的最高位是（　　）。

A）1 和 1　　　　　　B）1 和 0　　　　　　C）0 和 1　　　　　　D）0 和 0

（3）下面叙述中正确的是（　　）。

A）在计算机中，汉字的区位码就是机内码

B）在汉字的国际码 GB 2313—1980 的字符集中，共收集了 6763 个常用汉字

C）英文小写字母 e 的 ASCII 码为 101，英文小写字母 h 的 ASCII 码为 103

D）存放 80 个 24×24 点阵的汉字字模信息需要 2560B

（4）在计算机内部对汉字进行存储、处理和传输的汉字代码是（　　）。

A）汉字信息交换码　　　　　　　　　　B）汉字输入码

C）汉字内码　　　　　　　　　　　　　D）汉字字形码

（5）存储一个 32×32 点阵汉字字型信息的字节数是（　　）。

A）64 B　　　　　　B）128B　　　　　　C）256B　　　　　　D）512 B

（6）国标码用（　　）B 来表示。

A）1　　　　　　B）2　　　　　　C）3　　　　　　D）4

（7）五笔字型输入法属于（　　）。

A）音码输入法　　　B）形码输入法　　　C）音形结合输入法　　　D）联想输入法

（8）下列输入法中属于音码的是（　　）。

A）双拼输入法　　　　　　　　　　　B）五笔输入法

C）自然码　　　　　　　　　　　　　D）区位码

（9）下列关于区位码的叙述中，不正确的是（　　）。

　　A）区位码的最大优点是无重码　　　　　B）最大的缺点是难以记忆

　　C）高两位为位号，低两位为区号　　　　D）区位码是一种字形码

（10）与点阵字形相比，轮廓字形的优点在于（　　）。

　　A）字形精度高　　　　　　　　　　　　B）不需要复杂的数学运算处理

　　C）不能任意缩放　　　　　　　　　　　D）会产生锯齿

【答案】

（1）B　（2）A　（3）B　（4）C　（5）B　（6）B　（7）B　（8）A　（9）D　（10）A

1.4　软件系统

1. 软件基础

① 软件系统是为运行、管理和维护计算机而编制的各种程序、数据和文档的总称。

② 计算机程序是一系列让计算机按一定顺序执行的指令序列，它指示计算机如何去解决一个问题或者完成一项任务。

③ 进程是操作系统中的核心概念，是程序的一次执行过程，是系统进行调度和资源分配的一个独立单位。目前，许多操作系统把进程再"细分"成线程。

2. 软件系统的组成

① 系统软件和应用软件组成了计算机软件系统的两个部分。

② 系统软件主要包括操作系统、语言处理系统、系统性能检测和实用工具软件等。这其中最主要的是操作系统，它提供了软件运行的环境。操作系统处在计算机系统中的核心位置，它可以直接支持用户使用计算机硬件，也支持用户通过应用软件使用计算机。如果用户需要使用系统软件，如语言软件和工具软件，也要通过操作系统提供交互功能。

③ 系统服务程序主要是指一些为计算机系统提供服务的工具软件和支持软件，如编译程序、调试程序、系统诊断程序等。

3. 操作系统的功能

① 操作系统的功能主要是管理，即管理计算机的所有资源（软件和硬件）。一般认为操作系统具有处理器、内存储器、设备和计算机文件等方面的管理功能。操作系统是计算机硬件与用户之间的接口，它使用户能够方便地操作计算机。

② 操作系统的主要作用是处理器管理、内存储器管理、设备管理、信息管理、用户接口管理。

③ 依功能和特性，操作系统分为批处理操作系统、分时操作系统和实时操作系统等；依同时管理用户数的多少分为单用户操作系统和多用户操作系统。按其发展前后过程，通常分成单用户操作系统、分时操作系统、实时操作系统、网络操作系统。

4. 计算机语言

（1）机器语言

① 在计算机中，指挥计算机完成某个基本操作的命令称为指令。所有的指令集合称为指令系统，直接用二进制代码表示指令系统的语言称为机器语言。

② 机器语言是计算机硬件系统能识别和直接执行的唯一语言，它的效率高，执行的速度快，而且无需"翻译"。

（2）汇编语言

① 汇编语言是一种把机器语言"符号化"的语言，汇编语言的指令和机器指令基本上一一对应，机器语言直接用二进制代码，而汇编语言指令采用了助记符，这些助记符一般使用人们容易记忆和理解的英文缩写。

② 相对来说，汇编语言比机器语言更容易被理解、便于记忆。

③ 对计算机来讲，汇编语言是无法直接执行的。所以必须将用汇编语言编写的程序翻译成机器语言程序，然后才能被执行。

④ 用汇编语言编写的程序称为汇编语言源程序，翻译后的机器语言程序称为目标程序。将汇编语言源程序翻译成目标程序的软件称为汇编程序。

（3）高级语言

① 高级语言又称算法语言，具有严格的语法规则和语义规则，没有二义性。在语言表示和语义描述上，它更接近人类的自然语言（指英语）和数学公式。计算机高级语言的种类很多，目前常见的有 Pascal、C、C++、Visual BASIC、Visual C、Java 等。

② 用高级语言编写的源程序在计算机中不能直接执行，必须翻译成等价的机器语言程序才能执行，通常翻译的方式有两种：一种是编译方式；另一种是解释方式。

③ 编译方式是将高级语言源程序整个编译成目标程序，然后通过链接程序将目标程序链接成可执行程序的方式。将高级语言源程序翻译成目标程序的软件称为编译程序，这种翻译过程称为编译。

④ 解释方式是将源程序逐句翻译、逐句执行的方式，解释过程不产生目标程序，基本上是翻译一行执行一行，边翻译边执行。

⑤ 编译方式是将源程序经编译、链接得到可执行程序文件后，就可脱离源程序和编译程序，单独执行，所以编译方式的效率高，执行速度快；而解释方式在执行时，源程序和解释程序必须同时参与才能运行，解释方式的效率相对较低，执行速度较慢。

5. 应用软件

常用的应用软件有如下几类。

（1）办公软件

一般包括文字处理软件、电子表格处理软件、演示文稿制作软件、个人数据库、个人信息管理软件等。常见的办公软件有 Microsoft Office 和金山公司的 WPS 等。

（2）多媒体处理软件

多媒体处理软件主要包括图形处理软件、图像处理软件、动画制作软件、音频视频处理软件、桌面排版软件等，如 Adobe 公司的 Photoshop 等。

（3）Internet 工具软件

Internet 工具软件主要包括 Web 服务软件、Web 浏览器、文件传送工具 FTP、远程访问工具 Telnet、下载工具 FlashGet 等。

典型题解

【例 1-9】将高级语言编写的程序翻译成机器语言程序，采用的两种翻译方式是（   ）。

A）编译和解释　　　B）编译和汇编　　　　C）编译和连接　　　　D）解释和汇编

【解析】计算机是不能直接识别和执行高级语言源程序的，要翻译成机器语言程序才能执行。把高级语言源程序翻译成机器语言程序的方法有编译和解释两种，本题的答案为 A。

强化训练

（1）机器语言的特点是（　　）。

　　A）可读性差　　　　　　　　　　　　　　B）执行速度快

　　C）程序难以调试和修改　　　　　　　　　D）以上均对

（2）用高级程序设计语言编写的程序称为（　　）。

　　A）目标程序　　　　B）可执行程序　　　　C）源程序　　　　D）伪代码程序

（3）一般使用高级语言编写的程序称为源程序，这种程序不能直接在计算机中运行，需要用相应的语言处理程序将其翻译成（　　）程序才能运行。

　　A）编译　　　　　　B）目标　　　　　　　C）文书　　　　　D）汇编

（4）（　　）是一种符号化的机器语言。

　　A）BASIC 语言　　　B）汇编语言　　　　　C）机器语言　　　D）计算机语言

（5）下面关于解释程序和编译程序的论述，正确的一条是（　　）。

　　A）编译程序和解释程序均能产生目标程序

　　B）编译程序和解释程序均不能产生目标程序

　　C）编译程序能产生目标程序，而解释程序则不能

　　D）编译程序不能产生目标程序，而解释程序能

（6）计算机硬件能够直接识别和执行的语言只有（　　）。

　　A）C 语言　　　　　B）汇编语言　　　　　C）机器语言　　　D）符号语言

（7）下列选项中为系统软件的是（　　）

　　A）DOS 和 MIS　　B）WPS 和 UNIX　　　C）DOS 和 UNIX　　D）UNIX 和 Word

（8）工厂的仓库管理软件属于（　　）。

　　A）应用软件　　　　B）系统软件　　　　　C）工具软件　　　D）字处理软件

（9）下列关于系统软件的叙述中，正确的一条是（　　）。

　　A）系统软件与具体应用领域无关　　　　　B）系统软件与具体硬件逻辑功能无关

　　C）系统软件是在应用软件基础上开发的　　D）系统软件并不具体提供人机界面

（10）操作系统的功能是（　　）。

　　A）方便用户使用计算机　　　　　　　　　B）统一管理计算机系统的全部资源

　　C）A 和 B　　　　　　　　　　　　　　　D）处理财务会计业务问题

（11）计算机软件系统包括（　　）。

　　A）程序和数据　　　　　　　　　　　　　B）编辑软件和实用软件

　　C）数据库软件和字处理软件　　　　　　　D）系统软件和应用软件

（12）如果操作系统使得每个用户可以在各自的终端上以交互方式控制作业运行，则这种操作系统是（　　）。

　　A）单用户操作系统　　　　　　　　　　　B）批处理操作系统

　　C）分时操作系统　　　　　　　　　　　　D）实时操作系统

（13）分时操作系统的优点是（　　）。

　　A）可充分利用计算机资源　　　　　　　　B）大大缩短用户的解题周期

　　C）多个用户可以共享数据和文件　　　　　D）A、B 和 C

（14）下面不属于系统软件的是（　　）。

　　A）DOS　　　　　　B）Windows XP　　　　C）UNIX　　　　　D）Office 2003

（15）Word 字处理软件属于（　　）。

　　A）管理软件　　　　B）网络软件　　　　　　C）应用软件　　　　　　D）系统软件

【答案】

（1）D　（2）C　（3）B　（4）B　（5）C　（6）C　（7）C　（8）A　（9）A

（10）C　（11）D　（12）C　（13）D　（14）C　（15）C

1.5　计算机硬件的组成

计算机系统由硬件和软件两大部分组成。硬件是指物理上存在的各种计算机设备。软件是指运行在计算机硬件上的程序、运行程序所需的数据和相关文档的总称。

1. 运算器

① 运算器是计算机处理数据形成信息的加工厂，它的主要功能是对二进制数码进行算术运算或逻辑运算。所以，也称它为算术逻辑部件（ALU）。

② 运算器主要由一个加法器、若干个寄存器和一些控制线路组成。

③ 运算器的性能指标是衡量整个计算机性能的重要因素之一，与运算器相关的性能指标包括计算机的字长和速度。

2. 控制器

① 控制器指挥计算机各个部件自动、协调地工作。控制器的基本功能是根据指令计数器中指定的地址从内存取出一条指令，对其操作码进行译码，再由操作控制部件有序地控制各部件完成操作码规定的功能。

② 机器指令是计算机硬件真正可以"执行"的命令。机器指令是一个按照一定的格式构成的二进制代码串，它用来描述计算机可以理解并能执行的一个基本操作。

③ 一条机器指令包括操作码和操作数（或称地址码）。

3. 存储器

① 存储器是计算机的记忆装置，用来存储当前要执行的程序、数据以及结果。所以，存储器应该具备存数和取数功能。

② 中央处理器（CPU）只能直接访问存储在内存中的数据。外存中的数据只有先调入内存后，才能被中央处理器访问和处理。

4. 输入/输出设备

① 输入设备是用来向计算机输入命令、程序、数据、文本、图形、图像、音频和视频等信息的。其主要作用是把人们可读的信息转换为计算机能识别的二进制代码输入计算机，供计算机处理。

② 计算机的输入/输出系统实际上包含输入/输出设备和输入/输出接口两部分。

③ 输出设备的主要功能是将计算机处理后的各种内部格式的信息转换为人们能识别的形式（如文字、图形、图像和声音等）表达出来。

④ 输入/输出设备，简称 I/O 设备，有时也称为外部设备。

5. 计算机的结构

（1）直接连接

① 最早的计算机基本上采用直接连接的方式。这样的结构可以获得最高的连接速度，但不易扩展。冯·诺依曼研制的计算机 IAS，基本上就采用了直接连接的结构。

② IAS 是世界上第一台采用二进制代码的存储程序计算机，也是第一台将计算机分成运算器、

控制器、存储器、输入和输出设备等组成部分的计算机，后来把符合这种设计的计算机称为冯·诺依曼机。

（2）总线结构

① 总线是一组连接各个部件的公共通信线，它包含了运算器、控制器、存储器和 I/O 部件之间进行信息交换和控制传递所需要的全部信号。

② 按照信号的性质划分，总线一般又分为如下 3 部分：数据总线、地址总线和控制总线。

③ 总线（Bus）就是系统部件之间传送信息的公共通道，各部件由总线连接并通过它传递数据和控制信号。

④ 常见的总线标准有 ISA 总线、PCI 总线、EISA 总线和 AGP 总线等。

⑤ 总线结构是当今计算机普遍采用的结构，其特点是结构简单清晰，易于扩展。

⑥ 外设一定要通过设备接口与 CPU 相连，而不是如同内存那样直接挂在总线上。

⑦ 总线体现在硬件上就是计算机主板（Main Board），它也是配置计算机的主要硬件之一。主板上配有插 CPU、内存条、显示卡、声卡、网卡、鼠标器和键盘等的各类扩展槽或接口，而光盘驱动器和硬盘驱动器则通过扁缆与主板相连。

典型题解

【例 1-10】微型计算机中，控制器的基本功能是（ ）。

A）进行算术运算和逻辑运算 　　　　　　 B）存储各种控制信息

C）保持各种控制状态 　　　　　　　　　 D）控制机器各个部件协调一致地工作

【解析】从宏观上看，控制器的作用在于控制计算机各部件协调工作，并使整个处理过程有条不紊地进行。从微观上看，控制器的作用在于按一定顺序产生机器指令执行过程中所需要的全部控制信号，这些控制信号作用于计算机的各个部件以使其完成某种功能，从而达到执行指令的目的。所以，对控制器而言，真正的作用在于对机器指令执行过程的控制。本题的答案为 D。

强化训练

（1）一般计算机硬件系统的主要组成部件有 5 大部分，下列选项中不属于这 5 大部分的是（ ）。

A）运算器 　　　　　　　　　　　　　　 B）软件

C）输入设备和输出设备 　　　　　　　　 D）控制器

（2）微型计算机中运算器的主要功能是进行（ ）。

A）算术运算 　　　 B）逻辑运算 　　　 C）初等函数运算 　　　 D）算术或逻辑运算

（3）CPU 中有一个程序计数器（又称指令计数器），它用于存放（ ）。

A）正在执行的指令的内容 　　　　　　　 B）下一条要执行的指令的内容

C）正在执行的指令的内存地址 　　　　　 D）下一条要执行的指令的内存地址

（4）一个完整的计算机系统包括（ ）。

A）计算机及其外部设备 　　　　　　　　 B）主机、键盘、显示器

C）系统软件和应用软件 　　　　　　　　 D）硬件系统和软件系统

（5）在微型计算机技术中，通过系统（ ）把 CPU、存储器、输入设备和输出设备连接起来，实现信息交换。

A）总线 　　　 B）I/O 接口 　　　 C）电缆 　　　 D）电线

（6）按照信号的性质划分，总线一般分为数据总线、地址总线、（ ）。

A）系统总线 　　　 B）控制总线 　　　 C）内部总线 　　　 D）存储总线

（7）一条计算机指令中，通常应该包含（　　）。

　　A）字符和数据　　　B）操作码和操作数　　　C）运算符和数据　　　D）被运算数和结果

（8）一条计算机指令中，规定其执行功能的部分称为（　　）。

　　A）源地址码　　　　B）操作码　　　　　　C）目标地址码　　　　D）数据码

【答案】

　　（1）B　　（2）D　　（3）D　　（4）D　　（5）A　　（6）B　　（7）B　　（8）B

1.6　微型计算机的硬件系统

▶▶▶ 考点1　中央处理器

① 中央处理器（CPU）主要包括运算器（ALU）和控制器（CU）两大部件。它是计算机的核心部件。

② CPU 可以直接访问内存储器，它和内存储器构成了计算机的主机，是计算机系统的主体。

③ 输入/输出（I/O）设备和辅助存储器（又称外存）统称为外部设备（简称外设），是沟通人与主机联系的桥梁。

④ CPU 的性能指标直接决定了由它构成的微型计算机的系统性能指标。CPU 的性能指标主要有字长和时钟主频两个。

⑤ 为了协调 CPU 与存储器（RAM）之间的速度差问题，在 CPU 芯片中又集成了高速缓冲存储器（Cache）。

典型题解

【例 1-11】微型计算机硬件系统最核心的部件是（　　）。

　　A）主板　　　　　　B）CPU　　　　　　C）内存储器　　　　　D）I/O 设备

【解析】CPU 是微型计算机的核心部分，又称为中央处理器或微处理器。CPU 主要由控制器和运算器两部分组成。其中，控制器是控制计算机各个部件协调有序地工作的部件。运算器是进行算术运算和逻辑运算的部件。本题的答案为 B。

【例 1-12】在 CPU 中配置高速缓冲器（Cache）是为了解决（　　）。

　　A）内存与辅助存储器之间速度不匹配的问题

　　B）CPU 与辅助存储器之间速度不匹配的问题

　　C）CPU 与内存储器之间速度不匹配的问题

　　D）主机与外设之间速度不匹配的问题

【解析】由于 CPU 处理指令和数据的速度比从常规主存中读取指令速度快，因此主存速度是系统的"瓶颈"，解决办法就是在内存 RAM 和 CPU 之间增加一个高速缓冲存储器，使得等效的存取速度接近于 Cache，但容量是内存的容量。Cache 中存放的内容是当前可能最频繁使用的程序段和数据，CPU 可与 Cache 直接交换信息。大容量的缓存将大大提高处理器的性能。因此本题的答案为 C。

强化训练

（1）中央处理器（CPU）主要由（　　）组成。

　　A）控制器和内存　　　　　　　　　　　B）运算器和控制器

C）控制器和寄存器　　　　　　　　　　　　　D）运算器和内存

（2）Pentium II 是指（　　）。

　　A）CPU　　　　　　　B）显示器　　　　　　C）计算机品牌　　　　D）软件品牌

（3）奔腾（Pentium）是（　　）公司生产的一种 CPU 的型号。

　　A）IBM　　　　　　　B）Microsoft　　　　　C）Intel　　　　　　　D）AMD

（4）缓存（Cache）存在于（　　）。

　　A）内存内部　　　　　B）内存和硬盘之间　　C）硬盘内部　　　　　D）CPU 内部

（5）计算机的硬件系统按照基本功能划分是由（　　）。

　　A）CPU、键盘和显示器组成　　　　　　　　　B）主机、键盘和打印机组成

　　C）CPU、内存储器和输入/输出设备组成　　　　D）CPU、硬盘和光驱组成

【答案】

（1）B　　　（2）A　　　（3）C　　　（4）D　　　（5）C

▶▶▶ 考点 2　存储器

1. 存储器基础

① 存储器分为：内存（主存储器）；外部存储器（简称外存），也叫辅助存储器。

② 一个二进制位（Bit）是构成存储器的最小单位（b）。每 8 位二进制位组成一个存储单元，称为字节（Byte）。

③ 存储器可容纳的二进制信息量称为存储容量。目前，度量存储容量的基本单位是字节（B）。常用的存储容量单位还有 KB（千字节）、MB（兆字节）和 GB（吉字节）。

④ 1KB=1024B；1MB=1024KB；1GB=1024 MB；　1TB = 1024GB。

2. 主存储器

内存储器分为随机存储器 RAM 和只读存储器 ROM 两类。

（1）随机存储器（RAM）

① 随机存储器也叫读写存储器。依据存储元件结构的不同，RAM 又可分为静态 RAM 和动态 RAM。

② RAM 有两个特点：可读/写性，易失性（电源断开时 RAM 中的内容立即丢失）。

③ 目前，微机广泛采用动态随机存储器 DRAM（Dynamic RAM）作为主存。DRAM 的功耗低，集成度高，成本低。

④ 静态 SRAM（Static RAM）的存取速度比 DRAM 快。但 SRAM 具有集成度低、功耗大、价格贵的缺点。

（2）只读存储器（ROM）

① 对只读存储器只能做读出操作而不能做写入操作，ROM 中的信息只能被 CPU 随机读取。

② ROM 主要用来存放固定不变的控制计算机的系统程序和数据，ROM 中存储的内容是永久性的，即使关机或掉电也不会丢失。

（3）高速缓冲存储器（Cache）

① Cache 按其功能通常分为两类：CPU 内部的 Cache 和 CPU 外部的 Cache。

② CPU 内部的 Cache 负责在 CPU 内部的寄存器与外部的 Cache 之间的缓冲。

③ CPU 外部的 Cache 相对于 CPU 是独立的部件，主要用于弥补 CPU 内部 Cache 的容量过小的缺陷，负责整个 CPU 与内存之间的缓冲。

（4）内存储器的性能指标

存储器的主要性能指标有容量和速度。速度一般用存储周期（也称读写周期）来表示。

3. 辅助存储器

外部存储器的特点是存储量大、价格较低，而且在断电的情况下也可以长期保存信息，所以又称为永久性存储器。目前最常用的有磁盘、磁带和光盘等。

（1）硬盘

① 硬盘（Hard Disk）由一组盘片组成。它是一种可移动磁头（磁头可在磁盘径向移动）、盘片组固定安装在驱动器中的磁盘存储器。

② 具有防尘性能好、可靠性高，对环境要求不高的特点。

③ 硬盘通常用来作为大型机、小型机和微型机的外部存储器。

④ 与光盘相比，硬盘容量大，转速快，存取速度高。但是，硬盘多固定在机箱内部，不便携带。

（2）移动存储产品

① USB 移动硬盘。其优点是：体积小、重量轻，一般重 200g 左右；容量大；存取速度快，USB1.1 标准接口的传输速率是 12MB/s，而 USB2.0 的传输速率为 480MB/s；可以通过 USB 接口即插即用，在 Windows XP 操作系统下，无需驱动程序，可以直接热插拔，非常方便。

② USB 优盘。利用闪存（Flash Memory）在断电后还能保持存储数据而不丢失的特点而制成。克服了移动硬盘容易碰伤、跌落而造成损坏的缺点。其优点是重量轻、体积小，一般只有拇指大小，15～30g 重；通过计算机的 USB 接口即插即用，使用方便；容量为 64MB～4GB。

（3）光盘

① 光盘是一种新型的大容量辅助存储器，用光学的方式进行读取。

② 根据性能的不同，光盘分为 3 类：只读型光盘 CD-ROM、一次性写入光盘 CD-R、可擦除型光盘 CD-RW。

③ 光盘的特点是：存储容量大，价格低；不怕磁性干扰；存取速度高。

（4）DVD 光盘

DVD 光盘与 CD 光盘大小相同，但存储密度高，存储容量极大。

典型题解

【例1-13】在微型计算机的内存储器中，不能用指令修改其存储内容的部分是（　　）。

A）RAM　　　　　　B）DRAM　　　　　　C）ROM　　　　　　D）SRAM

【解析】ROM 是只读存储器，内容一次性写入，不能用指令修改。RAM 是随机存储器，CPU 可以直接读写 RAM 中的内容，RAM 分为静态随机存储器（SRAM）和动态随机存储器（DRAM），因此本题的答案为 C。

强化训练

（1）计算机工作时，内存储器用来存储（　　）。

　　A）数据和信号　　　B）程序和指令　　　C）ASCII 码和汉字　　　D）程序和数据

（2）微型计算机的内存储器是（　　）。

　　A）按二进制位编址　　　　　　　　　B）按字节编址

　　C）按字长编址　　　　　　　　　　　D）按十进制位编址

（3）度量存储容量的基本单位是（　　）。

    A）二进制位　　　　　B）字节　　　　　　　　C）字　　　　　　　　D）字长

（4）在下列存储器中，访问周期最短的是（　　）。

    A）硬盘存储器　　　　B）外存储器　　　　　　C）内存储器　　　　　D）软盘存储器

（5）下面选项中，不属于外存储器的是（　　）。

    A）硬盘　　　　　　　B）USB 移动硬盘　　　　C）光盘　　　　　　　D）ROM

（6）下面关于硬盘的说法错误的是（　　）。

    A）硬盘中的数据断电后不会丢失　　　　　　B）每个计算机主机有且只能有一块硬盘

    C）硬盘可以进行格式化处理　　　　　　　　D）CPU 不能够直接访问硬盘中的数据

（7）以下对 USB 移动硬盘的优点叙述不正确的是（　　）。

    A）体积小、重量轻、容量大

    B）存取速度快

    C）可以通过 USB 接口即插即用

    D）在 Windows XP 操作系统中，不需要驱动程序，不可以直接热插拔

（8）下列关于存储器的叙述中，正确的是（　　）。

    A）CPU 能直接访问存储在内存中的数据，也能直接访问存储在外存中的数据

    B）CPU 不能直接访问存储在内存中的数据，能直接访问存储在外存中的数据

    C）CPU 只能直接访问存储在内存中的数据，不能直接访问存储在外存中的数据

    D）CPU 既不能直接访问存储在内存中的数据，也不能直接访问存储在外存中的数据

（9）下列存储器中读取速度最快的是（　　）。

    A）内存　　　　　　　B）硬盘　　　　　　　　C）优盘　　　　　　　D）光盘

（10）在计算机术语中，bit 的中文含义是（　　）。

    A）位　　　　　　　　B）字节　　　　　　　　C）字　　　　　　　　D）字长

（11）在计算机中，用（　　）位二进制码组成一个字节。

    A）8　　　　　　　　　B）16　　　　　　　　　C）32　　　　　　　　D）64

（12）计算机中的字节是一个常用的单位，它的英文名字是（　　）。

    A）bit　　　　　　　　B）Byte　　　　　　　　C）net　　　　　　　　D）com

（13）计算机的存储容量是指它具有的（　　）。

    A）字节数　　　　　　B）位数　　　　　　　　C）字节数和位数　　　D）字数

（14）在表示存储容量时，KB 的准确含义是（　　）字节。

    A）512　　　　　　　　B）1000　　　　　　　　C）1024　　　　　　　D）2048

（15）不能用做存储容量的单位是（　　）。

    A）KB　　　　　　　　B）GB　　　　　　　　C）B　　　　　　　　D）MIPS

（16）某计算机的内存容量为 256MB，指的是（　　）。

    A）256 位　　　　　　B）256M 字节　　　　　C）256M 字　　　　　D）256000K 字

（17）微型计算机中的内存储器，通常采用（　　）。

    A）光存储器　　　　　B）磁表面存储器　　　　C）半导体存储器　　　D）磁心存储器

（18）RAM 具有的特点是（　　）。

    A）海量存储

    B）存储在其中的信息可以永久保存

C）一旦断电，存储在其上的信息将全部消失且无法恢复

  D）存储在其中的数据不能改写

（19）下列选项中，断电后会使存储数据丢失的存储器是（   ）。

  A）硬盘   B）RAM   C）ROM   D）优盘

（20）DRAM 存储器的中文含义是（   ）。

  A）静态随机存储器   B）动态随机存储器

  C）动态只读存储器   D）静态只读存储器

（21）SRAM 存储器是（   ）。

  A）静态只读存储器   B）静态随机存储器

  C）动态只读存储器   D）动态随机存储器

（22）半导体只读存储器（ROM）与半导体随机存取存储器（RAM）的主要区别在于（   ）。

  A）ROM 可以永久保存信息，RAM 在断电后信息会丢失

  B）ROM 断电后，信息会丢失，RAM 则不会

  C）ROM 是内存储器，RAM 是外存储器

  D）RAM 是内存储器，ROM 是外存储器

（23）微型计算机存储系统中，PROM 是（   ）。

  A）可读写存储器   B）动态随机存取存储器

  C）只读存储器   D）可编程只读存储器

（24）一般来说，外存储器中的信息在断电后（   ）。

  A）局部丢失   B）大部分丢失   C）全部丢失   D）不会丢失

（25）以下关于优盘的叙述，不正确的是（   ）。

  A）断电后数据不丢失   B）重量轻、体积小，一般只有拇指大小

  C）不能即插即用   D）是当前主流移动存储器

（26）下列各组设备中，完全属于内部设备的一组是（   ）。

  A）运算器、硬盘和打印机   B）运算器、控制器和内存储器

  C）内存储器、显示器和键盘   D）CPU、硬盘和软驱

（27）下列等式中，正确的是（   ）。

  A）1KB = 1024 × 1024B   B）1MB = 1024B

  C）1KB = 1024MB   D）1MB = 1024KB

（28）下面 4 种存储器中，属于数据易失性的存储器是（   ）。

  A）RAM   B）ROM   C）PROM   D）CD-ROM

（29）计算机的内存储器是指（   ）。

  A）RAM 和 C 磁盘   B）ROM

  C）ROM 和 RAM   D）硬盘和控制器

（30）计算机中 CPU 对其只读不写，用来存储系统基本信息的存储器是（   ）。

  A）RAM   B）ROM   C）Cache   D）DOS

  【答案】

  （1）D （2）B （3）B （4）C （5）D （6）B （7）D （8）C （9）A

  （10）A （11）A （12）B （13）A （14）C （15）D （16）B （17）C （18）C

  （19）B （20）B （21）B （22）A （23）D （24）D （25）C （26）B （27）D

（28）A （29）C （30）B

 考点3 输入设备和输出设备

1. 输入设备

输入设备是用来向计算机输入命令、程序、数据、文本、图形、图像、音频和视频等信息的设备。其主要作用是把人们可读的信息转换为计算机能识别的二进制代码输入计算机，供计算机处理。

（1）键盘

① 用键盘输入信息时，敲击它的每个键位都能产生相应的电信号，再由电路板转换成相应的二进制代码送入计算机。

② 键盘的每一个按键相当于使对应按键的机械开关闭合，产生一个信号，由键盘电路进行编码输入到计算机进行处理。

③ 传统的键盘是机械式的，通过导线连接到计算机。通常使用的键盘有104键盘、多媒体键盘、手写键盘、人体工程学键盘、红外线遥感键盘和无线键盘等。键盘接口规格有PS/2和USB两种。

④ 键盘上的字符分布是根据字符的使用频度确定的。

（2）鼠标

① 鼠标通常有两个按键和一个滚轮，当它在平板上滑动时，屏幕上的鼠标指针也跟着移动。

② 常见的鼠标有机械鼠标、光学鼠标和光学机械鼠标。现在还有新型的无线鼠标。

（3）其他输入设备

扫描仪、条形码阅读器、光学字符阅读器OCR、触摸屏、手写笔、声音输入设备（麦克风）和图像输入设备（数码相机、数码摄像机）等都属于输入设备。

2. 输出设备

输出设备的任务是将信息传送到中央处理机之外的介质上，显示器和打印机是计算机中最常用的两种输出设备。

（1）显示器

① 分类。显示器用于微机或终端，可显示图形、图像和视频等多种不同的信息。常用的显示器有阴极射线管显示器（简称CRT）和液晶显示器（简称LCD）。CRT显示器又有球面和纯平之分。CRT显示器的扫描方式有逐行扫描和隔行扫描。

② 点距、像素和分辨率。屏幕上图像的分辨率或清晰度取决于能在屏幕上独立显示点的直径，这种独立显示的点称做像素，屏幕上两个像素之间的距离叫点距。点距越小，分辨率就越高，显示器清晰度也越高。每帧的线数和每线的点数的乘积，即整个屏幕上像素的数目（列×行）是显示器的分辨率。

③ 显存。显存越大，支持的分辨率与颜色数也就越高。计算显存容量与分辨率关系的公式为：所需显存 = 图形分辨率×色彩精度/8。

④ 每个像素需要8位（1字节），显示真彩色时，每个像素要用3字节。

⑤ 显示器的尺寸：以显示屏的对角线来度量。

⑥ 显示卡。微机显示系统由显示器和显示卡组成。显示器是通过显示卡与主机连接的。不同类型的显示器要配用不同的显示卡。根据采用的总线标准不同，显示卡有ISA、VESA、PCI、VGA兼容卡和AGP等类型，插在扩展槽上。

（2）打印机

打印机把文字或图形在纸上输出以供阅读和保存。有点阵式、喷墨式和激光打印机3种。

① 点阵式打印机。点阵式打印机的打印头是点阵式打印机的核心部分。点阵式打印机有 9 针和 24 针打印机之分。这类打印机的最大优点是耗材（包括色带和打印纸）便宜，缺点是依靠机械动作实现印字，打印速度慢，噪声大，字符的轮廓不光顺，有锯齿形，打印质量差。

② 喷墨打印机。属非击打式打印机。优点是设备价格低廉、打印质量高于点阵式打印机，还能彩色打印，无噪声。缺点是打印速度慢、耗材（主要指墨盒）贵。

③ 激光打印机。属非击打式打印机，工作原理与复印机相似。优点是无噪声、打印速度快、打印质量最好，常用来打印正式公文及图表。其缺点是设备价格高、耗材贵、打印成本最高。

（3）其他输出设备

输出设备有绘图仪、声音输出设备（音箱或耳机）、视频投影仪等。

（4）其他输入/输出设备

调制解调器和光盘刻录机既可作为输入设备，又可作为输出设备。

典型题解

【例 1-14】调制解调器是（　　）。

A）输入设备　　　　　　　　　　　　B）输出设备

C）既是输入设备，又是输出设备　　　D）不好说

【解析】调制解调器（Modem）是数字信号和模拟信号之间的桥梁。一台调制解调器能将计算机的数字信号转换成模拟信号，通过电话线传送到另一台调制解调器上，经过解调，再将模拟信号转换成数字信号送入计算机，实现两台计算机之间的数据通信。它既是输入设备，又是输出设备。正确答案为 C。

强化训练

（1）下列设备中属于输出设备的是（　　）。

　　A）键盘　　　　　　B）鼠标　　　　　　C）扫描仪　　　　　　D）显示器

（2）显示器显示图像的清晰程度，主要取决于显示器的（　　）。

　　A）类型　　　　　　B）亮度　　　　　　C）尺寸　　　　　　D）分辨率

（3）目前，印刷质量最好、分辨率高的打印机是（　　）。

　　A）点阵打印机　　　B）针式打印机　　　C）喷墨打印机　　　D）激光打印机

（4）以下属于点阵打印机的是（　　）。

　　A）激光打印机　　　B）喷墨打印机　　　C）静电打印机　　　D）针式打印机

（5）通常所说的 I/O 设备是指（　　）。

　　A）输入/输出设备　B）通信设备　　　　C）网络设备　　　　D）控制设备

（6）I/O 接口位于（　　）。

　　A）总线和设备之间　　　　　　　　　B）CPU 和 I/O 设备之间

　　C）主机和总线之间　　　　　　　　　D）CPU 和主存储器之间

（7）下列各组设备中，全部属于输入设备的一组是（　　）。

　　A）键盘、鼠标和绘图仪　　　　　　　B）键盘、扫描仪和鼠标

　　C）键盘、鼠标和显示器　　　　　　　D）硬盘、打印机和键盘

（8）光盘刻录机是（　　）。

　　A）输入设备　　　　　　　　　　　　B）输出设备

　　C）既是输入设备，又是输出设备　　　D）不好说

【答案】

（1）D　（2）D　（3）D　（4）D　（5）A　（6）A　（7）B　（8）C

▶▶▶ 考点 4　微型计算机技术指标

1. 字长

① 字长是指计算机运算部件一次能同时处理的二进制数据的位数。

② 字长越长，则计算机的运算精度越高，处理能力越强。

③ 通常，字长一般为字节的整倍数，如 8、16、32、64 位等。

2. 时钟主频

① 时钟主频是指 CPU 的时钟频率。

② 主频的高低一定程度上决定了计算机速度的快慢。

③ 主频以吉赫兹（GHz）为单位，一般说，主频越高，速度越快。

3. 运算速度

① 计算机的运算速度通常是指每秒钟所能执行的加法指令的数目。

② 常用百万条指令每秒（Million Instructions Per Second，MIPS）来表示运算速度。

4. 存储容量

① 存储容量分内存容量和外存容量。这里主要指内存储器的容量。

② 内存容量越大，机器所能运行的程序就越大，处理能力就越强。

5. 存取周期

存取周期就是 CPU 从内存储器中存取数据所需的时间。

6. 其他指标

还有可靠性、可维护性、平均无故障时间和性能价格比也都是计算机的技术指标。

典型题解

【例 1-15】计算机在处理数据时，一次存取、加工和传送的数据长度称为（　　）。

A）位　　　　　　　B）字节　　　　　　　C）字长　　　　　　　D）波特

【解析】字长是指计算机运算部件一次能同时处理的二进制数据的位数。它是用来衡量计算机精度的主要指标。字长越长，可用来表示数的有效位越多，计算机处理数据的精度越高。因此本题的答案为 C。

强化训练

（1）下列不属于微型计算机的技术指标的是（　　）。

A）字节　　　　　　B）时钟主频　　　　　C）运算速度　　　　　D）存取周期

（2）计算机的时钟频率称为（　　），它在很大程度上决定了计算机的运算速度。

A）字长　　　　　　B）主频　　　　　　　C）存储容量　　　　　D）运算速度

（3）通常用 MIPS 为单位来衡量计算机的性能，它指的是计算机的（　　）。

A）传输速率　　　　B）存储容量　　　　　C）字长　　　　　　　D）运算速度

（4）在计算机技术指标中，字长用来描述计算机的（　　）。

A）运算精度　　　　B）存储容量　　　　　C）存取周期　　　　　D）运算速度

（5）8 位字长的计算机可以表示的无符号整数的最大值是（　　）。

A）8　　　　　　　　B）16　　　　　　　　C）255　　　　　　　D）256

【答案】

（1）A　（2）B　（3）D　（4）A　（5）C

1.7　多媒体技术

1. 多媒体的有关概念

媒体是信息的表示和传输的载体，通常指文字、声音、图像、动画和视频等内容。多媒体是指能够同时对两种或两种以上媒体进行采集、操作、编辑、存储等综合处理的技术。

具有多种媒体处理能力的计算机统称为多媒体计算机。

2. 多媒体特性

多媒体特性有交互性、集成性。

3. 多媒体的数字化

（1）声音

计算机系统通过输入设备（传声器等）输入声音信号，并对其进行采样、量化，并将其转换成数字信号，然后通过输出设备（音箱等）输出。

采样和量化过程中使用的主要硬件是 A/D 转换器和 D/A 转换器。

存储声音信息的文件格式有很多种，常用的有.wav 文件、.midi 文件、.voc 文件、.au 文件以及.aif 文件等。

（2）图像

静态图像的数字化。图像的数字化通过采样和量化可以得到。组成一幅图像的每个点为一个像素，每个像素值表示其颜色、属性等信息。存储图像颜色的二进制数的位数，称为颜色深度。

动态图像的数字化。动态图像是将静态图像以每秒 n 帧的速度播放，当 $n \geqslant 25$ 时，显示在人眼中的就是连续的画面。

表达或生成图像通常有两种方法：点位图法和矢量图法。

图像文件格式有.bmp、.jpg、.gif、.tiff、.png、.wmf、.dxf 文件。

（3）视频文件格式

.avi、.mov 文件是视频文件格式。

4. 多媒体数据压缩

数据压缩分为两种类型：无损压缩和有损压缩。

JPEG 标准是第一个针对静止图像压缩的国际标准。

MPEG 标准规定了声音数据和电视图像数据的编码和解码过程、声音和数据之间的同步等问题。

典型题解

【例 1-16】在多媒体计算机中，媒体指的是（　）。

A）文本和图像　　　　　B）声音　　　　　C）动画和视频　　　　　D）以上均是

【解析】

在多媒体计算机中，媒体是指文字、声音、图像、动画和视频等内容。正确答案为 D。

强化训练

（1）在多媒体计算机系统中，不能存储多媒体信息的是（　）。

A）磁带 　　　　B）光缆 　　　　　　C）磁盘 　　　　　　　D）光盘

（2）下面各项中不属于多媒体硬件的是（　　）。

A）光盘驱动器 　　B）视频卡 　　　　　C）音频卡 　　　　　D）加密卡

【答案】

（1）B　　（2）D

1.8　计算机病毒及防范

1．什么是计算机病毒

计算机病毒指编制或者在计算机程序中插入的破坏计算机功能或者破坏数据，影响计算机使用并且能够自我复制的一组计算机指令或者程序代码。

2．计算机病毒的特点

（1）寄生性

一种特殊的寄生程序。不是通常意义下的完整的计算机程序，而是寄生在其他可执行的程序中。

（2）破坏性

不仅破坏系统，删除或修改数据，甚至格式化整个磁盘，而且包括占用系统资源，减慢计算机运行速度等。

（3）传染性

主动将自身的复制品或变种传染到其他未染毒的程序上。

（4）潜伏性

病毒程序寄生在别的程序上使得其难以被发现。在外界激发条件出现之前，病毒可以在计算机内的程序中潜伏、传播。

（5）隐蔽性

不到发作时机时，整个计算机系统看上去一切如常。

3．计算机感染病毒的常见症状

① 磁盘文件数目无故增多。

② 系统的内存空间明显变小。

③ 用户自己并没有修改，文件的日期/时间值被修改成新近的日期或时间。

④ 可执行文件长度明显增加。

⑤ 正常情况下可运行的程序突然因内存不足而不能装入。

⑥ 程序加载时间或程序执行时间明显变长。

⑦ 计算机经常出现死机现象或不能正常启动。

⑧ 显示器上经常出现一些莫名奇妙的信息或异常现象。

4．计算机病毒的分类

（1）引导区型病毒

通过读优盘、光盘（CD-ROM）及各种移动存储介质感染引导区的病毒称为引导区型病毒。这类病毒常常将其病毒程序替代主引导区中的系统程序。引导区病毒总是先于系统文件装入内存储器，获得控制权并进行传染和破坏。

（2）文件型病毒

文件型病毒主要感染扩展名为.com、.exe、.drv、.bin、.ovl、.sys 等可执行文件。

（3）混合型病毒

既可以传染磁盘的引导区，也传染可执行文件，兼有上述两类病毒的特点。

（4）宏病毒

宏病毒只感染 Microsoft Word 文档文件（.doc）和模板文件（.dot），与操作系统没有特别的关联。能通过软盘文档的复制、E-mail 下载 Word 文档附件等途径蔓延。

（5）Internet 病毒（网络病毒）

Internet 病毒大多是通过 E-mail 传播。

5. 计算机病毒的清除

① 如果计算机染上了病毒，最好重新启动计算机系统，并用杀毒软件进行查杀病毒。

② 一般杀毒软件具有清除/删除病毒功能。清除病毒是指把病毒从原有的文件中清除掉，恢复原有文件的内容，删除是指把整个文件全部删除掉。经过杀毒后，被破坏的文件有可能恢复成正常的文件。

③ 反病毒软件只能检测出已知的病毒并消除它们，不能检测出新的病毒或病毒的变种。所以，要随着新病毒的出现而不断升级。

④ 目前较流行的杀毒软件产品有瑞星、江民、卡巴斯基、金山毒霸、北信源、诺顿（Norton AntiVirus）、安全胃甲（KILL）、趋势科技（PC-Cillin）、蓝点"软卫甲"防毒墙、FortiGate 病毒防火墙以及木马克星等。

6. 计算机病毒的预防

① 专机专用。

② 利用写保护。

③ 慎用网上下载的软件。

④ 分类管理数据。

⑤ 建立备份。

⑥ 采用病毒预警软件或防病毒卡。

⑦ 定期检查。

⑧ 准备系统启动盘。

典型题解

【例 1-17】下列选项中，不属于计算机病毒特征的是（　　）。

A）破坏性　　　　　　B）潜伏性　　　　　　C）传染性　　　　　　D）免疫性

【解析】计算机病毒的特征包括寄生性、破坏性、传染性、潜伏性、隐蔽性。没有免疫性，正确答案是 D。

强化训练

（1）计算机病毒是指（　　）。

　　A）带细菌的磁盘　　　　　　　　　　B）已损坏的磁盘

　　C）具有破坏性的特制程序　　　　　　D）被破坏的程序

（2）相对而言，下列类型的文件中，不易感染病毒的是（　　）。

　　A）*.txt　　　　　　B）*.doc　　　　　　C）*.com　　　　　　D）*.exe

（3）下列软件中，不属于杀毒软件的是（　　）。

　　A）金山毒霸　　　　B）诺顿　　　　　　C）KV3000　　　　　D）Outlook Express

（4）目前使用的防杀病毒软件的作用是（　　）。

　　A）检查计算机是否感染病毒，清除已感染的任何病毒

　　B）杜绝病毒对计算机的侵害

　　C）检查计算机是否感染病毒，清除部分已感染的病毒

　　D）查出已感染的任何病毒，清除部分已感染的病毒

（5）下列对计算机病毒的描述正确的是（　　）。

　　A）反病毒软件总是滞后于计算机新病毒的出现

　　B）反病毒软件总是领先于新病毒的出现，并可以预防、查杀各种类型病毒

　　C）计算机感染过某种病毒之后，将对该类病毒产生免疫力

　　D）计算机病毒会危害计算机用户的身体健康

【答案】

（1）C　　（2）A　　（3）D　　（4）C　　（5）A

第②章 Windows XP 操作系统

🔵 考点概览

Windows 操作题在考试中一般有 5 道小题，每道题 2 分，共 10 分。文字录入题 10 分，在 Office 考试中，限时 10 分钟，150 个汉字。

🔵 重点考点

① 文件和文件夹的基本操作，如创建、复制、移动、重命名、删除，快捷方式的建立、属性设置等。

② 文字录入方法。

🔵 复习建议

① 本章前面列出的考点内容，如桌面组成、对话框组成等，概念上理解即可，无需记忆，虽然不会有明确的考核，却是后续操作的基础。

② 要熟练使用"开始"菜单、资源管理器，并熟练掌握有关文件夹或文件的操作。"我的电脑"也是一种资源管理程序，也可完成在资源管理器中的相关操作，对于资源管理器或"我的电脑"，熟练掌握其中一个的使用方法即可。

③ Windows 操作题的考核比较简单，只是有关文件和文件夹的操作，题型比较单一，通过本章和本书配套光盘的练习，这 10 分应当很容易得到。

④ 考纲中列出的内容，如 Windows 系统的设置、打印，显示器的设置等，虽然也是日常工作中的常用操作，但在一级等级考试中不作考核。所以在备考时可以暂时略过。

⑤ 针对文字录入题，考生需要掌握一种常见的汉字输入方法。从考试要求的录入速度来看，一般用户都可以达到。如果录入速度太慢，平时应当多加练习，因为这 10 分基本上属于送分题。

2.1 操作系统简介

1. 常用操作系统

常用的操作系统有 DOS、Windows、UNIX、Linux、OS 2、Mac OS、Novell NetWare。

2. 文件系统

计算机是以文件的形式组织和存储数据的。

在 Windows 中，文件夹是组织文件的一种方式，可以把同一类型的文件保存在一个文件夹中，也可以根据用途将文件保存在一个文件夹中。它的大小由系统自动分配。

用户不仅通过文件夹来组织管理文件，也可以用文件夹管理其他资源。文件夹中除了可以包含程序、文档、打印机等设备文件和快捷方式外，还可以包含下一级文件夹。通过文件夹把不同的文件进行分组、归类管理。

1. 文件

任何文件都有文件名。文件名是存取文件的依据，即按名存取。文件名分为文件主名和扩展名两部分。

文件名中可用的字符包括：汉字字符、26 个大小写英文字母、0～9 共 10 个阿拉伯数字和特殊字符。在文件名中不能使用的符号有：空格符、<、>、"|"、\、｜、:、"、*。

2. 文件类型

在绝大多数的操作系统中，文件的扩展名表示文件的类型。不同类型文件的处理方式不同。在不同的操作系统中，表示文件类型的扩展名并不相同。

3. 目录结构

大多数文件系统将目录结构建成树状结构，然后将文件分门别类地存放在不同的目录中。这种目录结构像一颗倒置的树，树根为根目录，树中每一个分支为子目录，树叶为文件。

在 Windows 的文件夹树状结构中，处于顶层（树根）的文件夹是桌面。

2.2　认识 Windows 用户界面

1. 登录 Windows XP

"登录"过程用以确认用户身份。启动 Windows XP，输入用户名和密码即可。

2. 桌面图标

"桌面"是启动计算机登录到系统后看到的整个屏幕界面（如图 2-1 所示），上面可以存放用户经常用到的应用程序和文件夹图标，并可以根据自己的需要在桌面上添加各种快捷图标。

"图标"包含图形和说明文字两部分。双击图标就可以打开相应的内容

图 2-1　桌面

3. 任务栏

任务栏可用于切换任务，以及显示状态。所有正在运行的应用程序和打开的文件夹均以任务按钮的形式显示在任务栏上，如图 2-2 所示。

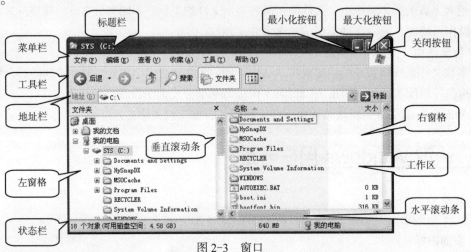

图 2-2　任务栏

4. 窗口

当打开文件或应用程序时，会出现一个窗口。

标准窗口由标题栏、菜单栏、工具栏、地址栏、状态栏、滚动条和工作区等几部分组成，如图 2-3 所示。

图 2-3　窗口

（1）打开窗口

双击要打开的窗口图标。

（2）移动窗口

在标题栏上按下鼠标左键拖动，移动到合适的位置后再松开鼠标，即可完成移动操作。

（3）缩放窗口

① 当需要改变窗口宽度（或高度）时，可以把鼠标指针放在窗口的垂直（或水平）边框上，当鼠标指针变成双向箭头时，可以任意拖动。

② 当需要对窗口进行等比缩放时，可以把鼠标指针放在边框的任意角上进行拖动，如图 2-4 所示。

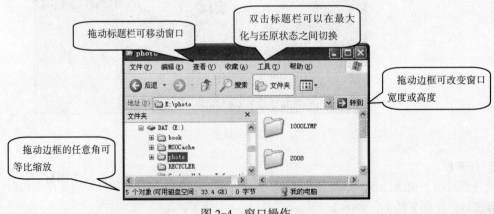

图 2-4　窗口操作

（4）最大化、最小化窗口

使用最小化按钮、最大化按钮、还原按钮，也可以快速调整窗口大小。

另外，在标题栏上双击可以进行最大化与还原两种状态之间的切换，参见图 2-5。

图 2-5　最大化、最小化窗口

（5）切换窗口

当打开多个窗口时，需要在各个窗口之间进行切换。

① 窗口处于最小化状态时，在任务栏上单击所要操作窗口的按钮。

② 按住<Alt>键，不断按<Tab>键，在切换任务栏中选择要打开的窗口，如图 2-6 所示。

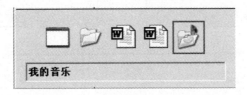

图 2-6　切换窗口

（6）关闭窗口

① 在标题栏上单击"关闭"按钮。

② 双击控制菜单按钮。

③ 单击控制菜单按钮，在弹出的控制菜单中选择"关闭"命令，参见图 2-7。

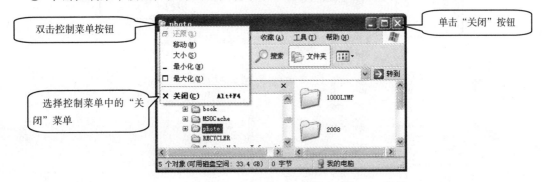

图 2-7　选择"关闭"命令

④ 使用<Alt+F4>组合键。

⑤ 如果窗口处于最小化状态，右击任务栏窗口按钮，选择"关闭"命令。

（7）工具栏

工具栏由一系列图标组成，单击这些图标可以快速完成不同的功能。每个图标对应一个菜单命令。

将鼠标指针移到工具栏图标上并停留，该图标的旁边便显示出对应的提示信息。

5. 对话框

对话框是人与计算机系统之间进行信息交流的界面。在对话框中用户通过对选项的选择，实现对系统对象属性的修改或者设置。

对话框一般包含有标题栏、选项卡文本框、列表框、命令按钮、单选按钮和复选框等部分，如图 2-8 所示。

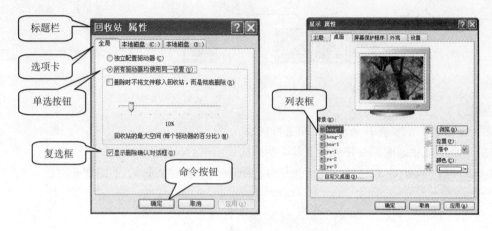

图 2-8 对话框的组成

6. 菜单和任务栏

（1）"开始"菜单

单击任务栏上最左侧的"开始"按钮打开"开始"菜单，如图 2-9 所示，便可运行程序、打开文档及执行其他常规任务。

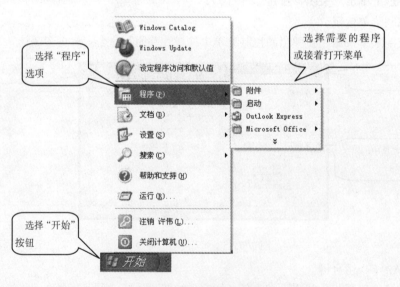

图 2-9 "开始"菜单

选择"开始"菜单中的"程序"命令，将显示完整的程序列表，单击需要选择的命令菜单，启动对应的应用程序。

（2）下拉菜单

菜单栏中的菜单均采用下拉式菜单方式。单击即可选择其中的命令。

（3）快捷菜单

右键单击选中对象或某位置，即可打开快捷菜单。快捷菜单列出与用户正在执行的操作直接相关的命令，即根据单击鼠标时指针所指的对象和位置的不同，弹出的菜单命令内容也不同，如图 2-10 所示。

"我的电脑"的快捷菜单　　　　　　　"回收站"的快捷菜单

图 2-10　快捷菜单

7. 使用帮助系统

在使用计算机的过程中遇到疑难问题无法解决时，可以在帮助系统中寻找解决问题的方法。

选择"开始"→"帮助和支持"命令后，即可打开"帮助和支持中心"窗口。单击相关主题的链接，可找到相应的帮助信息，如图 2-11 所示。

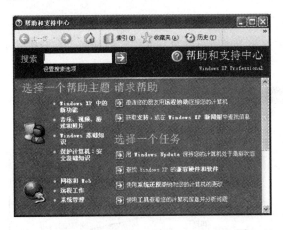
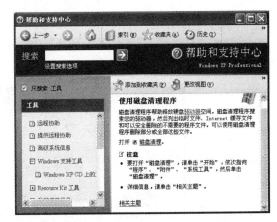

图 2-11　帮助窗口

在"搜索"文本框中输入要查找内容的关键字，然后单击 按钮，可以快速查找到结果。

2.3　资源管理基础

1. 启动资源管理器

"资源管理器"以分层方式显示计算机内所有文件的详细图表。使用"资源管理器"可以更方便地实现浏览、查看、移动和复制文件或文件夹等操作。

启动"资源管理器"的方法如下：

① 方法 1：选择"开始"→"程序"→"附件"→"Windows 资源管理器"命令。

② 方法 2：右击桌面上的"我的电脑"图标，在快捷菜单中选择"资源管理器"命令。

③ 方法 3：右击"开始"按钮，在快捷菜单中选择"资源管理器"命令，如图 2-12 所示。

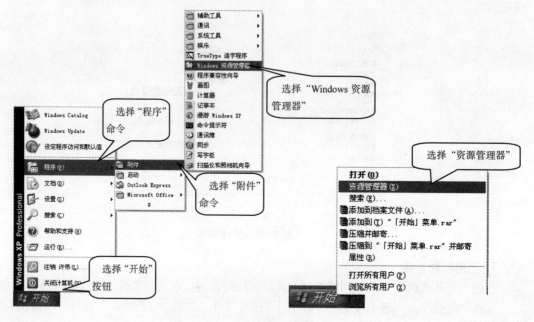

图 2-12 启动"资源管理器"

2. 浏览文件夹

在如图 2-13 所示的"资源管理器"中，左窗格显示了所有磁盘和文件夹的列表，右窗格显示了选定的磁盘或文件夹中的内容。

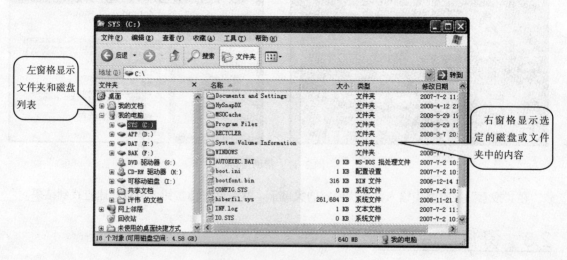

图 2-13 "资源管理器"窗口

文件夹可以折叠和展开，如图 2-14 所示。

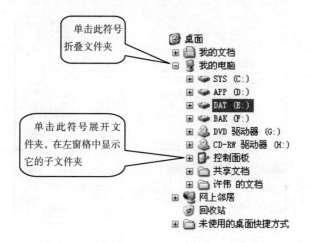

图 2-14　文件夹树

3. 文件夹内容的显示方式

在"资源管理器"中，可以用"查看"菜单中的命令调整文件夹内容窗格的显示方式，如图 2-15 所示。

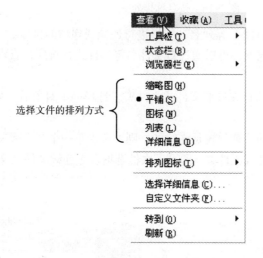

图 2-15　"查看"菜单

在"查看"菜单中有 5 种查看文件和文件夹的方式："缩略图"、"平铺"、"图标"、"列表"和"详细信息"。

在"详细信息"方式下，通常默认显示文件和文件夹的名称、大小、类型及修改日期等详细信息。在显示详细资料时，单击右窗格中的列名，就以该列递增或递减排序。如单击"名称"按钮，则按文件或文件夹名称的递增顺序排序；若再单击"名称"按钮，则按文件夹或文件名称的递减顺序排序，如图 2-16 所示。

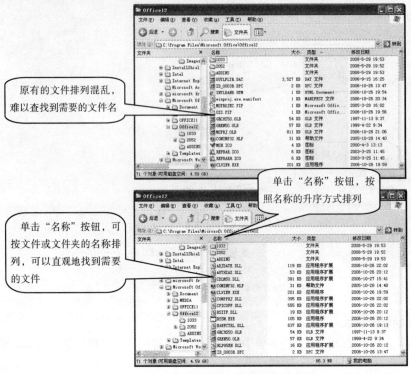

图 2-16 按名称排列

单击"大小"、"类型"、"修改时间"等列名，同样进行递减或递增的排序。

在一个文件夹中文件很多的情况下，可以通过对文件名等属性进行排序，直观地查找到文件。

4. 选取文件或文件夹

在管理过程中，若要操作，必须首先选取文件或文件夹。选择一个对象后，单击即可。

（1）选取多个连续对象

如果所要选取的文件或文件夹的排列位置是连续的，则可单击第一个文件或文件夹，然后在按住<Shift>键的同时单击最后一个文件或文件夹，即可一次性选取多个连续文件或文件夹，如图2-17所示。

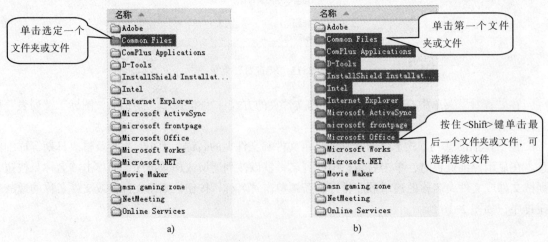

a)   b)

图 2-17 选定对象

a) 选定单个对象 b) 选定连续多个对象

（2）选取多个不连续对象

在按住<Ctrl>键的同时，单击需要选取的对象，可选择多个不连续的对象，如图 2-18 所示。若取消选取，则再单击即可。

图 2-18 选定不连续的多个对象

（3）全部选定和反向选择

选择"编辑"→"全部选定"命令，选取当前文件夹中的所有对象。

选择"编辑"→"反向选择"命令，选取当前没有选中的对象，如图 2-19 所示。

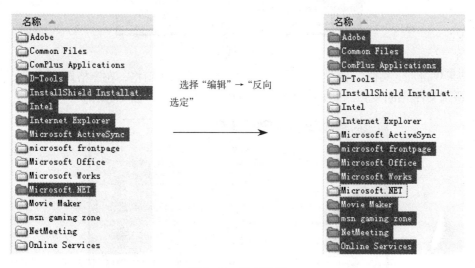

图 2-19 反向选定

5. "我的电脑"窗口

"我的电脑"是 Windows XP 的一个系统文件夹。Windows XP 通过"我的电脑"提供一种快速访问计算机资源的途径。其具体操作步骤如下。

① 在桌面上，双击"我的电脑"图标，打开"我的电脑"窗口，如图 2-20 所示。

图 2-20　"我的电脑"窗口

② 双击任何一个磁盘驱动器的图标，如 C 盘，就可以打开这个磁盘的窗口，显示其中包含的文件和文件夹，如图 2-21 所示。

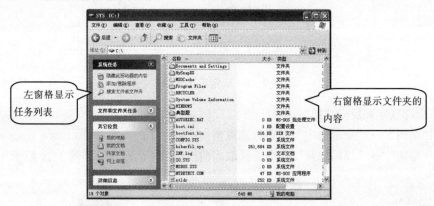

图 2-21　打开 C 盘

③ 如果单击"工具栏"中的"文件夹"按钮，将显示两个窗格，左窗格显示树形文件夹，右窗格显示所选文件夹的内容，如图 2-22 所示。再次单击该按钮，会恢复原样。

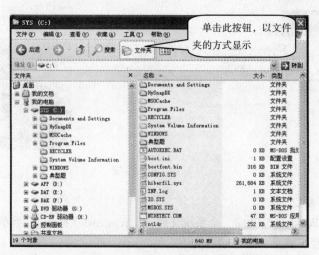

图 2-22　以文件夹方式显示

"资源管理器"的文件和文件夹操作，也可以在"我的电脑"中进行。

2.4　管理文件和文件夹

▶▶▶ **考点 1　新建文件**

不启动应用程序直接建立新文档的方式如下。

① 在桌面上或者某个文件夹中右击，在快捷菜单中选择"新建"命令。

② 在出现的文档类型列表中，选择一种类型。

选定文件夹后，也可选择菜单命令"文件"→"新建"，然后选择文档类型，如图 2-23 所示。

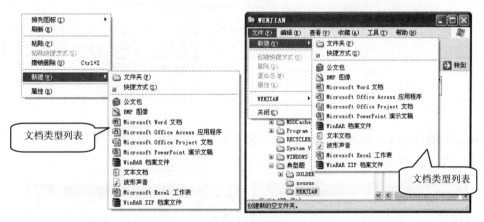

图 2-23　创建新文件

要想编辑该文档，可以双击文档图标，启动相应的应用程序。

典型题解

【例 2-1】在 C:\典型题\WENJIAN 文件夹中，创建 WENBEN.txt 文件。

【解析】操作步骤如下：

① 右键单击"开始"按钮，在快捷菜单中选择"资源管理器"命令，启动"资源管理器"。

② 找到并单击打开 C:\典型题\WENJIAN 文件夹，如图 2-24 所示。

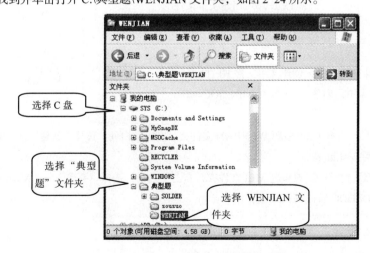

图 2-24　找到文件夹

③ 右击文件夹内容窗格中的任意空白处，在快捷菜单中指向"新建"命令，在级联菜单中选择"文本文档"命令，如图 2-25 所示。

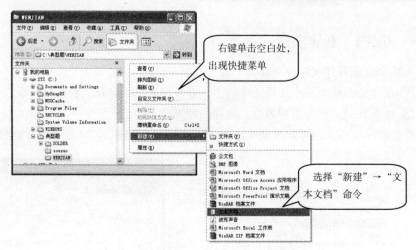

图 2-25　创建.txt 文件

④ 在文件夹内容窗格中出现默认名为"新建文本文档.txt"的新文件夹，在蓝色框中输入文件夹名 WENBEN.txt，然后按<Enter>键确认，结果如图 2-26 所示。

图 2-26　创建文本文件

强化训练

（1）在 C:\典型题\WENJIAN 文件夹中，创建文本文件 HE.TXT。

（2）在 C:\典型题\MEI 文件夹中，创建 Word 文档 MIN.DOC。

【答案】

（1）启动"资源管理器"。打开 C:\典型题\WENJIAN 文件夹，右击空白处，选择"新建"→"文本文档"命令。输入文件名 HE.TXT 后按<Enter>键。

（2）启动"资源管理器"。打开 C:\典型题\MEI 文件夹，右击空白处，选择"新建"→"Microsoft Word 文档"命令。输入文件名 MIN.DOC 后按<Enter>键。

▶▶▶ 考点 2　创建文件夹

创建新文件夹的步骤如下。

① 在"资源管理器"中，定位在要建立新文件夹的磁盘及文件夹。

② 选择"文件"→"新建"→"文件夹"命令，或鼠标右键单击，在快捷菜单中选择"新建"→"文件夹"命令。

③ 在新建的文件夹名称文本框中输入文件夹的名称，然后按<Enter>键。

典型题解

【例2-1】在 C:\练习\SOLDER 文件夹下建立一个新文件夹 BING。

【解析】操作步骤如下：

① 右键单击"开始"按钮，在快捷菜单中选择"资源管理器"命令，启动"资源管理器"。

② 找到并单击打开 C:\练习\SOLDER 文件夹，如图 2-27 所示。

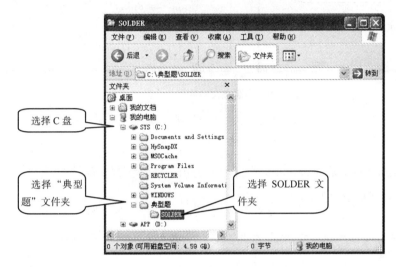

图 2-27　SOLDER 文件夹

③ 右击文件夹内容窗格中的任意空白处，在快捷菜单中指向"新建"命令，在级联菜单中选择"文件夹"命令，如图 2-28 所示。

图 2-28　选择快捷菜单命令

④ 在文件夹内容窗格中出现默认名为"新建文件夹"的新文件夹，在蓝色框中输入文件夹名 BING，然后按<Enter>键确认。这样，就在 SOLDER 文件夹下面创建了新文件夹 BING，如图 2-29 所示。

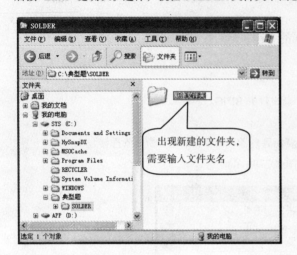

图 2-29　命名新文件夹

强化训练

（1）在 OLD 文件夹下建立 NEW 文件夹。

（2）在 EXTRA 文件夹下建立 KUB 文件夹。

【答案】

（1）启动"资源管理器"。打开 OLD 文件夹，右击空白处，选择"新建"→"文件夹"命令，输入 NEW，按<Enter>键确认。

（2）启动"资源管理器"。打开 EXTRA 文件夹，右击空白处，选择"新建"→"文件夹"命令。输入 KUB，按<Enter>键确认。

▶▶▶ 考点 3　复制和移动文件或文件夹

移动文件或文件夹就是将文件或文件夹放到其他地方，执行移动命令后，原位置的文件或文件夹消失，出现在目标位置。

复制文件或文件夹就是将文件或文件夹复制一份，放到其他地方，执行复制命令后，原位置和目标位置均有该文件或文件夹。

1. 用鼠标"拖放"方法

① 相同磁盘。在同一磁盘上拖放文件或文件夹默认执行移动操作。若拖放对象时按住<Ctrl>键则执行复制操作。

② 不同磁盘。在不同磁盘之间拖放文件或文件夹默认执行复制命令。若拖放文件时按住<Shift>键则执行移动操作。

③ 用鼠标右键把对象拖放到目的地。当释放右键时，将弹出快捷菜单，从中可以选择是移动还是复制该对象，或者为该对象在当前位置创建快捷方式图标，如图 2-30 所示。

图 2-30　右键拖动对象时出现的快捷菜单

2. 使用剪贴板

① 首先选取要复制的文件或文件夹。

② 选择"编辑"→"复制"命令（对应快捷键<Ctrl+C>）。（选择"编辑"→"剪切"命令，实现移动操作，对应快捷键<Ctrl+X>）。

③ 打开目的文件夹。

④ 选择"编辑"→"粘贴"命令（对应快捷键<Ctrl+V>），或鼠标右键单击，在快捷菜单中选择"粘贴"命令，即可将那些文件或文件夹复制到目的文件夹中。

典型题解

【例 2-2】将 C:\典型题\SOLDER 文件夹复制到 C:\典型题\WENJIAN 文件夹下。

【解析】操作步骤如下：

① 单击"开始"→"程序"→"附件"→"Windows 资源管理器"项，启动"资源管理器"。

② 找到并鼠标右键单击 C:\典型题\SOLDER 文件夹，选择快捷菜单中的"复制"命令，如图 2-31 所示。

图 2-31　选择"复制"命令

③ 找到并右击 C:\典型题\WENJIAN 文件夹，选择快捷菜单中的"粘贴"命令，如图 2-32 所示。WENJIAN文件夹中就会出现 SOLDER 文件夹，如图 2-33 所示。

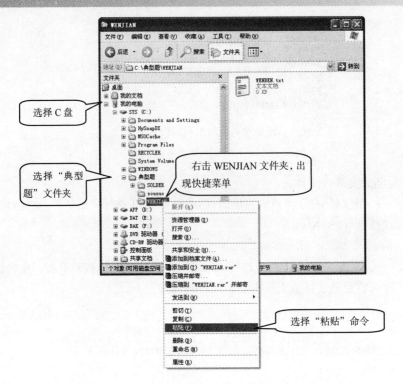

图 2-32 选择"粘贴"命令

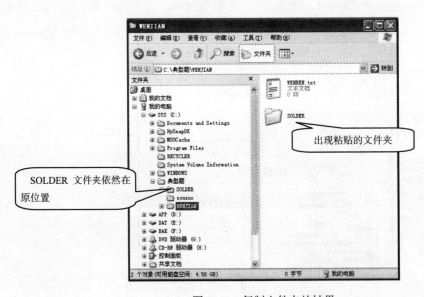

图 2-33 复制文件夹的结果

　　对于这种源文件夹与目标文件夹在同一驱动器，而且相距较近，可以直接看到的情况，可以直接按住 <Ctrl>键拖动复制。

　　【例 2-3】将 C:\典型题\SOLDER 文件夹移动到 C:\典型题\WENJIAN 文件夹下。

　　【解析】操作步骤如下：

　　① 单击"开始"→"程序"→"附件"→"Windows 资源管理器"项，启动"资源管理器"。

　　② 找到并选择 C:\典型题\SOLDER 文件夹，选择"编辑"→"剪切"命令，如图 2-34 所示。

图 2-34　选择"剪切"命令

③ 找到并选择 C:\典型题\WENJIAN 文件夹，选择"编辑"→"粘贴"命令，如图 2-35 所示。WENJIAN 文件夹中就会出现 SOLDER 文件夹，而且，在"典型题"文件夹中，SOLDER 文件夹消失，如图 2-36 所示。

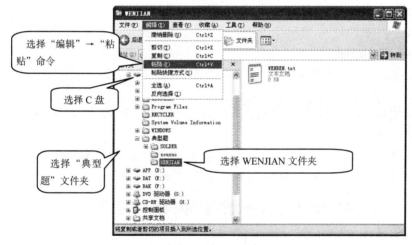

图 2-35　选择"粘贴"命令

图 2-36　移动文件夹的结果

对于这种源文件夹与目标文件夹在同一驱动器，而且相距较近，可以直接看到的情况，可以直接将源文件件夹拖动至目标文件夹。

利用菜单命令复制和移动的方式，适于各种情况，不容易误操作。

强化训练

（1）将 BROWSE 文件夹下的文件 HUIJI.DBF 复制到 EDIT 文件夹下。

（2）将 DIANZI 文件夹下的文件 YOUJIAN.WPS 移动到 ZIDONG 文件夹下。

【答案】

（1）启动"资源管理器"。打开 BROWSE 文件夹，鼠标右键单击文件 HUIJI.DBF，选择"复制"命令。鼠标右键单击 EDIT 文件夹，选择"粘贴"命令。

（2）启动"资源管理器"。打开 DIANZI 文件夹，鼠标右键单击文件夹中的文件 YOUJIAN.WPS，选择"剪切"命令。右击 ZIDONG 文件夹，选择"粘贴"命令。

▶▶▶ 考点4 删除文件或文件夹

1. 删除操作

首先选定要删除的对象，然后执行如下方法删除文件或文件夹。

① 方法1：选择"文件"→"删除"命令，或右击，在快捷菜单中选择"删除"命令。

② 方法2：按<Delete>键。

执行上述操作后，弹出"确认文件/文件夹删除"对话框，单击"是"按钮即可删除。

2. 恢复操作

用户从硬盘中删除文件或文件夹时，Windows XP 会将其自动放入"回收站"中，直到用户将其清空或还原到原位置。

如果删错了文件，可还原它：双击桌面上的 图标，打开"回收站"窗口。选择需要恢复的对象，右击，选择"还原"命令，该对象将恢复到原位置，如图 3-37 所示。

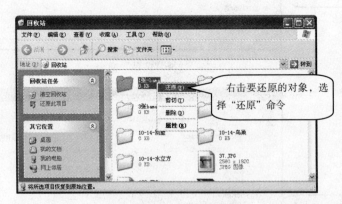

图 2-37 还原对象

3. 撤销删除等编辑操作

如果在完成对象的复制、移动和删除操作后，还没有继续进行其他操作，想要回到刚才操作前的状态，可以单击"编辑"菜单中的"撤销"命令。"撤销"命令会随着刚刚做的操作有些变化。比如，刚刚完成了删除操作，那么，会显示为"撤销删除"，如图 2-38 所示。

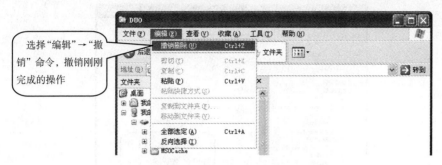

图 2-38　撤销操作

撤销操作的快捷键是<Ctrl+Z>。

典型题解

【例 2-3】将 C:\典型题\DUO 文件夹下的 ADJDATE.TXT 文件删除。

【解析】操作步骤如下：

① 右键单击"开始"按钮，在快捷菜单中选择"资源管理器"命令，启动"资源管理器"。

② 找到并单击打开 C:\典型题\DUO 文件夹，选定文件 ADJDATE.TXT，如图 2-39 所示。

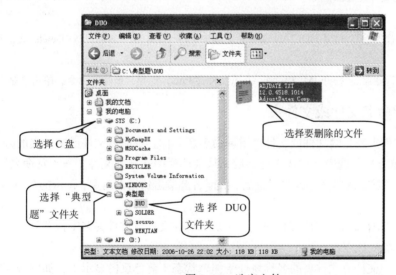

图 2-39　选定文件

③ 按<Delete>键。

④ 单击"确认文件删除"对话框中的"是"按钮，如图 2-40 所示。结果如图 2-41 所示。

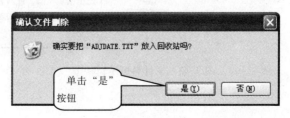

图 2-40　"确认文件删除"对话框

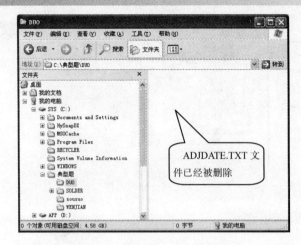

图 2-41　删除文件后的文件夹

强化训练

（1）将 HULIAN 文件夹下的文件 TONGXIN.WRI 删除。

（2）将 JM 文件夹下的文件夹 PAS 删除。

【答案】

（1）启动"资源管理器"。打开 HULIAN 文件夹，选中文件 TONGXIN.WRI，按<Delete>键。单击"是"按钮。

（2）启动"资源管理器"。打开 JM 文件夹，右击文件夹 PAS，选择"删除"命令，单击"是"按钮。

►►► 考点 5　重命名文件或文件夹

重命名文件或文件夹就是给文件或文件夹重新命名新名称。重命名文件或文件夹的方法如下。

① 方法 1：菜单方式。选中文件或文件夹后，从菜单栏中选择"文件"→"重命名"命令。

② 方法 2：右键方式。选中文件或文件夹后，鼠标右键单击选定的对象，在快捷菜单中选择"重命名"命令。

③ 方法 3：二次选择方式。选中文件或文件夹后，再在文件或文件夹名字位置处单击（注意不要快速单击两次，以免变成双击操作）。

完成上述操作后，文件或文件夹的名称将处于编辑状态（蓝色反白显示），如图 2-42 所示。直接输入新的名字后，按下<Enter>键即可。

图 2-42　文件名可编辑状态

典型题解

【例 2-5】将 C:\典型题\ZIP 文件夹下的文件 YUN.ZIP 更名为 YUN1.ZIP。

【解析】操作步骤如下：

① 单击"开始"按钮→"程序"→"附件"→"Windows 资源管理器"项，启动"资源管理器"。

② 找到并单击打开 ZIP 文件夹。单击文件 YUN.ZIP，再单击文件名，文件名周围出现细线框，处于修改状态。

③ 在名字框中，单击字母 N 的后面。输入"1"，然后按<Enter>键确认。

重命名的过程如图 2-43 所示。

第一次单击文件名　　　第二次单击文件名　　　单击字母 N 的后面　　　　输入"1"　　　　按<Enter>键

图 2-43　重命名文件

强化训练

（1）将 COPY 文件夹下的 BAT 文件夹更名为 XIAOMAO。

（2）将 XIAO 文件夹下的文件夹 ZHENG 更名为 MICRO。

【答案】

（1）启动"资源管理器"。打开 COPY 文件夹，两次单击 BAT 文件名。输入 XIAOMAO，按<Enter>键。

（2）启动"资源管理器"。打开文件夹 XIAO。右击文件夹 ZHENG，选择"重命名"命令，输入 MICRO，按<Enter>键。

▶▶▶　考点 6　设置文件属性

1. 文件属性的概念

文件除了文件名外，还有文件大小、占用空间等，这些信息称为文件属性。右击文件夹或文件对象，弹出"属性"对话框，其属性包括如下。

（1）只读

设置为只读属性的文件只能读，不能修改，当删除时会给出提示信息，起保护作用，如图 2-44 所示。

保存只读属性文件的提示信息　　　　　　删除只读属性的文件的提示信息

图 2-44　只读文件的提示信息

（2）隐藏

具有隐藏属性的文件在一般的情况下是不显示的。如果设置了显示隐藏文件，则隐藏的文件和文件夹是浅色的，以表明它们与普通文件不同，如图 2-45 所示。

（3）存档

任何一个新创建或修改的文件都有存档属性。

2. 查看和修改文件或文件夹属性

① 右击文件或文件夹，打开快捷菜单。

② 在快捷菜单中，单击"属性"命令，出现"属性"对话框，在"常规"选项卡中，可修改文件属性"只读"和"隐藏"。在"常规"选项卡中，选择"高级"按钮，在随后出现的对话框中，可设置存档属性，如图 2-46 所示。

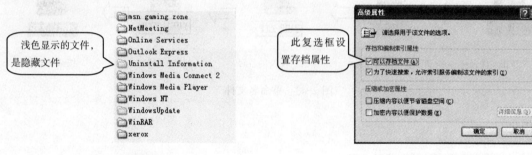

图 2-45　隐藏文件夹的显示　　　　　　图 2-46　"高级属性"对话框

典型题解

【例 2-6】将 C:\典型题\NIHAO 文件夹中的 WENBEN.txt 文件的只读属性撤销，并设置为隐藏属性。

【解析】操作步骤如下：

① 右键单击"开始"按钮，选择"Windows 资源管理器"项，启动资源管理器。

② 找到并选择 C:\典型题\NIHAO 文件夹，右键单击 WENBEN.txt，选择快捷菜单中的"属性"命令，如图 2-47 所示。出现属性对话框。

图 2-47　选择"属性"命令

③ 在"属性"对话框的"属性"区域中，取消"只读"复选框的选择，选中"隐藏"复选框，如图 2-48 所示，单击"确定"按钮。

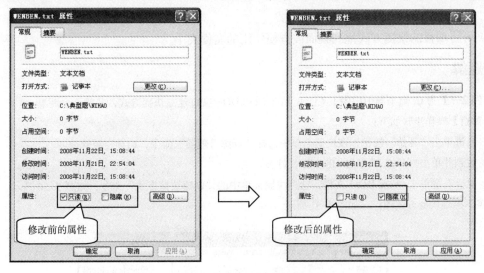

图 2-48　修改文件夹属性

强化训练

（1）将 TRY 文件夹中的文件 PAIXU.DBT 设置为隐藏属性。

（2）将 SEED 文件夹的只读属性撤销，并设置成存档属性。

【答案】

（1）启动"资源管理器"。打开 TRY 文件夹，右击文件 PAIXU.DBT，选择"属性"命令，选中"隐藏"复选框，单击"确定"按钮。

（2）启动"资源管理器"。右击 SEED 文件夹，选择"属性"命令。取消"只读"复选框的选择，选中"高级"按钮，选择"可以存档文件"复选框，单击"确定"按钮，再单击"确定"按钮。

▶▶▶ 考点 7　创建快捷方式

1. 快捷方式的概念

创建快捷方式是将各种应用程序、文件、文件夹、打印机或网络中的计算机等表示为快捷方式图标，通过双击该项目的快捷方式图标，即可快速打开该项目。

快捷方式是一个指针，可以更快地打开项目，并且删除、移动或重命名快捷方式时均不会影响原有的项目。

快捷方式图标的左下角，有一个小箭头，如图 2-49 所示。

快捷方式图标的左下角有一个小箭头

快捷方式 到
XDICT.EXE

图 2-49　快捷方式图标

2. 创建快捷方式

① 在资源管理器中，选定要创建快捷方式的对象（应用程序、文件、文件夹等）。

② 选择"文件"→"创建快捷方式"命令，或用鼠标右键单击，在快捷菜单中选择"创建快

捷方式"命令，即可创建该项目的快捷方式。

③ 可将项目的快捷方式拖到桌面或方便使用的文件夹中。

典型题解

【例 2-7】为 C:\典型题\HEIBEI 文件夹下的 Word.DOC 文件建立快捷方式，并放到桌面上。

【解析】操作步骤如下：

① 右键单击"开始"按钮，在快捷菜单中选择"资源管理器"命令，启动资源管理器。

② 找到并单击打开 C:\典型题\HEIBEI 文件夹。

③ 鼠标右键单击 Word.DOC 文件，选择快捷菜单中的"创建快捷方式"命令，如图 2-50 所示。即在同一文件夹下出现快捷方式图标，如图 2-51 所示。

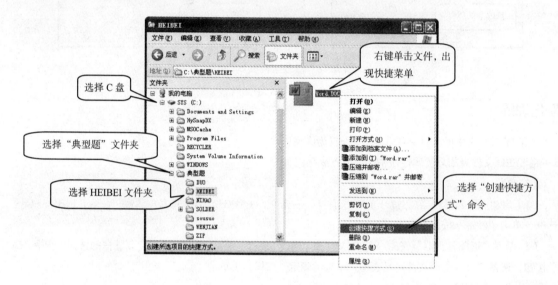

图 2-50 选择"创建快捷方式"命令

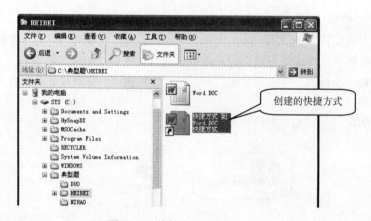

图 2-51 快捷方式图标

④ 按<Ctrl+X>键（或选择"编辑"→"剪切"命令）。

⑤ 单击"桌面"文件夹，按<Ctrl+V>键（或者，选择"编辑"→"粘贴"命令），参见图 2-52。结果如图 2-53 所示，移动到"桌面"文件夹的快捷方式，会在桌面上出现。也就是说，"桌面"文件夹中的文件和文

件夹列表，都将在桌面上显示出来。

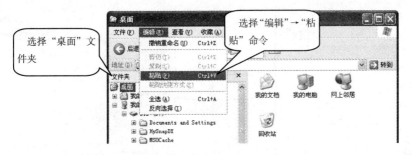

图 2-52　粘贴快捷方式

图 2-53　移动到桌面的快捷方式

强化训练

（1）为 REN 文件夹中的 MIN.exe 文件建立名为 RMIN 的快捷方式，并存放在同一文件夹下。

（2）为 WORD 文件夹中的 KANG.doc 文件建立名为 ZHEN 的快捷方式，并存放在同一文件夹下。

　　【答案】

　　（1）启动"资源管理器"。打开 REN 文件夹，右击 MIN.exe 文件，选择"创建快捷方式"命令，将快捷方式更名为 RMIN。

　　（2）启动"资源管理器"。打开 WORD 文件夹，右击 KANG.doc 文件，选择"创建快捷方式"命令，将快捷方式更名为 ZHEN。

▶▶▶ 考点 8　搜索文件和文件夹

　　要查看某个文件或文件夹的内容，若忘记了存放的具体位置或名称，可利用搜索功能。

　　① 选择"开始"→"搜索"→"文件或文件夹"命令，或者鼠标右键单击某驱动器或文件夹，在弹出的快捷菜单中选择"搜索"命令，打开"搜索结果"对话框，如图 2-54 所示。

　　② 单击"所有文件和文件夹"，出现图 2-55 所示的对话框。

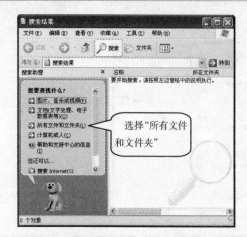

图 2-54 "搜索结果"对话框

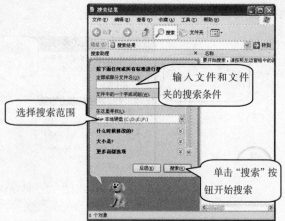

图 2-55 输入搜索条件

③ 在"全部或部分文件名"文本框中，输入文件或文件夹的名称。

④ 在"在这里寻找"下拉列表框中选择要搜索的范围。

⑤ 单击"搜索"按钮，即可开始搜索，Windows XP 会将搜索的结果显示在该对话框右边的空白框内。

2.5 中文输入

根据汉字编码的不同，中文输入法可分为 3 种：字音编码法、字形编码法和音形结合编码法。使用最多的字音编码是全拼输入法和智能 ABC 输入法等。

1. 选择中文输入法

选择中文输入法可单击语言栏的 按钮，在弹出的菜单中选择合适的中文输入法。参见图 2-56。

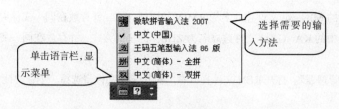

图 2-56 启动输入法

2. 输入法的状态控制

使用表 2-1 列出的快捷键可进行输入法的状态控制。

表 2-1 汉字输入使用的快捷键

键	说　明
<Ctrl+>空格键	在中英文输入方法之间进行切换
<Shift+>空格键	切换全角和半角
<Ctrl+. (句点) >键	切换中英文标点
<Ctrl+Shift>键	在各种汉字输入方法之间进行切换

3. 全拼输入法

全拼输入法使用汉字的拼音字母作为编码。它的编码较长，击键较多，重码很多，输入汉字时要选字，不方便盲打。

（1）输入单个汉字

在全拼输入状态下，直接输入汉字的汉语拼音编码就可以输入单个汉字。

如使用全拼输入法输入"我"字，其操作步骤如下。

① 先切换至全拼输入法状态。

② 输入"我"的汉语拼音"wo"，注意要输入小写字母，此时出现提示板，如图 2-57 所示。

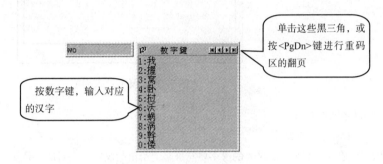

图 2-57　提示板

③ "我"字对应的数字键为 1，按数字键 1 或直接按空格键即可。

（2）输入词组

使用全拼输入法，可输入的词组有双字词组、三字词组、四字词组和多字词组，除了多字词组外，在输入时都要求全码输入。比如输入"中国"，直接输入"zhongguo"，就会出现图 2-58 所示的提示板，选择 1 即可。

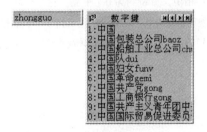

图 2-58　提示板

4. 智能 ABC 输入法

智能 ABC 输入法把一些常用的拼音字母组合起来，用单个拼音字母来代替，从而减少了编码的长度。在使用智能 ABC 输入法输入汉字时，其优点主要体现在词组和语句的输入上。

典型题解

录入如下汉字：

世界上许多国家都在竞相研制磁悬浮列车，我国的中低速常导磁悬浮列车实验线将于 21 世纪初建成。届时中国的老百姓可以体验一下在轨道上"飞行"的感觉。日本和德国的超导和常导磁悬浮列车实验线路也已经相继上路。科学家已经为我们勾画好了磁悬浮列车在未来交通中的美好前景。

【解析】本题考核汉字录入。在考试过程中，考生要按如下方式操作：

① 进入汉字录入界面，如图 2-59 所示。

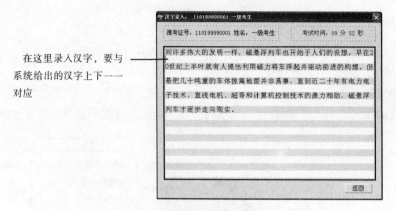

在这里录入汉字，要与
系统给出的汉字上下一一
对应

图 2-59　汉字录入界面

② 启动汉字输入方法。

③ 根据题目要求录入汉字。

特别注意，在考试界面中，录入的汉字要与屏幕上给出的汉字一一对应。另外，有关标点符号，中文全角标点，比如逗号 "，"，不要使用半角，比如 ","。

强化训练

（1）当前，人们谈论最多的是个人隐私的保护问题，无论是日常的门禁系统、ATM 提款系统，还是工作中可能遇到的计算机中数据的存取以及网络交易中的身份确认。传统的安全保护方式不外乎密码、个人识别码（PIN）、磁卡或钥匙，但这些方法只能提供有限的保障，而且它们经常会被非法盗用。

（2）这款原型机大小与 Sony 随身听相仿，重量约为 0.7 千克。它是一款全功能 PC，可以运行 Windows 98 至 Windows XP 以及相关的软件程序。此外，可穿戴 PC 还支持 PC 卡插槽和连接无线设备、外部硬盘和 USB 端口等。用户可以通过戴在一只眼睛上的单镜片显示屏查看内容，可利用手持鼠标或语音识别软件来进行内容导航。

第3章 Word 2003 的使用

● **考点概览**

在 Office 等级考试中，会有 25 分的 Word 基本操作题。

● **重点考点**

① 文档的创建、打开、保存。

② 文本的复制、替换，文件的插入，插入尾注。

③ 文档的编辑（文字的选中、插入、删除、查找与替换等基本操作）。

④ 字体格式的设置，如字体、字号、颜色，添加下划线、着重号、底纹和边框，设置字符间距；段落设置方面有左右缩进、对齐方式、段间距、行间距、项目符号和编号、分栏、首字下沉的设置等；页面设置方面有插入页码、设置纸张大小、字体和字号的设置，段落格式和页面格式的设置。

⑤ Word 表格制作，表格中数据的输入与编辑，数据排序、计算和汇总。有关表格数据排序、计算和汇总的内容，属于本章难点。

⑥ 文本框的操作。

● **复习建议**

① 文档基本操作是最基础的，对于不同的应用程序，这些基本操作都大同小异。熟悉了一个应用程序的文档基本操作，其他的也就很容易掌握了。

② Word 的排版技术需要特别注意，这是文字处理程序的一大特点，几乎每次考试都要涉及相关的考核。基本排版操作（如字体、字号的设置）可以使用格式工具栏上的按钮轻松完成，高级设置则需要使用"格式"菜单中的"字体"或"段落"等命令。

③ Word 表格制作并不难，难的是在表格中进行自动计算。把表格看作是一个 Excel 表，也就容易理解了。

④ 有关图文混排的内容，要特别注意掌握文本框的操作。

3.1 Word 入门

1. 启动 Word

① 方法 1：依次选择"开始"→"程序"→"Microsoft Office"→"Microsoft Office Word 2003"。

② 方法 2：在桌面或资源管理器中，如果有"Word"图标，双击 Word 应用程序图标 。

③ 方法 3：在"资源管理器"中双击带有图标 的文件（即 Word 文档），启动 Word 并打开

选择的文件。

2. Word 窗口的组成

Word 窗口由标题栏、菜单栏、工具栏、工作区和状态栏等部分组成，如图 3-1 所示。

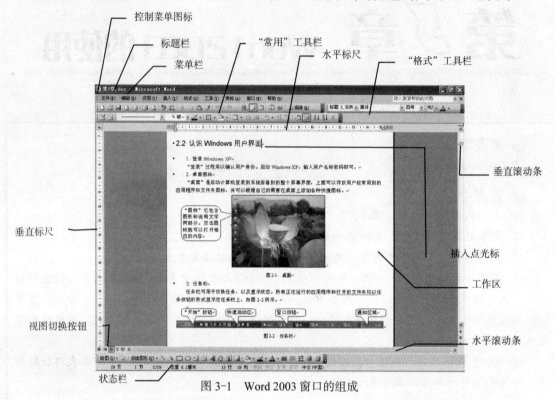

图 3-1　Word 2003 窗口的组成

（1）标题栏

标题栏中含有"控制菜单"图标、窗口标题、最小化和最大化（或还原）、关闭按钮。

（2）菜单栏

菜单栏中含有"文件"、"编辑"、"帮助"等菜单项。

（3）"常用"工具栏

常用工具栏集中 Word 操作常用的命令按钮。将鼠标指针指向某一命令按钮稍停片刻，会显示该按钮功能的简明提示。

（4）"格式"工具栏

格式工具栏列出了常用的排版命令。

（5）工作区

工作区是指"格式"工具栏以下和状态栏以上的区域。用户在这里输入文字、设置格式等。

（6）状态栏

状态栏显示当前文档的一些状态。

（7）标尺

标尺有水平和垂直标尺两种。标尺除了显示文字所在的实际位置、页边距尺寸外，还可以用来设置制表位、段落、页边距尺寸、左右缩进、首行缩进等。

（8）滚动条

滚动条分水平和垂直滚动条两种。使用滚动条滑块可滚动工作区内的文档内容。

（9）插入点

闪烁的黑色竖条（或称光标）为插入点。输入文本时，它指示下一个字符的位置。

（10）视图切换按钮

"视图"是查看文档的方式。Word 有 5 种视图：普通视图、页面视图、Web 版式视图、大纲视图和阅读版式视图。视图切换按钮，如图 3-2 所示。

图 3-2　视图切换按钮

① 普通视图。普通视图用于文字处理工作，如输入、编辑、格式的编排和插入图片等。

② Web 版式视图。可查看 Web 页在 Web 浏览器中的效果。

③ 页面视图。页面视图主要用于版面设计，如图 3-3 所示。

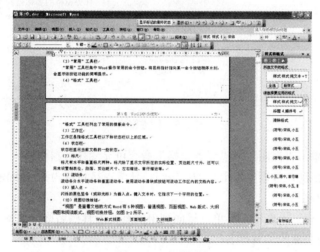

图 3-3　页面视图

④ 大纲视图。大纲视图适合于编辑文档的大纲，如图 3-4 所示。

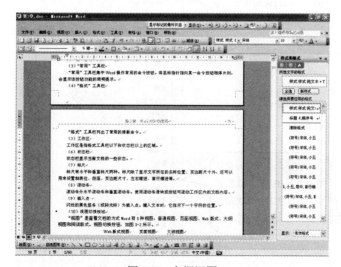

图 3-4　大纲视图

⑤ 阅读版式视图。适合阅读长篇文章。

（11）任务窗格

"任务窗格"显示任务信息。单击"任务窗格"名称，在弹出的"任务窗格"列表中包括了"开始工作"等 10 多个任务，如图 3-5 所示。

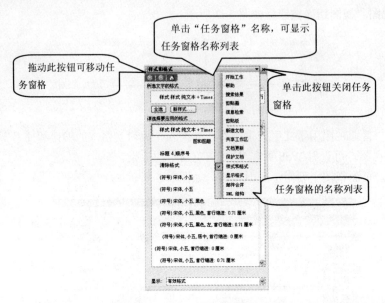

图 3-5　任务窗格

显示任务窗格。单击"视图"→"任务窗格"命令可显示任务窗格。

移动任务窗格。拖动任务窗格左上角的 按钮，任务窗格将成为独立小窗口。

3. 显示/隐藏工具栏

① 右键单击工具栏，出现快捷菜单，里面列出所有的工具栏名称，如图 3-6 所示。

② 选择要显示或隐藏的工具栏名称。

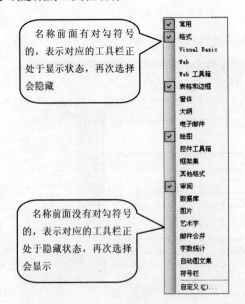

图 3-6　选择显示或隐藏的工具栏

4. 退出 Word

常用方法有以下几种：

① 单击"文件"→"退出"命令。

② 单击标题栏右端的 Word 窗口关闭按钮 ⊠。

③ 双击 Word 窗口左上角的控制菜单图标 🗐。

④ 按快捷键<Alt+F4>。

在执行退出 Word 操作时，如有文档修改后尚未保存，会出现提示框，询问是否要保存未保存的文档，单击"是"按钮，保存当前输入或修改的文档。

3.2　Word 基本操作

▶▶▶ 考点1　创建新文档

启动 Word 后，它自动打开一个新的空文档并暂时命名为"文档1"。Word 对以后新建的文档以创建的顺序依次命名为"文档2"、"文档3"等。

创建 Word 新文档的方法还有：

① 单击常用工具栏中的"新建空白文档"按钮 🗋。

② 执行"文件"→"新建"命令，选择"新建文档"任务窗格中的"空白文档"。

③ 按快捷键<Ctrl + N>。

▶▶▶ 考点2　打开文档

1. 打开 Word 文档

① 单击常用工具栏中的"打开"按钮 📂（或者执行"文件"→"打开"命令）。

② Word 显示"打开"对话框，如图 3-7 所示。

③ 单击"查找范围"列表框按钮 ⌄，出现驱动器和文件夹列表，单击所选定的驱动器或文件夹，如图 3-8 所示。

图 3-7　"打开"对话框

图 3-8　选择打开文件所在的驱动器

④ 在文件名和文件夹列表中，列出了该驱动器或文件夹中所包含的文件夹和文件名。双击要打开文档所在的文件夹，直到出现需要的文件，如图 3-9 所示。

⑤ 双击文件即可打开。

2．打开最近使用过的文档

如果要打开最近使用过的文档，单击"文件"菜单，选择底部显示的文件名列表中的文档，如图 3-10 所示。

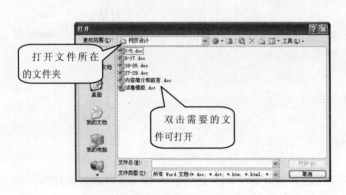

图 3-9　"打开"对话框　　　　　　　　图 3-10　选择最近打开的文件

►►► 考点3　输入文本

1．输入文本基础

① 新建空白文档后，可输入文本。工作区窗口左上角闪烁的黑色竖条"|"为插入点，表明输入的字符将出现的位置。输入文本时，插入点自动后移。

② 文字输入到行尾继续输入，后面的文字会自动出现在下一行。按<Enter>键后显示回车符为"↵"。

③ 要合并两个自然段落，光标移到前一段落的段尾，按<Delete>键可删除光标后面的"↵"，使后一段落与前一段落合并。

④ 一个段落要分成两个段落，需在分离处按<Enter>键。

2．插入符号

① 插入点移动到需要的位置。

② 单击"插入"→"符号"命令，打开图 3-11 所示的"符号"对话框。

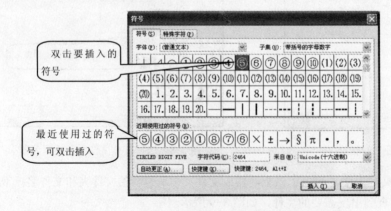

图 3-11　"符号"对话框

③ 在"符号"选项卡的"字体"下拉列表框中选定适当的字体项（如"普通文本"），双击所需符号即可。

④ 单击"关闭"按钮，关闭"符号"对话框。

3．插入脚注和尾注

① 将插入点移到需插入脚注或尾注的文字之后。

② 单击"插入"→"引用"→"脚注和尾注"命令，打开"脚注和尾注"对话框。

③ 选择"脚注"或"尾注"单选按钮，设定编号格式、自定义标记、起始编号和编号方式等。单击"确定"按钮。

如果要删除脚注或尾注，则选定脚注或尾注号，按<Delete>键。

4．插入文档

① 定位插入点。

② 执行"插入"→"文件"命令，打开"插入文件"对话框。

③ 选择插入文件所在的驱动器和文件夹，双击要插入的文件。

▶▶▶ 考点 4　保存文档

1．保存新建文档

① 单击常用工具栏的"保存"按钮■（或者执行"文件"→"保存"命令，或者直接按快捷键<Ctrl+S>）。

② 若是第一次保存文档，会弹出如图 3-12 所示的"另存为"对话框，在对话框的"保存位置"列表框中选定所要保存文档的文件夹，在"文件名"下拉列表框中输入新的文件名。

③ 单击"保存"按钮。

文档保存后，该文档窗口并没有关闭，可继续输入或编辑。

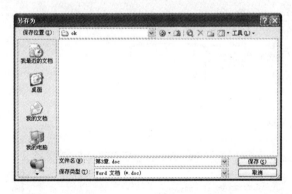

图 3-12　"另存为"对话框

2．保存现有文档

针对现有文档，用上述方法，可直接保存在原有文件夹中，使用原名。

3．另名保存

执行"文件"→"另存为"命令，可以用另一个不同的名字保存，而原来的文件依然存在。

典型题解

【例 3-1】在考生文件夹中，存有文档 WT01.DOC 和 WT02.DOC，其内容如下：

【WT01.DOC 文档开始】

高校科技实力排名由教委授权，uniranks.edu.cn 网站（一个纯公益性网站）6 月 7 日独家公布了 1999 年度全国高等学校科技统计数据和全国高校校办产业统计数据。据了解，这些数据是由教委科技司负责组织统计，全国 1000 多所高校的科技管理部门提供的。因此，其公正性、权威性是不容置疑的。

【WT01.DOC 文档结束】

【WT02.DOC 文档开始】

根据 6 月 7 日公布的数据，目前我国高校从事科技活动的人员有 27.5 万人，1999 年全国高校通过各种渠道获得的科技经费为 99.5 亿元，全国高校校办产业的销售（经营）总收入为 379.03 亿元，其中科技型企业销售收入 267.31 亿元，占总额的 70.52%。为满足社会各界对确切、权威的高校科技实力信息的需要，本版特公布其中的"高校科研经费排行榜"。

【WT02.DOC 文档结束】

操作要求：将文档 WT02.DOC 的内容插入文档 WT01.DOC，作为第二段。

【解析】具体操作如下：

① 打开文档 WT01.DOC，将光标置于段落末端，然后按<Enter>键，在正文下另起一段，如图 3-13 所示。

图 3-13　WT01.DOC 文件

② 单击"插入"下拉菜单中的"文件"命令，打开"插入文件"对话框。选择文档 WT02.DOC，如图 3-14 所示。

图 3-14　"插入文件"对话框

③ 单击"插入"按钮。插入文件的结果如图 3-15 所示。

图 3-15　插入文件

④ 单击工具栏中的"保存"按钮█保存文件。

【例3-2】在考生文件夹中，存有文档 WT03.DOC，其内容如下：

【文档开始】

为什么铁在月球上不生锈？

众所周知，铁有一个致命的弱点：容易生锈。空气中的氧气会使坚硬的铁变成一堆松散的铁锈。为此科学家费了不少心思，一直在寻找让铁不生锈的方法。

可是没想到，月亮给我们带来了曙光。月球探测器带回来的一系列月球铁粒样品，在地球上呆了好几年，却居然毫无氧化生锈的痕迹。这是怎么回事呢？

于是，科学家模拟月球实验环境做实验，并用 X 射线光谱分析，终于发现了其中的奥秘。原来月球上缺乏地球外围的防护大气层，在受到太阳风冲击时，各种物质表层的氧均被"掠夺"走了，长此以往，这些物质便对氧产生了"免疫性"，以至它们来到地球以后也不会生锈。

这件事使科学家得到启示：要是用人工离子流模拟太阳风，冲击金属表面，从而形成一层防氧化"铠甲"，这样不就可以使地球上的铁像"月球铁"那样不生锈了吗？

【文档结束】

操作要求：在标题后添加脚注，脚注内容为"本文摘自《十万个为什么》"。

【解析】具体操作如下：

① 打开文档 WT03.DOC，将插入点置于标题文字后，如图 3-16 所示。

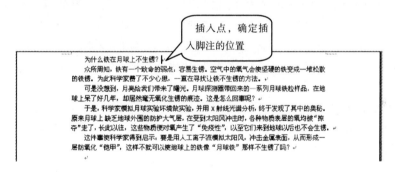

图 3-16 原文档

② 单击"插入"→"引用"→"脚注和尾注"命令，打开"脚注和尾注"对话框，在"插入"栏中选择"脚注"单选按钮，如图 3-17 所示。

③ 单击"确定"按钮，进入脚注编辑状态，输入脚注文字"本文摘自《十万个为什么》"，如图 3-18 所示，在文档中任意位置单击。插入点指定位置出现脚注编号，如图 3-19 所示。

④ 按快捷键<Ctrl+S>，保存文档。

图 3-17 "脚注和尾注"对话框

图 3-18 输入脚注文字

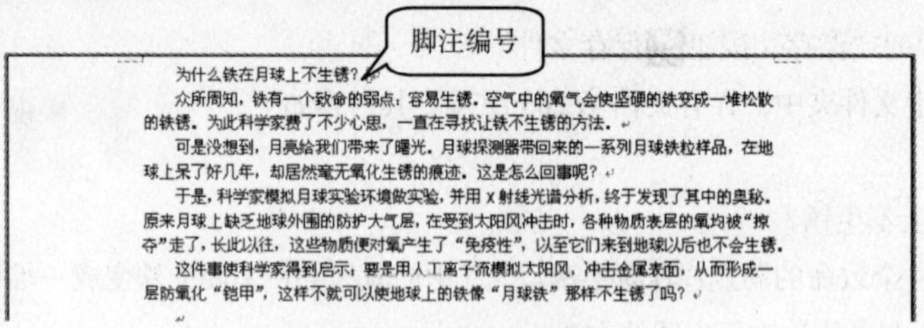

图 3-19　脚注编号

强化训练

（1）在考生文件夹中，存有文档 A1.DOC 和 A2.DOC，其内容如下：

【A1.DOC 文档开始】

波斯是众多古代文明中发展程度较高的民族，它的历史源远流长。

最早的波斯人（在公元前 6 世纪亚述国灭亡以后）生活在现在伊朗南部设拉子市以南的地区（当年波斯的首都波斯波利斯就在这里）。在帝国时代 2 所跨越的年代中，波斯文明只是到了公元 3 世纪才开始兴盛起来的，这并非是曲解了波斯的历史，事实上帝国时代中的波斯还包括了波斯帝国（公元 3 世纪开始）的前身。

【A1.DOC 文档结束】

【A2.DOC 文档开始】

从 3 世纪开始，这一文明才以波斯帝国的名号出现于历史舞台，直至公元十七世纪。在此之前的几个世纪，这片土地曾经被许多发源于地中海区域的势力所统治，但最终还是成了一个独立王国，恢复了属于本民族的自由与荣耀，并发展成为一个横跨美索不达米亚和印度的帝国。现在的伊朗、伊拉克和阿富汗都曾经属于当年古波斯帝国的版图。然而接连不断的战争削弱了波斯帝国的实力，为了夺取叙利亚、土耳其、巴勒斯坦、以色列、埃及和整个阿拉伯半岛的控制权，与强大的罗马帝国交战了数年。直到公元 364 年，罗马人才和波斯人签订了一份和平条约。

【A2.DOC 文档结束】

操作要求：将文档 A2.DOC 插入文档 A1.DOC，作为第二段内容。

（2）在考生文件夹中，存有文档 A3.DOC，其内容如下：

【文档开始】

未来 20 年小的是美丽的

进入客机迅猛发展的世纪末，是客机引领着都市人文精神，还是超越现代的人文精神在指引着客机航向？客机可以把人送上月球、送入太空，也可以把大众更迅速地从一个城市带到另一个城市。

10 月 11 日，第 8 届北京国际航空展刚刚闭幕的时候，播音公司最新型的支线喷气机 717-200 首航中国。717-200 集 21 世纪最新科技于一身，专为短程支线航空市场设计，不需要长跑道和大型空港设备，预计全世界在今后 20 年内将需要 2 600 架这样的"小"飞机。播音中国公司总裁说："我们的飞机是最好的。"

10 月 11 日上午 10:00，记者成为 717-200 飞机第一个中国乘客，亲自体验了一下航空界的最新技术，发现简单也是一种美丽。借用吴敬琏先生的一句话：小的是美丽的。也许坐飞机从一个村庄到另一个村庄不再是梦想。

【文档结束】

操作要求：在标题后添加脚注，脚注内容为"本文摘自《科技博览》"。

【答案】

（1）打开文档 A1.DOC，在正文下另起一段。单击"插入"→"文件"命令，选择文档 A2.DOC，单击"插入"按钮。按快捷键<Ctrl+S>保存文件。

（2）打开文档 A3.DOC，将插入点置于标题文字后。将插入点移到标题后，单击"插入"→"引用"→

"脚注和尾注"命令,选择"脚注"单选按钮,单击"确定"按钮。输入"本文摘自《科技博览》",在文档中任意位置单击。按快捷键<Ctrl+S>保存文件。

▶▶▶ 考点 5 基本编辑技术

在文本某处插入新的文本、删除文本的几个或几行文字、修改文本的某些内容、复制和移动文本的一部分、查找与替换指定的文本等都是最基本的编辑操作技术。

1. 移动插入点

通常,用鼠标和键盘移动插入点。

表 3-1 列出了键盘移动插入点的功能。

表 3-1　用键盘移动插入点

键	说　明
<←>	移动光标到前一个字符
<→>	移动光标到后一个字符
<↑>	移动光标到前一行
<↓>	移动光标到后一行
<PgUp>	移动光标到前一页当前光标处
<PgDn>	移动光标到后一页当前光标处
<Home>	移动光标到行首
<End>	移动光标到行尾
<Ctrl + PgUp>	移动光标到上页的顶端
<Ctrl + PgDn>	移动光标到下页的顶端
<Ctrl + Home>	移动光标到文档首
<Ctrl + End>	移动光标到文档尾
<Alt + Ctrl + PgUp>	移动光标到当前页的开始
<Alt + Ctrl + PgDn>	移动光标到当前页的结尾
<Shift + F5>	移动光标到最近曾经修改过的 3 个位置

2. 选择文本

要操作某部分文本,首先应选择这部分文本。

（1）鼠标选择方法

鼠标选择文本的方法参见表 3-2。

表 3-2　选择文本

选 择 区 域	操　作
任意大小的文本区	单击要选择文本区的开始处,拖动鼠标到所选文本区的最后一个文字并松开鼠标左键
大块文本	单击选择区域的开始处,然后按住<Shift>键,单击选择区域的末尾
矩形区域中的文本	将鼠标指针移动到所选区域的左上角,按住<Alt>键拖动鼠标,直到区域的右下角,放开鼠标
一句	按住<Ctrl>键,将鼠标光标移到所要选句子的任意处单击
一段	将鼠标指针在要选段落的任意行处连击三下。或者将鼠标指针移到所要选择段落左侧选择区,当鼠标指针变成向右上方指的箭头时双击之
一行或多行	将鼠标指针移到这一行左端的选择区,当鼠标指针变成向右上方指的箭头时单击一下可选择一行文本;如果拖动鼠标,则可选择若干行文本
整个文档	选择"编辑"下拉菜单中的"全选"命令或直接按快捷键<Ctrl+A>选择全文

在文档中，当鼠标指针显示为 I 形的区域是文档的编辑区；当鼠标指针移到文档编辑区左侧的空白区时，鼠标指针变成向右上方指的箭头，这区域称为文档的选择区，如图 3-20 所示。

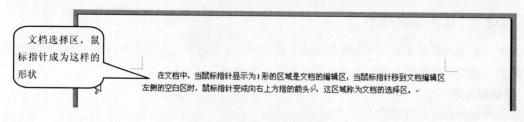

图 3-20　文档的选择区

（2）键盘选择方法

用键盘选定文本的方法参见表 3-3。

表 3-3　选定文本

按　　键	功　　能
Shift + →	选定当前光标右边的一个字符或汉字
Shift + ←	选定当前光标左边的一个字符或汉字
Shift + ↑	选定到上一行同一位置之间的所有字符或汉字
Shift + ↓	选定到下一行同一位置之间的所有字符或汉字
Shift + Home	从插入点选定到它所在行的开头
Shift + End	从插入点选定到它所在行的末尾
Shift + PgUp	选定上一屏
Shift + PgDn	选定下一屏
Ctrl + Shift + Home	选定从当前光标到文档首
Ctrl + Shift + End	选定从当前光标到文档尾
Ctrl + A	选定整个文档

3. 插入与删除文本

（1）插入文本

在插入方式下，只要将插入点移到需要插入文本的位置，输入新文本。

（2）删除文本

① 按<Delete>键，删除插入点右边的文字或字符。

② 按<BackSpace>键，删除插入点左边的文字或字符。

③ 要删除较多文本，首先选择要删除的文本，然后按<Delete>键。

④ 删除之后要恢复删除，单击常用工具栏中的"撤销"按钮 。

4. 移动文本

移动文本，与 Windows 操作中的移动对象的操作类似，都是首先选择要移动或复制的对象，然后选择"编辑"→"剪切"命令（或者单击"剪切"按钮 ，或者按快捷键<Ctrl+X>），再在目标位置，选择"编辑"→"粘贴"命令（或单击"粘贴"按钮 ，或者按快捷键<Ctrl+V>）。

5. 复制文本

移动文本，与 Windows 操作中的移动对象的操作类似，都是首先选择要移动或复制的对象，然后选择"编辑"→"复制"命令（或者单击"复制"按钮 ，或者按快捷键<Ctrl+X>），再在目标位置，选择"编辑"→"粘贴"命令（或单击"粘贴"按钮📋，或者按快捷键<Ctrl+V>）。

当然，移动或复制操作，也可以使用快捷菜单的方式。或者鼠标拖动的方式。

典型题解

【例 3-3】在考生文件夹中，存有文档 WT04.DOC，其内容如下：

【文档开始】

运动员的饮食

运动员的运动项目不同，对饮食的需求也不同。

体操动作复杂多变，完成时要求技巧、协调及高度的速率，另外为了保持优美的体形和动作的灵巧性，运动员的体重必须控制在一定范围内。因此体操运动员的饮食要精，脂肪不宜过多，体积小，产热量高，维生素 B1、维生素 C、磷、钙和蛋白质供给要充足。

马拉松属于有氧耐力运动，对循环、呼吸机能要求较高，所以要保证蛋白质、维生素和无机盐的摄入，尤其是铁的充分供应，如多吃些蛋黄、动物肝脏、绿叶菜等。

游泳由于在水中进行，肌体散热较多，代谢程度也大大增加，所以食物中应略微增加脂肪比例。短距离游泳时要求速度和力量，膳食中要增加蛋白质含量；长距离游泳要求较大的耐力，膳食中不能缺少糖类物质。

【文档结束】

操作要求：将正文第一段，复制一段置于其下方；将正文第四段文字（"游泳……糖类物质。"）移至第三段文字（"马拉松……绿叶菜等。"）之前。保存文档。

【解析】具体操作如下：

① 打开文档 WT04.DOC，如图 3-21 所示。

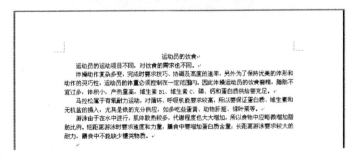

图 3-21　打开的文档

② 将鼠标指针置于正文第一段中任意位置，连续单击三次，选中第一段，如图 3-22 所示。

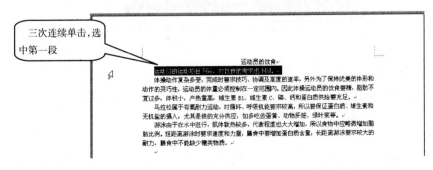

图 3-22　选中第一段

③ 按快捷键<Ctrl+C>复制选中的文本，然后，将指针置于第二段段首位置，按快捷键<Ctrl+V>。结果如图 3-23 所示。

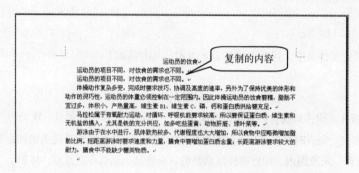

图 3-23　复制文本

④ 将鼠标指针置于正文第四段（"游泳……糖类物质。"）中的任意位置，单击三次鼠标，选中第四段，参见图 3-24。

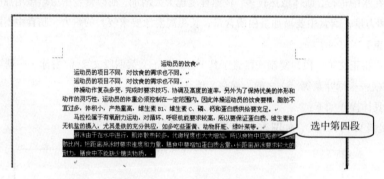

图 3-24　选中第四段

⑤ 按住鼠标左键不放，拖动鼠标，光标定位到第三段段首时（"马拉松……绿叶菜等。"），松开鼠标。结果如图 3-25 所示。

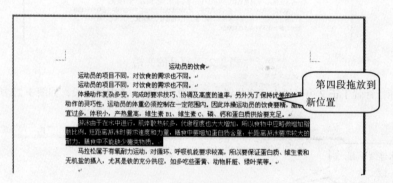

图 3-25　最终结果

⑥ 按快捷键<Ctrl+S>，原名保存文档。

强化训练

（1）打开文档"蝴蝶.DOC"，内容如下。将第 1 段内容最后的"人造多层介质反射镜的反射光有很强的方向性”文字删除，并将第一段内容移动到第二段内容的后面。

【文档开始】

这种性能，早在一百多年前就被人发现，但其奥秘直到最近才被揭开。原来蓝蝶翅膀上覆盖着许多微小鳞片（就是触摸蝴蝶翅膀时会沾手的粉），其表面有许多平行的脊状突起物。观察脊的截面，会发现其中包含着许多平行排列的羽状物。“羽毛”的主干两边生出若干分支，分支的长度沿主干从根到梢逐渐变短，其结构类似于人造的多层介质反射镜。人造多层介质反射镜的反射光有很强的方向性

亚马孙丛林中的雄性蓝蝶带有彩虹般的蓝色光辉，半公里外就能看到。其光辉如此强烈，有的竟能反射70%的蓝色光线，远远超过蓝色涂料的反射率。蓝蝶耀眼的光辉，原是一种警号，使别的雄性蓝蝶在远处就能知所趋避。蓝光越强，示警作用越显著。物竞天择，适者生存。亿万年的自然选择，使亚马孙蓝蝶翅膀有了如此奇妙的性能。

【文档结束】

（2）打开文档“蓝蝶翅膀.DOC”，删除第一句话中的“却”字。在“蓝蝶翅膀的反射光颜色随不同的视角略有变化，”之后，添加“从蓝色到紫色，”一句。

【文档开始】

蓝蝶翅膀的反光却是广角的，可以在很大范围内看到。这种奇妙性能缘于那些羽状物的分支并非完全位于同一平面内，而是各具略微不同的倾斜角，使反光的视角大为增加。蓝蝶的翅膀还具有颜色选择性。其羽状物的尺寸恰好能增强蓝光的反射，而且其分支越多，反光就越强。一种仅有 6 到 8 个分支的蓝蝶翅膀，仍比蓝色涂料的反光率高出一倍以上。蓝蝶翅膀的反射光颜色随不同的视角略有变化，一直延伸到人眼看不见但蓝蝶能看见的紫外线。

【文档结束】

【答案】

（1）打开文档。鼠标拖动选择“人造多层介质反射镜的反射光有很强的方向性”，按<Delete>键删除。三次单击第二段内容选中该段。将其拖动到第一段的前面。按快捷键<Ctrl+S>原名保存文档。结果文件如图 3-26 所示。

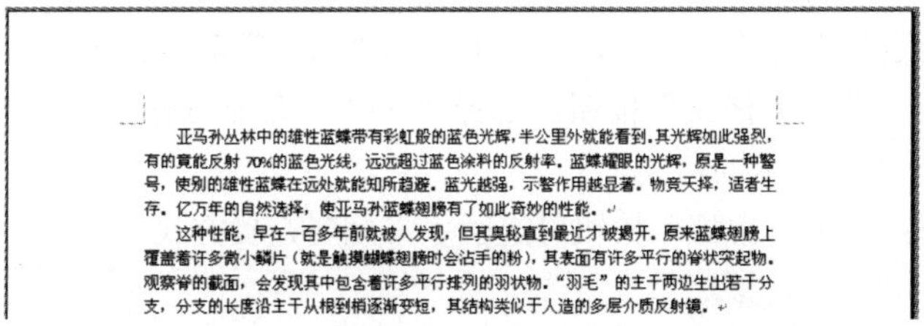

亚马孙丛林中的雄性蓝蝶带有彩虹般的蓝色光辉，半公里外就能看到。其光辉如此强烈，有的竟能反射 70%的蓝色光线，远远超过蓝色涂料的反射率。蓝蝶耀眼的光辉，原是一种警号，使别的雄性蓝蝶在远处就能知所趋避。蓝光越强，示警作用越显著。物竞天择，适者生存。亿万年的自然选择，使亚马孙蓝蝶翅膀有了如此奇妙的性能。

这种性能，早在一百多年前就被人发现，但其奥秘直到最近才被揭开。原来蓝蝶翅膀上覆盖着许多微小鳞片（就是触摸蝴蝶翅膀时会沾手的粉），其表面有许多平行的脊状突起物。观察脊的截面，会发现其中包含着许多平行排列的羽状物。“羽毛”的主干两边生出若干分支，分支的长度沿主干从根到梢逐渐变短，其结构类似于人造的多层介质反射镜。

图 3-26　结果文件

（2）打开文档。将光标置于“蓝蝶翅膀的反光却是广角的，”中的“却”字之前，按<Delete>键删除。单击“蓝蝶翅膀的反射光颜色随不同的视角略有变化，”之后，打开输入法，输入“从蓝色到紫色，”。按快捷键<Ctrl+S>原名保存文档。结果文件如图 3-27 所示。

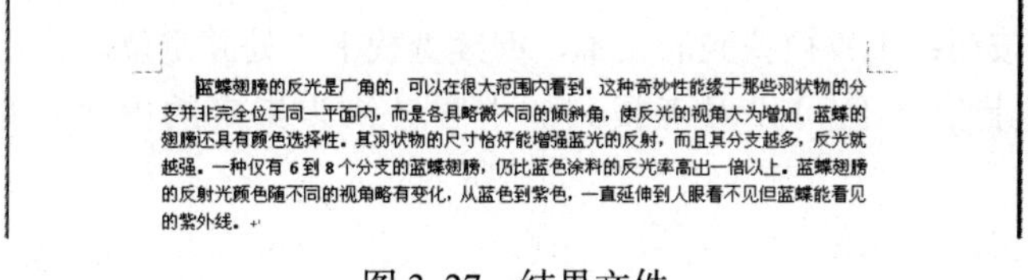

蓝蝶翅膀的反光是广角的，可以在很大范围内看到。这种奇妙性能缘于那些羽状物的分支并非完全位于同一平面内，而是各具略微不同的倾斜角，使反光的视角大为增加。蓝蝶的翅膀还具有颜色选择性。其羽状物的尺寸恰好能增强蓝光的反射，而且其分支越多，反光就越强。一种仅有 6 到 8 个分支的蓝蝶翅膀，仍比蓝色涂料的反光率高出一倍以上。蓝蝶翅膀的反射光颜色随不同的视角略有变化，从蓝色到紫色，一直延伸到人眼看不见但蓝蝶能看见的紫外线。

图 3-27　结果文件

考点6　查找与替换

1. 查找与替换

（1）常规查找文本

① 单击"编辑"→"查找"命令，打开"查找和替换"对话框。

② 单击"查找"选项卡，在"查找内容"文本框中输入要查找的文本。

③ 单击"查找下一处"按钮开始查找。可重复此过程，直到整个文档查找完毕为止。

（2）高级查找

单击"查找和替换"对话框中的"高级"按钮，打开能设置各种查找条件的详细对话框（如图3-28所示），设置好这些选项后，可以快速查找出符合条件的文本。

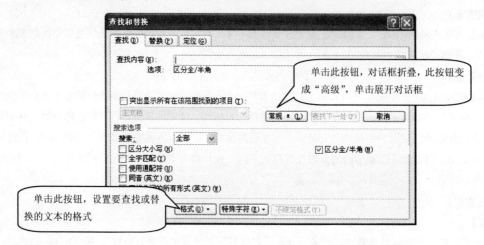

图 3-28　高级设置

① 查找内容：输入要查找的文本。

② 搜索：在"搜索"中有"全部"、"向上"和"向下"3个选项。

③ "格式"按钮：单击"格式"按钮，选择"字体"命令可打开"字体"对话框，使用该对话框可设置所要查找的指定文本的格式。

④ "常规"按钮：单击"常规"按钮可返回"常规"查找方式。

（3）替换文本

① 单击"编辑"→"替换"命令，选择"查找和替换"对话框中的"替换"选项卡。

② 在"查找内容"文本框中输入要查找的内容。

③ 在"替换为"文本框中，输入要替换的内容。

④ 根据情况单击下列按钮之一：

"替换"按钮：替换找到的文本，继续查找下一处并定位。

"全部替换"按钮：替换所有找到的文本。

"查找下一处"按钮：不替换找到的文本，继续查找下一处并定位。

注意，"替换"操作不但可以对查找到的内容替换为指定的内容，也可以替换为指定的格式。

2. 撤销与恢复

在"编辑"下拉菜单中有一组"撤销…"（常用工具栏的 ，快捷键<Ctrl+Z>）和"恢复…"（常用工具栏的 ，快捷键<Ctrl+Y>）命令，"…"随着不同的操作而异。

对于编辑过程中的误操作，可用"编辑"→"撤销"命令改正。撤销错误的时候，使用"恢复"命令还原。

典型题解

【例 3-4】在考生文件夹中，存有文档 WT05.DOC，其内容如下：

【文档开始】

波斯是众多古代文明中发展程度较高的民族，它的历史源远流长。

最早的波斯人（在公元前 6 世纪亚述国灭亡以后）生活在现在伊朗南部设拉子市以南的地区（当年波斯的首都波斯波利斯就在这里）。在帝国时代 2 所跨越的年代中，波斯文明只是到了公元 3 世纪才开始兴盛起来的，这并非是曲解了波斯的历史，事实上帝国时代中的波斯还包括了波斯帝国（公元 3 世纪开始）的前身。

【文档结束】

操作要求：将文档中所有"波斯"设置为蓝色字体，保存文档。

【解析】具体操作如下：

① 打开文档 WT05.DOC，如图 3-29 所示。

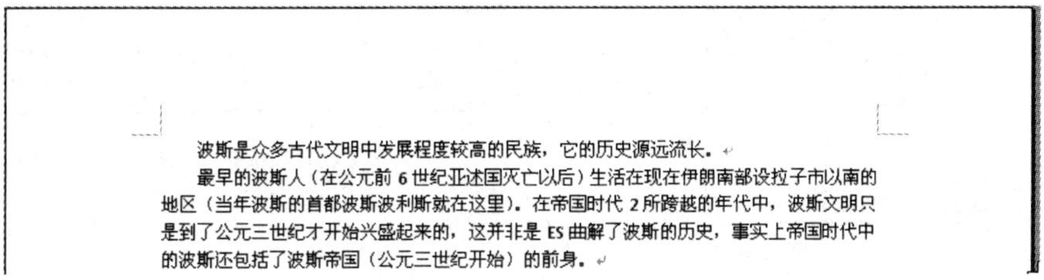

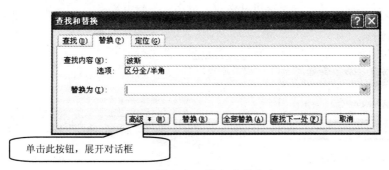

图 3-29　原文档

② 单击"编辑"→"替换"命令，打开"查找和替换"对话框，分别在"查找内容"和"替换为"下拉列表框中输入"波斯"，如图 3-30 所示。

图 3-30　输入查找内容

③ 将鼠标置于"替换为"下拉列表框中，单击"高级"按钮展开"查找和替换"对话框。单击"格式"按钮，出现格式列表，如图 3-31 所示。

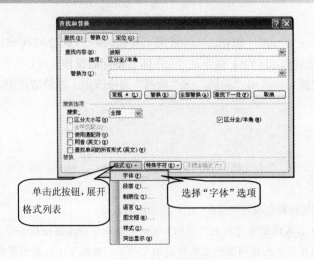

图 3-31　打开格式列表

④ 选择"字体"菜单项，打开"替换字体"对话框。选择"字体"选项卡，在"字体颜色"下拉列表中选择蓝色色块，如图 3-32 所示。

⑤ 单击"确定"按钮，弹出"查找和替换"对话框如图 3-33 所示。

图 3-32　设置替换字体

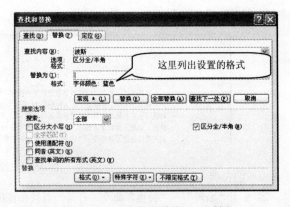

图 3-33　"查找和替换"对话框

⑥ 返回"查找和替换"对话框，单击"全部替换"按钮，出现"替换结果"对话框，如图 3-34 所示。替换后的结果如图 3-35 所示。

图 3-34　"替换结果"对话框

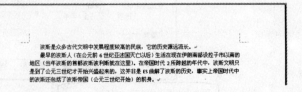

图 3-35　替换结果

⑦ 按快捷键<Ctrl+S>，保存文档。

强化训练

（1）在考生文件夹中，存有文档 B1.DOC，其内容如下：

【文档开始】

长期以来，人们一直称道的"世界七大技击"分别是：埃及金字塔、亚历山大灯塔、古巴比伦空中花园、古希腊宙斯神像、罗德岛巨人雕像、摩索拉斯陵墓和阿耳忒斯神庙。如今除埃及金字塔外，其他六大技击早已消逝在历史的长河之中。

此外，不少文史专家们也指出，由于两千多年前人类各大文明之间接触和认识有限，因此，当时所谓的"七大技击"全部集中在东地中海沿岸地区，而亚洲和美洲的建筑技击并没有列入"七大技击"之内，因此冠以"世界"二字有历史局限性。

【文档结束】

操作要求：将文中"技击"全部替换为"奇迹"，存储文档。

（2）在考生文件夹中，存有文档 B2.DOC，其内容如下：

【文档开始】

与用户交流的程序是放在 Web 服务器上的虚拟目录下供客户调用。而在实际应用中，我们最好为不同的项目创建不同的虚拟目录，请 NT 系统管理员为你的项目创建一个新的虚拟目录。

【文档结束】

操作要求：将文中所有"虚拟目录"设置为加粗、倾斜，保存文档。

【答案】

（1）打开文档 B1.DOC。单击"编辑"→"替换"命令，在"查找内容"下拉列表框中输入"技击"，在"替换为"下拉列表框中输入"奇迹"。单击"全部替换"按钮。按快捷键<Ctrl+S>保存文件。

（2）打开文档 B3.DOC。单击"编辑"→"替换"命令，在"查找内容"下拉列表框中输入"虚拟目录"。插入点置于"替换为"下拉列表框中，单击"高级"→"格式"→"字体"命令，"字形"选择"加粗倾斜"，单击"确定"按钮。单击"全部替换"按钮。按快捷键<Ctrl+S>保存文件。

3.3　Word 排版

 ### 考点1　设置字体、字号、颜色

1. 文字格式基础

（1）文字格式的基本概念

① 文字格式主要指字体、字形和字号。此外，还可以给文字设置颜色、边框、加下划线或着重号和改变字间距等。

② Word 默认的字体格式：汉字字体为宋体，五号；西文字体为 Times New Roman，五号。

③ Word 预设了以 A4 纸为基准的 Nornal 的模板。

（2）复制和清除格式

① 选择已设置格式的文本。

② 单击常用工具栏中的"格式刷"按钮，此时鼠标指针变为刷子形。

③ 将鼠标指针移到要复制格式的文本开始处。

④ 拖动鼠标直到要复制格式的文本结束处，放开鼠标左键就完成格式的复制。

（3）清除格式

如果对设置的格式不满意，可清除格式。逆向使用格式刷即可。

另外，可以选定清除格式的文本，按组合键<Ctrl + Shift + Z>。

2. 用格式工具栏设置字体、字形、字号和颜色

① 选定要设置格式的文本。

② 单击格式工具栏中的相应按钮，比如，对于字体，需单击其对应的下拉箭头，在出现的列表框中选择需要的字体，如图 3-36 所示。

③ 要设置字号，需单击其相应的下拉箭头，在出现的列表框中选择需要的字号，如图 3-37 所示。

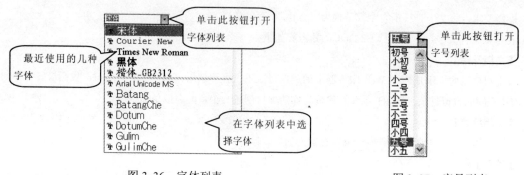

图 3-36　字体列表　　　　　　　　　　　　　　图 3-37　字号列表

④ 要设置颜色，需打开其列表框，从中选择需要的颜色色块，如图 3-38 所示。

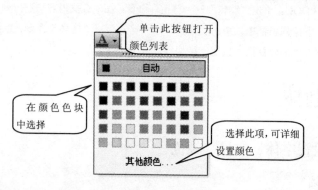

图 3-38　选择颜色

⑤ 如果需要，可单击格式工具栏中的"加粗"、"倾斜"按钮，给所选的文字设置"加粗"、"倾斜"等格式，如图 3-39 所示。

图 3-39　设置文字格式的按钮

3. 使用"格式"→"字体"命令设置

（1）选定要设置格式的文本。

（2）执行"格式"→"字体"命令，打开如图 3-40 所示的"字体"对话框。

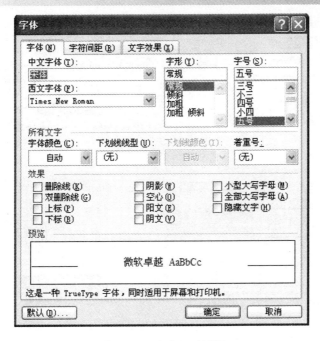

图 3-40 "字体"对话框

（3）在"字体"选项卡中，可以对中文字体、西文字体、字形、字号、字体颜色、下划线以及各种效果进行设置。

（4）单击"确定"按钮即可。

典型题解

【例 3-5】在考生文件夹中，存有文档 WT06.DOC，其内容如下：

【文档开始】

TabStop 和 TabOrder

TabStop 设置指定组件是否可以有焦点，而 TabOrder 设置给出组件拥有焦点的顺序。要改变焦点顺序，需改变组件的 TabOrder 设置。所有的焦点顺序号都将被更新为新的顺序。

【文档结束】

操作要求：将标题字号为三号，英文字体为 Arial Black，中文字体加粗；正文设置为四号、仿宋_GB2312，保存文档。

【解析】具体操作如下：

① 打开文档 WT06.DOC，如图 3-41 所示。

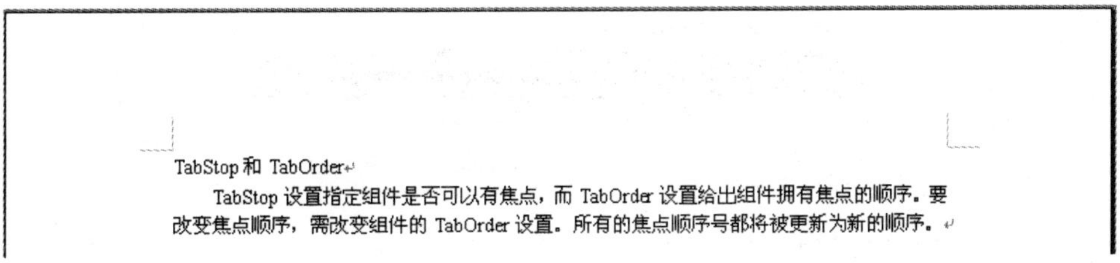

TabStop 和 TabOrder

　　TabStop 设置指定组件是否可以有焦点，而 TabOrder 设置给出组件拥有焦点的顺序。要改变焦点顺序，需改变组件的 TabOrder 设置。所有的焦点顺序号都将被更新为新的顺序。

图 3-41 原文档

② 选中标题，在格式工具栏的"字号"列表中选择"三号"，如图 3-42 所示。

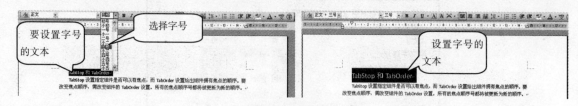

图 3-42 设置字号

③ 选中标题，在格式工具栏的"字体"列表中选择"Arial Black"，如图 3-43 所示。

图 3-43 设置字体

④ 选中标题中的汉字"和"，单击格式工具栏中的"加粗"按钮**B**，如图 3-44 所示。

图 3-44 设置加粗

⑤ 在正文段中任意位置连续三次击鼠标左键，选中段落，在格式工具栏的"字号"列表中选择"四号"，如图 3-45 所示。

图 3-45 设置字号

⑥ 在"字体"列表框中选择"仿宋_GB2312"。结果如图 3-46 所示。

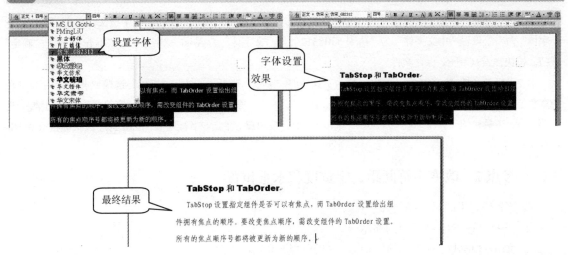

图 3-46　设置文本格式

⑦ 按快捷键<Ctrl+S>，保存文档。

强化训练

（1）在考生文件夹中，存有文档 C1.DOC，其内容如下：

【文档开始】

8086/8088 CPU 的最大模式和最小模式

为了尽可能适应各种各样的工作场合，8086/8088 CPU 设置了两种工作模式，即最大模式和最小模式。

所谓最小模式，就是在系统中只有 8086/8088 一个微处理器。在这种系统中，所有的总线控制信号都直接由 8086/8088 CPU 产生，因此，系统的总线控制电路被减到最少。这些特征就是最小模式名称的由来。

最大模式是相对最小模式而言的。最大模式用在中等规模或者大型的 8086/8088 系统中。在最大模式中，总是包含有两个或多个微处理器，其中一个主处理器就是 8086/8088，其他的处理器称为协处理器，它们是协助主处理器工作的。

【文档结束】

操作要求：将标题（"8086/8088 CPU 的最大模式和最小模式"）设置为三号、蓝色、黑体；正文用小五、仿宋_GB2312；标题和正文中的英文和数字设置为 Arial。保存文档。

（2）在考生文件夹中，存有文档 C2.DOC，其内容如下：

【文档开始】

江雪

千山鸟飞绝，万径人踪灭。

孤舟蓑笠翁，独钓寒江雪。

【文档结束】

操作要求：第一行字体为三号、隶书、蓝色；第二行字体为四号、倾斜、字符底纹；第三行字体为小五、加粗、字符边框。

【答案】

（1）打开文档 C1.DOC。选中标题，单击"格式"→"字体"命令。设置"中文字体"为"黑体"，"西文字体"为 Arial,"字号"为"三号","字体颜色"为蓝色,单击"确定"按钮。选中正文,单击"格式"→"字体"命令。设置"中文字体"为"仿宋_GB2312","西文字体"为 Arial,"字号"为"小五",单击"确定"按钮。按快捷键<Ctrl+S>保存文件。

（2）打开文档 C2.DOC。选中第一行,工具栏的"字号"选择"三号","字体"选择"隶书"。字体颜色为蓝色。选中第二行,工具栏的"字号"选择"四号",单击"斜体"按钮 *I*,单击"字符底纹"按钮 **A**。选中第三行,工具栏的"字号"选择"小五",单击"加粗"按钮 **B**,单击"字符边框"按钮 **A**。按快捷键<Ctrl+S>保存文件。

▶▶▶ 考点 2　改变字符间距、字宽度和水平位置

改变字符间距的具体操作如下:

① 选择要改变字符间距的文本。

② 单击"格式"→"字体"命令,打开"字体"对话框。

③ 在"字符间距"选项卡中,"间距"列表框中选择标准、加宽和紧缩 3 种间距。

④ 在"位置"列表框中选择标准、提升和降低 3 种位置。

⑤ 在"缩放"列表框中可选择缩放的百分比。

⑥ 设置后,可在预览框中查看设置结果,确认后单击"确定"按钮。

典型题解

【例 3-6】在考生文件夹中,存有文档 WT07.DOC,其内容如下:

【文档开始】

咏柳

乱条犹未变初黄,

倚得东风势便狂。

解把飞花蒙日月,

不知天地有清霜。

【文档结束】

操作要求:将标题字体设置为三号、隶书,字间距 2 磅。保存文档。

【解析】具体操作如下:

① 打开文档 WT07.DOC,如图 3-47 所示。

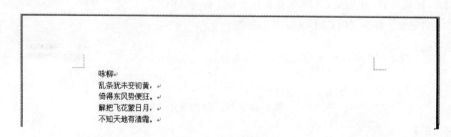

图 3-47　打开文档

② 选中标题,在格式工具栏的"字号"列表中选择"三号",在"字体"列表中选择"隶书"。结果如图 3-48 所示。

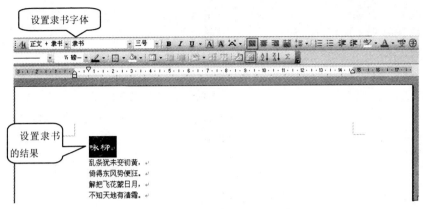

图 3-48　设置隶书

③ 在标题被选中的状态下，单击"格式"→"字体"命令，打开"字体"对话框。选择"字符间距"选项卡，在"间距"下拉列表框中选择"加宽"项，将"磅值"设置为"2 磅"，单击"确定"按钮，如图 3-49 所示。

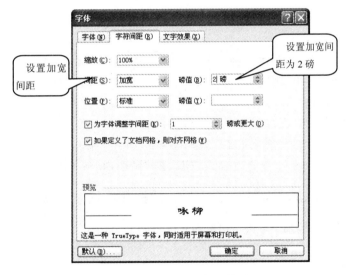

图 3-49　设置标题格式

④ 文件结果如图 3-50 所示，按快捷键<Ctrl+S>，保存文档。

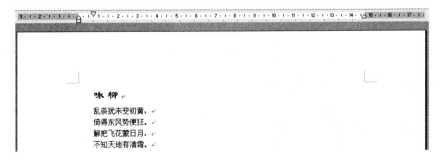

图 3-50　文件的最终结果

强化训练

（1）在考生文件夹中，存有文档 D1.DOC，其内容如下：

【文档开始】

<blockquote>

静夜思

床前明月光，

疑是地上霜。

举头望明月，

低头思故乡。

</blockquote>

【文档结束】

操作要求：将标题（"静夜思"）设置为三号、楷体_G2312，字间距加宽 1.5 磅。保存文档。

（2）在考生文件夹中，存有文档 D2.DOC，其内容如下：

【文档开始】

空山新雨后，天 气 晚 来 秋。

【文档结束】

操作要求：将前半句字间距加宽为 2 磅；将后半句字间距设置为正常。保存文档。

【答案】

（1）打开文档。选中标题，"字号"选择"三号"，"字体"选择"楷体_G2312"。选中标题，单击"格式"→"字体"命令，选择"字符间距"选项卡，"间距"选择"加宽"，设置"磅值"为"1.5 磅"，单击"确定"按钮。按快捷键<Ctrl+S>保存文件。

（2）打开文档。选中前半句，单击"格式"→"字体"命令，选择"字符间距"选项卡，"间距"选择"加宽"，设置"磅值"为"2 磅"，单击"确定"按钮。选中后半句，单击"格式"→"字体"命令，选择"字符间距"选项卡，"间距"选择"正常"，单击"确定"按钮。按快捷键<Ctrl+S>保存文件。

▶▶▶ 考点 3　给文本添加下划线、着重号、边框和底纹

1. 用格式工具栏给文本添加下划线、边框和底纹

选择要设置格式的文本后，单击格式工具栏中的"下划线"按钮、"字符边框"按钮和"字符底纹"按钮即可。参见图 3-51。

图 3-51　设置文字格式的按钮

2. 用"格式"→"字体"和"边框和底纹"命令

（1）对文本加下划线或着重号

① 选择要加下划线或着重号的文本。

② 单击"格式"→"字体"命令，打开"字体"对话框。

③ 在"字体"选项卡中，单击"下划线"列表框的下拉按钮 ，打开下划线线型列表并选择所需的下划线。

④ 在"字体"选项卡中，单击"下划线颜色"列表框的下拉按钮▼，打开下划线颜色列表并选择所需颜色。

⑤ 单击"着重号"列表框的下拉按钮▼，打开着重号列表并选择所需的着重号。

⑥ 单击"确定"按钮。

在"字体"选项卡中，还有一组如删除线、双删除线、上标、下标、阴影、空心等"效果"的复选框，选择某复选框可以使字体格式得到相应的效果。

（2）对文本加边框和底纹

① 选择要加边框和底纹的文本。

② 单击"格式"→"边框和底纹"命令，打开"边框和底纹"对话框。

③ 在"边框"选项卡的"设置"、"线型"、"颜色"、"宽度"等列表中选择所需的参数。

④ 在"应用于"列表框中应选择为"文字"。

注意，添加段落边框和底纹与此相同，就是在"应用于"列表框中选择"段落"。

⑤ 单击"确定"按钮。

⑥ 如果要加"底纹"，那么单击"底纹"选项卡，操作与上述相同，在选项卡中选择底纹的颜色和图案；在"应用于"列表框中选择为"文字"；在预览框中查看结果，确认后单击"确定"按钮。底纹和边框可以同时或单独加在文本上。

典型题解

【例 3-7】在考生文件夹中，存有文档 WT08.DOC，其内容如下：

【文档开始】

窗体

在第一章介绍 Delphi 的集成开发环境时，我们已经对 Delphi 中的窗体的概念做了简要介绍，本章将进一步介绍 Delphi 中有关窗体的概念及基本操作。

【文档结束】

操作要求：为标题添加浅黄色底纹、阴影边框，保存文档。

【解析】具体操作如下：

① 打开文档 WT08.DOC，如图 3-52 所示。

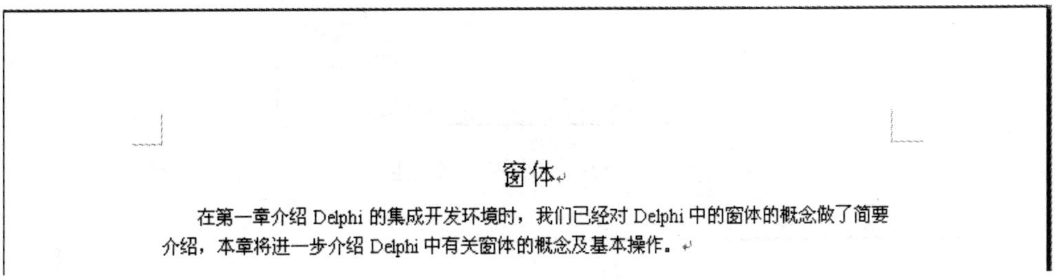

窗体

在第一章介绍 Delphi 的集成开发环境时，我们已经对 Delphi 中的窗体的概念做了简要介绍，本章将进一步介绍 Delphi 中有关窗体的概念及基本操作。

图 3-52　原文档

② 选中标题，单击"格式"→"边框和底纹"命令，打开"边框和底纹"对话框。

③ 在"边框"选项卡中，打开"边框和底纹"对话框，选择"阴影"边框，"应用于"设置为"文字"，如图 3-53 所示。效果如图 3-54 所示。

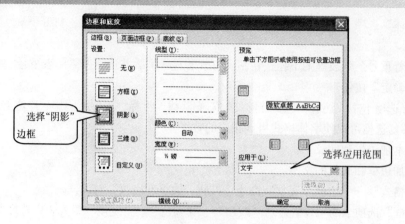

图 3-53 "边框"选项卡

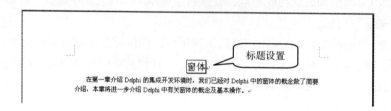

图 3-54 设置标题

④ 选择"底纹"选项卡，填充颜色选择浅黄色，"应用于"为"文字"，如图 3-55 所示，单击"确定"按钮。最后效果如图 3-56 所示。

⑤ 按快捷键<Ctrl+S>，保存文档。

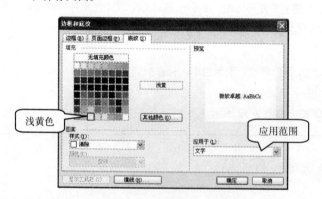

图 3-55 "底纹"选项卡

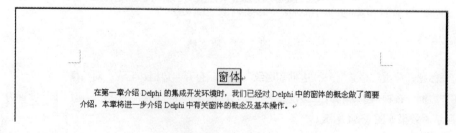

图 3-56 添加底纹

强化训练

（1）在考生文件夹中，存有文档 E1.DOC，其内容如下：

【文档开始】

中文 Windows XP

中文文字处理系统 Word 2003

中文电子表格 Excel 2003

中文演示软件 PowerPoint 2003

【文档结束】

操作要求：第一段文字加点式下划线，第二段文字加着重号，第三段文字设置为阴影边框，第四段文字加浅绿色底纹，保存文档。

（2）在考生文件夹中，存有文档 E2.DOC，其内容如下：

【文档开始】

日照香炉生紫烟，遥看瀑布挂前川，飞流直下三千尺，疑是银河落九天。

【文档结束】

操作要求：正文按每个标点分一段。第一段文字加字符底纹，第二段文字加字符边框；第三段文字加灰-55%底纹；第四段文字加 1.5 磅阴影边框。

【答案】

（1）打开文档 E1.DOC。选中第一段文字，"下划线"选择点式下划线。选中第二段文字，单击"格式"→"字体"命令，"着重号"选择"•"，单击"确定"按钮。选中第三段文字，单击"格式"→"边框和底纹"命令，在"边框"选项卡中选择阴影边框，"应用于"选择"文字"，单击"确定"按钮。选中第四段文字，单击"格式"→"边框和底纹"命令，在"底纹"选项卡中选择浅绿色，"应用于"选择"文字"，单击"确定"按钮。按快捷键<Ctrl+S>保存文件。

（2）打开文档 E2.DOC，在每个逗号后按<Enter>键。选中第一段文字，单击"字符底纹"按钮。选中第二段文字，单击"字符边框"按钮。选中第三段文字，单击"格式"→"边框和底纹"命令，在"底纹"选项卡中选择"灰-55%"，"应用于"选择"文字"，单击"确定"按钮。选中第四段文字，单击"格式"→"边框和底纹"命令，在"边框"选项卡中选择阴影边框，设置"宽度"为"1.5 磅"，"应用于"选择"文字"，单击"确定"按钮。按快捷键<Ctrl+S>保存文件。

▶▶▶ 考点 4　设置段落左右边界

段落左边界是段落左端与页面左边距之间的距离。段落右边界是指段落右端与页面右边距之间的距离（以厘米或字符为单位），如图 3-57 所示。

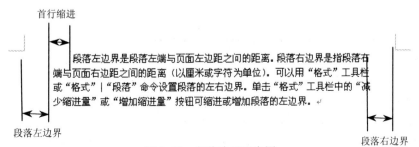

图 3-57　段落边界示意图

可以用格式工具栏或"格式"→"段落"命令设置段落的左右边界。

1. 格式工具栏

单击格式工具栏中的"减少缩进量"或"增加缩进量"按钮可缩进或增加段落的左边界，如图 3-58 所示。

减少缩进量 ——— 增加缩进量

图 3-58　设置缩进量的按钮

2. "格式"→"段落"命令

① 选择要设置左、右边界的段落。

② 单击"格式"→"段落"命令，打开"段落"对话框。

③ 在"缩进和间距"选项卡中，单击"缩进"组下的"左"或"右"文本框右端的增减按钮，设定左右边界缩进的字符数。

④ 单击"特殊格式"列表框的下拉按钮 ▼，选择"首行缩进"、"悬挂缩进"或"无"确定段落首行的格式。

⑤ 单击"确定"按钮。

3. 用鼠标拖动标尺上的缩进标记

在普通视图和页面视图下，Word 窗口中可以显示一水平标尺。在标尺的两端有可以用来设置段落左右边界的可滑动的缩进标记。

使用鼠标拖动下列标记可以对选择的段落设置左、右边界和首行缩进的格式。如果在拖动标记的同时按住 Alt 键，那么在标尺上会显示出具体缩进的数值，如图 3-59 所示。

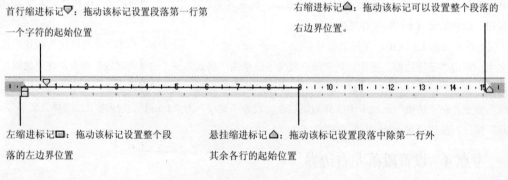

图 3-59　标尺

典型题解

【例 3-8】在考生文件夹中，存有文档 WT09.DOC，其内容如下：

【文档开始】

高校科技实力排名由教委授权，uniranks.edu.cn 网站（一个纯公益性网站）6 月 7 日独家公布了 1999 年度全国高等学校科技统计数据和全国高校校办产业统计数据。据了解，这些数据是由教委科技司负责组织统计，全国 1 000 多所高校的科技管理部门提供的。因此，其公正性、权威性是不容置疑的。

根据 6 月 7 日公布的数据，目前我国高校从事科技活动的人员有 27.5 万人，1999 年全国高校通过各种渠道获得的科技经费为 99.5 亿元，全国高校校办产业的销售（经营）总收入为 379.03 亿元，其中科技型企业销售收入 267.31 亿元，占总额的 70.52%。为满足社会各界对确切、权威的高校科技实力信息的需要，本版特公布其中的"高校科研经费排行榜"。

【文档结束】

操作要求：将正文第一段左、右各缩进 2 字符，第二段悬挂缩进 2 字符，保存文档。

【解析】具体操作如下：

① 打开文档 WT09.DOC，如图 3-60 所示。

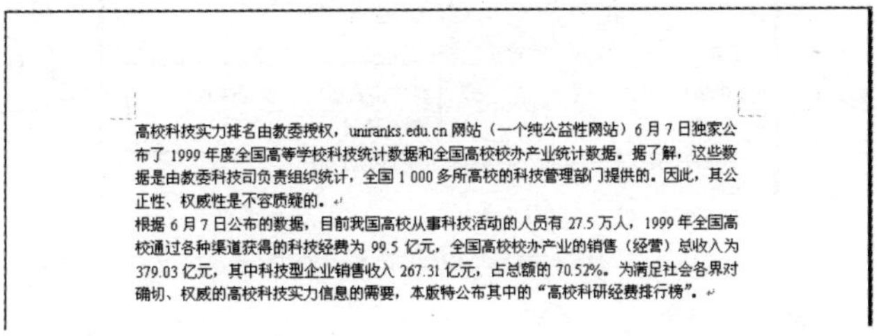

图 3-60　原文档

② 将鼠标指针置于第一段，单击"格式"→"段落"命令，打开"段落"对话框，在"缩进"栏中分别设置"左"、"右"为"2 字符"，如图 3-61 所示，单击"确定"按钮。效果如图 3-62 所示。

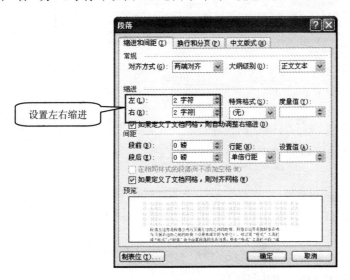

图 3-61　设置缩进宽度

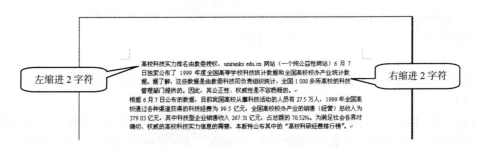

图 3-62　设置第一段左右缩进

③ 将鼠标指针置于第二段，单击"格式"→"段落"命令，打开"段落"对话框，在"特殊格式"下拉

列表中选择"悬挂缩进"，设置"度量值"为"2字符"，如图3-63所示，单击"确定"按钮。效果如图3-64所示。

④ 按快捷键<Ctrl+S>，保存文档。

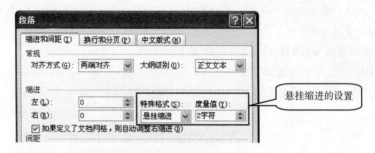

图 3-63　设置悬挂缩进

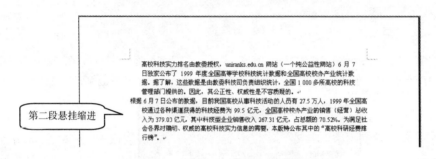

图 3-64　第二段悬挂缩进

强化训练

（1）在考生文件夹中，存有文档F1.DOC，其内容如下：

【文档开始】

与用户交流的程序是放在 Web 服务器上的虚拟目录下供客户端调用。而在实际应用中，我们最好为不同的项目创建不同的虚拟目录，请NT系统管理员为你的项目创建一个新的虚拟目录。

【文档结束】

操作要求：将正文部分左缩进4字符，首行缩进2字符。保存文档。

（2）在考生文件夹中，存有文档F2.DOC，其内容如下：

【文档结束】

经过二十多年的努力，我国在中文信息处理方面已取得了十分可喜的成绩，在某些方面的研究已处于世界领先。如北大方正的激光照排技术，其市场份额独占鳌头。

【文档结束】

操作要求：将正文复制两次合为一段，左缩进3字符，右缩进2字符，悬挂缩进2字符。保存文档。

【答案】

（1）打开文档 F1.DOC。将插入点置于正文中，单击"格式"→"段落"命令，设置"左"为"4字符"，"特殊格式"选择"首行缩进"，设置"度量值"为"2 字符"，单击"确定"按钮。按快捷键<Ctrl+S>保存文件。

（2）打开文档 F2.DOC。选中正文，按快捷键<Ctrl+C>，将插入点移动到段尾回车符前，按快捷键

<Ctr+V>。将此操作再进行一次。选中正文，单击"格式"→"段落"命令，设置"左"为"3 字符"、"右"为"2 字符"，"特殊格式"选择"悬挂缩进"，设置"度量值"为"2 字符"，单击"确定"按钮。按快捷键<Ctrl+S>保存文件。

▶▶▶ 考点5　设置段落对齐方式

可以用格式工具栏或"格式"菜单命令来设置段落的对齐方式。

1. 用格式工具栏设置对齐方式

先选择要设置对齐方式的段落，然后单击格式工具栏中相应的对齐方式按钮，如图 3-65 所示。

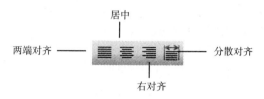

图 3-65　对齐按钮

2. 用"格式"菜单中的"段落"命令

① 选择要设置对齐方式的段落。

② 单击"格式"→"段落"命令，打开"段落"对话框。

③ 在"缩进和间距"选项卡中，单击"对齐方式"列表框的下拉按钮 ，在对齐方式的列表中选择相应的对齐方式。

④ 单击"确定"按钮。

典型题解

【例 3-9】在考生文件夹中，存有文档"茶马古道.DOC"，其内容如图 3-66 所示。

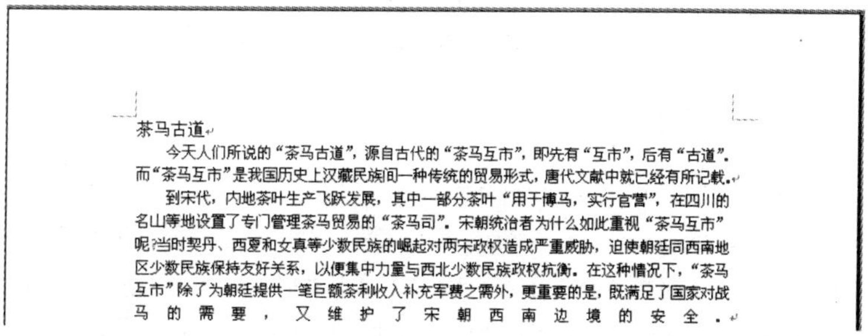

茶马古道
　　今天人们所说的"茶马古道"，源自古代的"茶马互市"，即先有"互市"，后有"古道"。而"茶马互市"是我国历史上汉藏民族间一种传统的贸易形式，唐代文献中就已经有所记载。
　　到宋代，内地茶叶生产跃发展，其中一部分茶叶"用于博马，实行官营"，在四川的名山等地设置了专门管理茶马贸易的"茶马司"。宋朝统治者为什么如此重视"茶马互市"呢？当时契丹、西夏和女真等少数民族的崛起对两宋政权造成严重威胁，迫使朝廷同西南地区少数民族保持友好关系，以便集中力量与西北少数民族政权抗衡。在这种情况下，"茶马互市"除了为朝廷提供一笔巨额茶利收入补充军费之需外，更重要的是，既满足了国家对战马 的 需 要 ， 又 维 护 了 宋 朝 西 南 边 境 的 安 全 。

图 3-66　原文档

操作要求：标题段居中对齐，正文第二段两端对齐。

【解析】具体操作如下：

① 打开文档"茶马古道.DOC"。

② 将鼠标指针置于标题段任意位置，单击格式工具栏中的"居中"按钮 。

③ 将鼠标指针置于正文第二段任意位置，单击格式工具栏中的"两端对齐"按钮 。

④ 按快捷键<Ctrl+S>，保存文档。结果如图 3-67 所示。

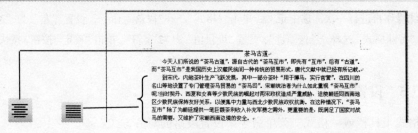

图 3-67　设置段落对齐方式

强化训练

（1）在考生文件夹中，存有文档 G1.DOC，其内容如下：

【文档开始】

与用户交流的程序是放在 Web 服务器上的虚拟目录下供客户端调用。而在实际应用中，我们最好为不同的项目创建不同的虚拟目录，请 NT 系统管理员为你的项目创建一个新的虚拟目录。

【文档结束】

操作要求：将正文复制一次分为两段，第一段右对齐，第二段居中对齐。保存文档。

（2）在考生文件夹中，存有文档 G2.DOC，其内容如下：

【文档开始】

张九龄（673-740），字子寿，韶州曲江人。唐朝开元时期有名的宰相，玄宗开元二十二年（公元 734 年）升迁中书令。因受李林甫排挤，开元二十五年（公元 737 年）贬为荆州长史。他的诗早年词采清丽，情致深婉，为诗坛前辈张说所激赏。被贬后风格转趋朴素遒劲。

望月怀远

海上生明月，天涯共此时。

情人怨遥夜，竟夕起相思。

灭烛怜光满，披衣觉露滋。

不堪盈手赠，还寝梦佳期。

【文档结束】

操作要求：将第一段文字分散对齐，诗句和题目居中对齐。保存文档。

【答案】

（1）打开文档 G1.DOC。选中正文，按快捷键<Ctrl+C>，另起一段，按快捷键<Ctrl+V>。将插入点置于第一段中，单击"右对齐"按钮。将插入点置于第二段中，单击"居中"按钮。按快捷键<Ctrl+S>保存文件。

（2）打开文档 G2.DOC。将插入点置于第一段中，单击"格式"→"段落"命令，"对齐方式"选择"分散对齐"，单击"确定"按钮。选中诗句及标题，单击"居中"按钮。按快捷键<Ctrl+S>保存文件。

▶▶▶ 考点 6　设置间距与段间距

1. 设置段间距

① 选择要改变段间距的段落。

② 单击"格式"→"段落"命令，打开"段落"对话框。

③ 单击"缩进和间距"选项卡中"间距"组的"段前"和"段后"文本框右端的增减按钮，设定间距，每按一次增加或减少 0.5 行。

④ 单击"确定"按钮。

2. 设置行距

① 选择要设置行距的段落。

② 单击"格式"→"段落"命令，打开"段落"对话框。

③ 单击"行距"列表框下拉按钮，选择所需的行距选项。

④ 单击"确定"按钮。

典型题解

【例 3-10】在考生文件夹中，存有文档 WT11.DOC，其内容如下：

【文档开始】

游子吟

慈母手中线，游子身上衣。

临行密密缝，意恐迟迟归。

谁言寸草心，报得三春晖。

【文档结束】

操作要求：将标题设置为段后 2 行，诗句各段行距设置为 1.5 倍行距。

【解析】具体操作如下：

① 打开文档 WT11.DOC，如图 3-68 所示。

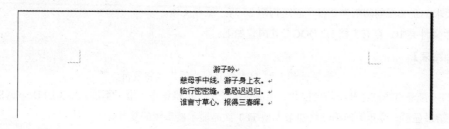

图 3-68　原文档

② 选中第一段，单击"格式"→"段落"命令，打开"段落"对话框，在"间距"栏中设置"段后"为"2 行"，如图 3-69 所示，单击"确定"按钮。

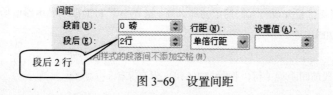

图 3-69　设置间距

③ 选中诗句各段，再打开"段落"对话框，在"行距"下拉列表中选择"1.5 倍行距"，如图 3-70 所示，单击"确定"按钮。

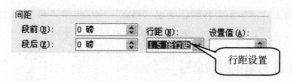

图 3-70　设置行距

④ 按快捷键<Ctrl+S>，保存文档。最后结果如图 3-71 所示。

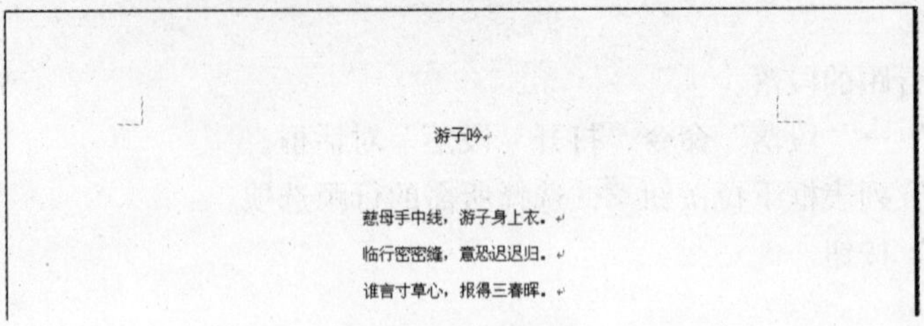

游子吟

慈母手中线，游子身上衣。
临行密密缝，意恐迟迟归。
谁言寸草心，报得三春晖。

图 3-71　设置效果

强化训练

（1）在考生文件夹中，存有文档 H1.DOC，其内容如下：

【文档结束】

客户关系管理

产品和服务的日渐丰富，使得企业所处的市场环境从卖方市场过渡到买方市场，谁能赢得更多的客户，谁就能成为市场的主宰。客户服务做得好就能赢得客户长久的信任和支持。客户关系管理（Customer Relationship Management，CRM）因此成为企业在实施电子商务战略时的重点。ERP 产品重点在于企业内部资源的管理和规划，而 CRM 系统更加侧重于企业的销售、市场营销、服务支持等与客户行为相关的方面。

【文档结束】

操作要求：正文段前间距为 2 行，固定行距 20 磅，保存文档。

（2）在考生文件夹中，存有文档 H2.DOC，其内容如下：

【文档结束】

专家预测大型 TFT 液晶显示器市场将复苏

大型 TFT 液晶市场已经开始趋向饱和，产品供大于求，价格正在下滑。不过，据美国 DisplaySearch 研究公司的研究结果显示，今年第四季度将迎来大型 TFT 液晶显示器市场的复苏。

美国 DisplaySearch 研究公司宣布了一项调查结果，结果显示今年下半年，全球范围内大型 TFT 液晶显示器的供应量将比整体需求量高出不到百分之十。第三季度期间，TFT 液晶显示器的价格下降幅度将有所缓慢。到第四季度，10 寸和 15 寸液晶显示器的价格将会有轻微上扬的可能。

DisplaySearch 研究公司的总部设在美国德克萨斯的奥斯丁，该公司还预测由于更多的生产商转向小型 TFG 液晶显示器的生产，而市场需求量并没有人们期望的那么高。世界小型 TFT 液晶显示器市场将出现供过于求的现象，供应量将超出需求量 20%左右。

【文档结束】

操作要求：正文各段段前间距为 1 行，行距为 1.5 倍。保存文档。

【答案】

（1）打开文档 H1.DOC。选中正文，单击"格式" → "段落"命令，设置"段前"为"2 行"，"行距"选择"固定值"，值为"20 磅"，单击"确定"按钮。按快捷键<Ctrl+S>保存文件。

（2）打开文档 H2.DOC。选中正文各段，单击"格式" → "段落"命令，设置"段前"为"1 行"，"行距"选择"1.5 倍行距"，单击"确定"按钮。按快捷键<Ctrl+S>保存文件。

▶▶▶ 考点 7　项目符号和段落编号

1. 输入文本时自动创建编号或项目符号

在输入文本时，自动创建编号或项目符号的方法是：

① 在输入文本时，先输入一个星号"*"，后面跟一个空格，然后输入文本。

② 输完一段按<Enter>键后，星号会自动改变成黑色圆点的项目符号，并在新的一端开始处自动添加同样的项目符号。

③ 如果要结束自动添加项目符号，可以按<BackSpace>键删除插入点前的项目符号，或再按一次<Enter>键。

在键入文本时自动创建段落编号的方法是：

① 在键入文本时，先输入如："1."、"（1）"、"一、"、"第一、"、"A."等格式的起始编号，然后输入文本。

② 按<Enter>键时，在新的一段开头处就会根据上一段的编号格式自动创建编号。

2. 对有文本添加编号或项目符号

（1）使用工具栏按钮

选定要添加段落编号（或项目符号）的各段落。然后单击格式工具栏中的相应按钮，如图 3-72 所示。

编号 ———— 项目符号

图 3-72 项目符号和编号按钮

（2）使用命令

① 选定要添加段落编号（或项目符号）的各段落。

② 执行"格式"→"项目符号和编号"命令，打开"项目符号和编号"对话框。

③ 在"项目符号和编号"对话框中的"项目符号"选项卡中，可选择项目符号。

④ 在"编号"选项卡中，可选择编号。

⑤ 单击"确定"按钮。

典型题解

【例 3-11】 在考生文件夹中，存有文档 WT12.DOC，其内容如下：

【文档开始】

操作步骤如下：

1. 选定要设置行距的段落。

2. 执行"格式"→"段落"命令，打开"段落"对话框。

3. 单击"行距"列表框下拉按钮，选择所需的行距选项。各行距选项的含义如下：

"单倍行距"选项设置每行的高度为可容纳这行中最大的字体，并上下留有适当的空隙。这是默认值。

"1.5 倍行距"选项设置每行的高度为这行中最大字体高度的 1.5 倍。

"2 倍行距"选项设置每行的高度为这行中最大字体高度的 2 倍。

"最小值"选项设置 Word 将自动调整高度以容纳最大字体。

"固定值"选项设置成固定的行距，Word 不能调节。

"多倍行距"选项允许行距设置成到小数的倍数，如 2.25 倍等等。

【文档结束】

操作要求：对"操作步骤如下："段落之后的连续 3 行，将编号方式更改为：1）、2）、3），对""单倍行距"……如 2.25 倍等等。"这 6 段内容添加项目符号。

【解析】 具体操作如下：

① 打开文档 WT12.DOC，如图 3-73 所示。

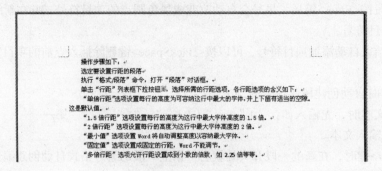

图 3-73   打开的文档

② 选中第 2 段～第 4 段，选择"格式"→"项目符号和编号"，在"编号"选项卡中，选择 1)、2)、3) 的格式，如图 3-74 所示。单击"确定"按钮。

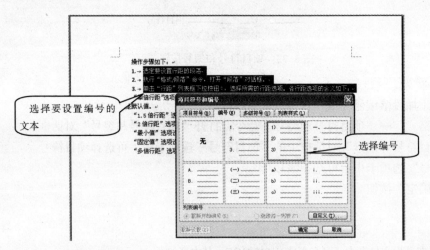

图 3-74   设置编号

③ 选择第 5 段～最后一段，选择"格式"→"项目符号和编号"命令，选择需要的项目编号格式，如图 3-75 所示。单击"确定"按钮。

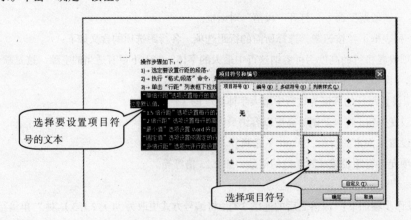

图 3-75   添加项目符号

④ 结果如图 3-76 所示。按快捷键<Ctrl+S>键，保存文档。

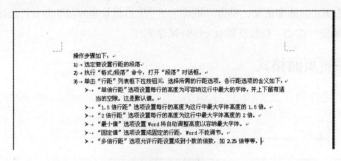

图 3-76　结果文件

强化训练

（1）在考生文件夹中，存有文档 I1.DOC，其内容如下：

【文档开始】

主干基础课程（6门）

1. 邓小平理论

2. 英语

3. 高等数学

4. 线性代数

5. 概率论与数理统计

6. 大学物理

【文档结束】

操作要求：取消正文原有编号，并为其添加项目符号"■"，保存文档。

（2）在考生文件夹中，存有文档 I2.DOC，其内容如下：

【文档开始】

硬盘的技术指标

目前台式机中硬盘的外形都差不了多少，而要判断一个硬盘的性能好坏只能从其技术指标来判断，其中几个重要的技术指标如下：

平均访问时间：是指磁头找到指定数据所用的平均时间，单位为毫秒。

主轴转速：是指硬盘内主轴的转动速度，目前 IDE 硬盘的主轴转速主要有 4 500r/min、5 400r/min 和 7 200r/min（转/分钟）等几种规格。

外部数据传输速度：是指从硬盘缓冲区读取数据的速率。目前主流硬盘已全部采用 UltraDMA66 技术，外部数据传输速度高达 66MB/s。

内部数据传输速度：是指磁头读取数据至硬盘缓存的最大数据传输速度，一般取决于硬盘的盘片转速和盘片的线密度。

高速缓存：是指硬盘内部的高速缓存容量。目前 IDE 硬盘的高速缓存容量一般为 512KB～2MB。

【文档结束】

操作要求：为正文各段添加编号 1）、2）……，保存文档。

【答案】

（1）打开文档 I1.DOC。选中各行，单击"格式"→"项目符号和编号"命令，选择"项目符号"选项卡，选择"■",单击"确定"按钮。按快捷键<Ctrl+S>保存文件。

（2）打开文档I2.DOC。选中正文,单击"格式"→"项目符号和编号"命令,选择"编号"选项卡,选择编号"1）",单击"确定"按钮。按快捷键<Ctrl+S>保存文件。

►►► 考点 8 设置页面格式

纸张的大小、页边距的位置如图 3-77 所示。

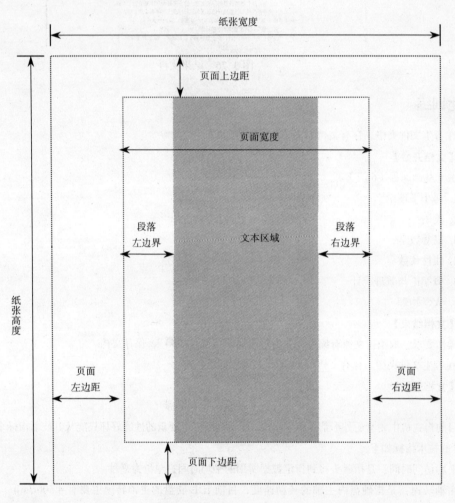

图 3-77 纸张大小、页边距和文本区域示意图

设置页面的步骤如下:

① 执行"文件"→"页面设置"命令,打开"页面设置"对话框。

② 在"页边距"选项卡中,可以设置上、下、左、右边距和页眉页脚距边界的位置。

③ 在"纸张"选项卡中,设置纸张大小和方向。

④ 在"版式"选项卡中,设置页眉和页脚在文档中的编排。

⑤ 单击"确定"按钮。

典型题解

【例 3-12】在文件夹中，存有文档"一日的春光.DOC"。

操作要求：将文档页面的纸型设置为"16 开（18.4 厘米×26 厘米）"，上、下页边距各为 2.5 厘米，左右页边距为 2 厘米。原名保存文档。

【解析】具体操作如下：

① 打开文档"一日的春光.DOC"，如图 3-78 所示。

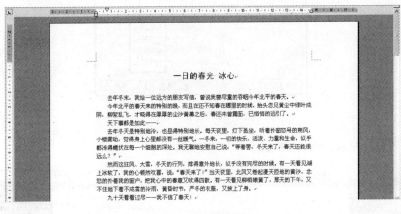

图 3-78　原文档

② 单击"文件"→"页面设置"命令，打开"页面设置"对话框。

③ 选择"纸张"选项卡，在"纸张大小"下拉列表中选择"16 开（18.4 厘米×26 厘米）"，如图 3-79 所示。

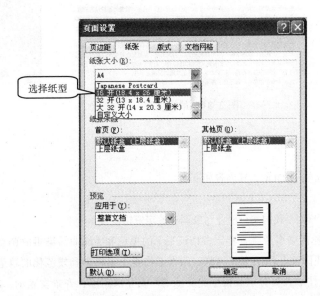

图 3-79　设置纸型

④ 选择"页边距"选项卡中分别设置"上"、"下"页边距为"2.5 厘米"，"左"、"右"页边距为"2 厘米"，如图 3-80 所示，单击"确定"按钮。

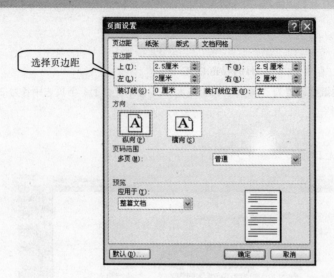

图 3-80　设置页边距

⑤ 结果如图 3-81 所示，按快捷键<Ctrl+S>，保存文档。

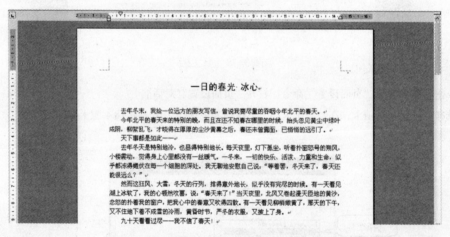

图 3-81　最终结果

强化训练

（1）在考生文件夹中，存有文档 J1.DOC，其内容如下：

【文档开始】

我国实行渔业污染调查鉴定资格制度

农业部今天向获得《渔业污染事故调查鉴定资格证书》的单位和《渔业污染事故调查鉴定上岗证》的个人颁发了证书。这标志着我国渔业污染事故的鉴定调查工作走上了科学和规范化的轨道。据了解，这次全国共有 41 个单位和 440 名技术人员分别获得了此类证书。农业部副部长齐景发表示，这项制度的实施，为及时查处渔业污染事故提供了技术保障，为法院依法调解、审判和渔业部门及时处理渔业污染事故提供有效的科学依据，为广大渔民在发生渔业污染事故时及时找到鉴定单位、获得污染事故的损失鉴定和掌握第一手证据提供了保障，也为排污单位防治污染、科学合理地估算损失结果提供了科学、公正、合理的技术途径。

【文档结束】

操作要求：将文档页面的纸型设置为"32 开（13 厘米 × 18.4 厘米）"，方向为横向，保存文档。

（2）在考生文件夹中，存有文档 J2.DOC，其内容如下：

【文档开始】

中文信息处理现状分析

中文信息处理技术处于初级阶段的主要特征是以研究为主。在 20 世纪 70～80 年代，国内曾出现汉字输入方法研究千军万"码"的局面，上千种输入方法应运而生。在汉字字型方面，从 15×16 点阵到 256×256 点阵，仿宋、宋、楷、黑等各种字体不断涌现，以 CCDOS 为代表的二十余种汉化 DOS 不断出台，各具特色，联想汉卡、巨人汉卡、四通汉卡等曾风靡一时。

【文档结束】

操作要求：文档页面左边距为 3 厘米，右边距为 1.5 厘米，上、下边距均为 2 厘米。保存文档。

【答案】

（1）打开文档 J1.DOC。单击"文件"→"页面设置"命令，选择"纸张"选项卡，"纸张大小"选择"32 开（13 厘米 × 18.4 厘米）"，在"页边距"选项卡的"方向"选项区中选择"横向"，单击"确定"按钮。按快捷键<Ctrl+S>保存文件。

（2）打开文档 J2.DOC。单击"文件"→"页面设置"命令，选择"页边距"选项卡，设置"左"为"3厘米"，"右"为"1.5 厘米"，"上"、"下"为"2 厘米"，单击"确定"按钮。按快捷键<Ctrl+S>保存文件。

▶▶▶ 考点 9　插入页码

① 单击"插入"→"页码"命令，打开"页码"对话框。
② 从"位置"列表框中选择页码的位置。
③ 从"对齐方式"列表框中选择页码的水平位置。
④ 选择"首页显示页码"复选框确定决定文档的第一页是否需要插入页码。
⑤ 单击"确定"按钮。

典型题解

【例 3-13】在考生文件夹中，存有文档 WT14.DOC，其内容如下：

【文档开始】

英国诗人济慈就曾指责牛顿用三棱镜分解阳光是"拆散了彩虹"，破坏了美。对这类指责，赫胥黎曾反驳说："我就不能理解，任何一个具有人类知识的人怎么能够想象科学的成长会以各种方式威胁艺术的发展。如果我的理解不错的话，那么科学和艺术就是自然这块奖章的正面和反面，它的一面以感情来表达事物永恒的秩序，另一方面，则以思想表达事物的永恒秩序。"

【文档结束】

操作要求：在页面底端（页脚）以居中对齐方式插入页码，并将初始页设置为 3，保存文档。

【解析】具体操作如下：

① 打开文档 WT14.DOC。

② 单击"插入"→"页码"命令，打开"页码"对话框，在"位置"下拉列表中选择"页面底端（页脚）"，在"对齐方式"下拉列表中选择"居中"，如图 3-82 所示。

③ 单击"格式"按钮，打开"页码格式"对话框，在"页码编排"栏中设置"起始页码"为 3，如图 3-83 所示。单击"确定"按钮。结果如图 3-84 所示。

④ 按快捷键<Ctrl+S>，保存文档。

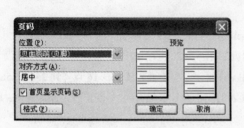

图 3-82　设置页码位置和对齐方式

图 3-83　页面设置

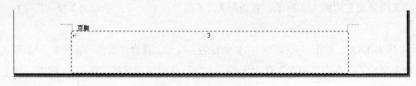

图 3-84　插入页码

强化训练

（1）在考生文件夹中，存有文档 K1.DOC，其内容如下：

【文档开始】

狐狸和葡萄

饥饿的狐狸看见葡萄架上挂着一串串晶莹剔透的葡萄，口水直流，想要摘下来吃，但又摘不到。看了一会儿，无可奈何地走了，他边走边自己安慰自己说："这葡萄没有熟，肯定是酸的。"

这就是说，有些人能力小，做不成事，就借口说时机未成熟。

【文档结束】

操作要求：在页面底端（页脚）以居中对齐方式插入页码，初始页为1。保存文档。

（2）在考生文件夹中，存有文档 K2.DOC，其内容如下：

【文档开始】

两只口袋

普罗米修斯创造了人，又在他们每人脖子上挂了两只口袋，一只装别人的缺点，另一只装自己的。他把那只装别人缺点的口袋挂在胸前，另一只则挂在背后。因此人们总是能够很快地看见别人的缺点，而自己的却总看不见。

这故事说明人们往往喜欢挑剔别人的缺点，却无视自身的缺点。

【文档结束】

操作要求：在页面顶端（页眉）右侧插入页码，初始页为Ⅱ。保存文档。

【答案】

（1）打开文档 K1.DOC。单击"插入"→"页码"命令，"位置"选择"页面底端（页脚）"，"对齐方式"选择"居中"，单击"确定"按钮。按快捷键<Ctrl+S>保存文件。

（2）打开文档 K2.DOC。单击"插入"→"页码"，"位置"选择"页面顶端（页眉）"，"对齐方式"选择"右侧"。单击"格式"按钮，选中"起始页码"单选按钮，值为Ⅱ，单击"确定"按钮。按快捷键<Ctrl+S>保存文件。

考点 10 页眉和页脚

页眉和页脚是打印在一页顶部和底部的注释性文字或图形。

1. 建立页眉/页脚

① 执行“视图”→“页眉和页脚”命令，打开页眉（或页脚）编辑区，文档中原来的内容呈灰色显示，同时，显示“页眉和页脚”工具栏，如图 3-85 所示。

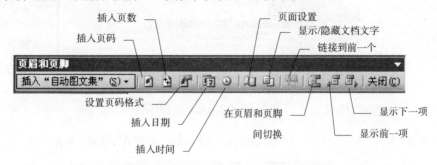

图 3-85 “页眉和页脚”工具栏

② 在“页眉”编辑窗口输入页眉文本，单击“在页眉和页脚间切换”按钮切换到“页脚”编辑区并输入页脚文字，如作者、页号、日期等。

③ 单击“关闭”按钮，完成设置并返回文档编辑区。

这样，整个文档的各页都具有同一格式的页眉和页脚。

2. 删除页眉页脚

执行“视图”→“页眉和页脚”命令，进入页眉（或页脚）编辑状态，选定页眉或页脚并按<Delete>键。

典型题解

【例 3-14】打开文档“夕照.DOC”，添加页眉“精品赏析”，右对齐。

【解析】具体操作如下：

① 打开文档，如图 3-86 所示。

夕照透入书房 冯骥才

我常常在黄昏时分，坐在书房里，享受夕照穿窗而入带来的那一种异样的神奇。

此刻，书房已经暗下来。到处堆放的书籍文稿以及艺术品重重叠叠地隐没在阴影里。

暮时的阳光，已经失去了白日里的咄咄逼人;它变得很温和，很红，好像一种橘色的灯光，不管什么东西给它一照，全都分外美丽。首先是窗台上那盆已经衰败的藤草，此慕香像镀了金一样，蓬勃发光;跟着是书桌上的玻璃灯罩，亮闪闪的，仿佛打开了灯;然后，这一大片橙色的夕照带着窗棂和外边的树影，斑斑驳驳投射在东墙那边一排大书架上。阴影的地方书皆晦暗，光照的地方连书脊上的文字也看得异常分明。《傅雷文集》的书名是烫金的，金灿灿放着光芒，好像在骄傲地说：“我可以永存。”

怎样的事物才能真正永存？阿房宫和华清池都已片瓦不留，李杜的名句和老庄的格言却一字不误地镌刻在每个华人的心里。世上延绵最久的还是非物质的——思想与精神。能够准确地记忆思想的只有文字。所以说，文字是我们的生命。

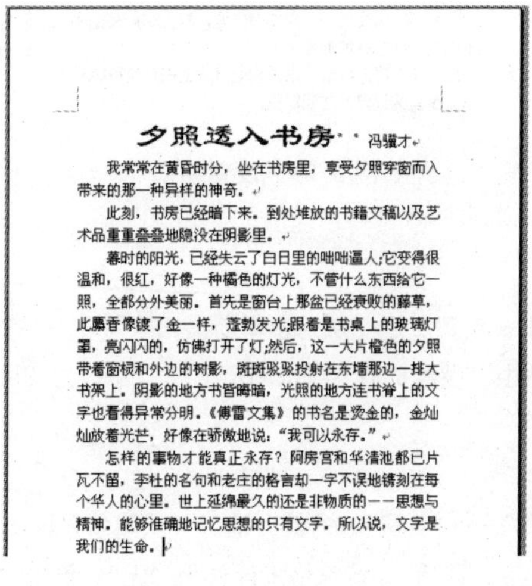

图 3-86 打开的文档

② 选择"视图"→"页眉和页脚"命令。出现"页眉和页脚"工具栏，如图3-87所示。

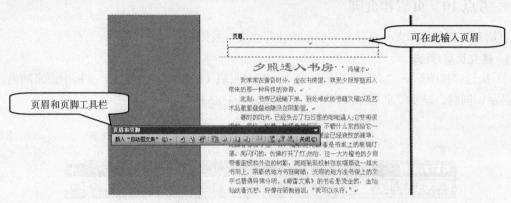

图3-87　进入页眉页脚视图

③ 在页眉处输入"精品赏析"，然后单击格式工具栏中的"右对齐"按钮，如图3-88所示。

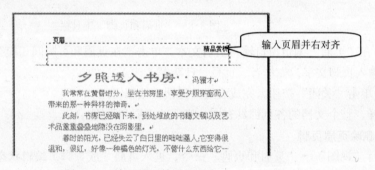

图3-88　输入页眉并设置对齐

④ 单击"页眉和页脚"工具栏中的"关闭"按钮，结果如图3-89所示。

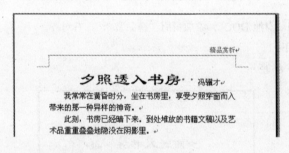

图3-89　设置结果

强化训练

（1）在"阿尔卑斯.DOC"文档中，设置页眉"从阿尔卑斯山归来"，左对齐，无缩进，字体为9磅。

（2）在"在山阴道上.DOC"文档中，设置页眉"在山阴道上"，并插入页码。页码在页眉的右边，而且与页眉之间有4个空格。

【答案】

（1）打开文件。选择"视图"→"页眉和页脚"，输入"从阿尔卑斯山归来"，单击"左对齐"按钮，选择字号列表中的9，选择"字体"→"段落"，特殊格式设置为"无"。单击"确定"按钮，单击"页眉和页脚"

工具栏中的"关闭"按钮。结果如图 3-90 所示。

（2）打开文件。选择"视图"→"页眉和页脚"，输入"在山阴道上"，单击"右对齐"按钮，插入点移动到页眉右边，输入 4 个空格，单击"插入页码"按钮，单击"页眉和页脚"工具栏中的"关闭"按钮。结果如图 3-91 所示。

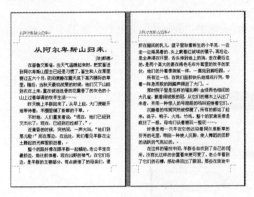

图 3-90　设置结果

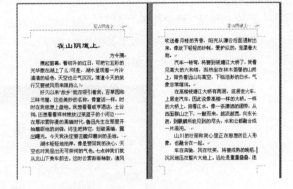

图 3-91　最终结果

▶▶▶ 考点 11　分栏排版

① 如要对整个文档分栏，则将插入点移到文本的任意处；如要对部分段落分栏，则应先选定这些段落。

② 执行"格式"→"分栏"命令，打开"分栏"对话框。

③ 选定"预设"框中的分栏格式，或在"栏数"文本框中输入分栏数，在"宽度和间距"框中设置栏宽和间距。

④ 单击"栏宽相等"复选框，则各栏宽相等，否则可以逐栏设置宽度。

⑤ 单击"分隔线"复选框，可以在各栏之间加一分隔线。

⑥ 选择应用范围后，单击"确定"按钮。

典型题解

【例 3-15】在考生文件夹中，存有文档"烟雨牛鹭图.DOC"，如图 3-92 所示。

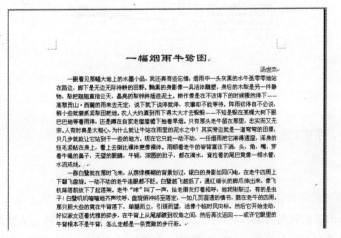

图 3-92　文档

操作要求：将（"一眼看见……一条宽敞的步行街。"）分为等宽的 2 栏，栏间距为 1 厘米，栏间加分隔线，保存文档。

【解析】具体操作如下：

① 打开文档。选中"一眼看见……一条宽敞的步行街。"段落，单击"格式"→"分栏"命令，打开"分栏"对话框。

② 在"预设"栏中选择"两栏"，将栏间距设置为"1 厘米"，选中"分隔线"复选框，如图 3-93 所示。

③ 单击"确定"按钮。效果如图 3-94 所示。

④ 按快捷键<Ctrl+S>，保存文档。

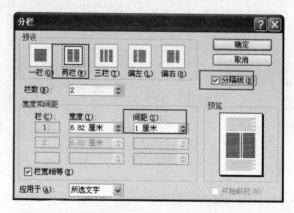

图 3-93 "分栏"对话框

图 3-94 分栏效果

强化训练

（1）在考生文件夹中，存有文档 L1.DOC，其内容如下：

【文档开始】

《质量法》实施不力 地方保护仍是重大障碍

为规范和整顿市场经济秩序，安徽省人大常委会组成 4 个检查组，今年上半年用两个月的时间，重点就食品和农资产品的质量状况问题，对合肥、淮北、宣州三市和省质监局、经贸委、供销社、工商局、卫生厅 5 个省直部门进行了重点检查。检查中发现，严重的地方保护主义问题，已成为质量法贯彻实施的重大障碍。

安徽的一些执法部门反映，地方保护主义已经阻碍了质量法的有效实施，尤其给当前正在开展的联合打假工作带来极大困难。其根源是有些地方领导从局部利益出发，将打击假冒伪劣产品、整顿市场秩序与改善投资环境、发展经济对立起来，片面追求短期经济效益和局部利益，对制假、售假活动打击不力，甚至假打、不打、打击"打假"者。

大量事实说明，地方保护主义已成为质量法实施的重大障碍。为此，记者呼吁，有关领导切不可为局部的或暂时的利益所驱使而护假，要从全局的或长远的利益出发，扫除障碍，让假冒伪劣产品没有容身之地。

【文档结束】

操作要求：将正文第二、三段分为两栏，保存文档。

（2）在考生文件夹中，存有文档 L2.DOC，其内容如下：

【文档开始】

CE（Concurrent Engineering）的思想最早是由美国国防部（DOD）DARDA（防御高级研究项目局）于 1982 年提出的。自从 1974 年 Joseph Harrington 博士最先提出 CIM 的概念后，20 世纪 80 年代人们投入大量人力物力研究 CIM。

【文档结束】

操作要求：将正文复制一段，并将第二段分为两栏，栏宽 19 个字符，保存文档。

【答案】

（1）打开文档。将插入点置于正文第二段段首，选中第二、三段单击"格式"→"分栏"命令，"预设"选择"两栏"，"应用于"选择"插入点之后"，单击"确定"按钮。按快捷键<Ctrl+S>保存文件。

（2）打开文档。复制正文。选中第二段，单击"格式"→"分栏"命令，"预设"选择"两栏"，"栏宽"设置为"19 字符"，单击"确定"按钮。按快捷键<Ctrl+S>保存文件。

▶▶▶ 考点 12　首字下沉

① 将插入点移到要设置首字下沉段落的任意处。
② 单击"格式"→"首字下沉"命令，打开"首字下沉"对话框。
③ 在"位置"的"无"、"下沉"和"悬挂"3 种格式选项中选择一种。
④ 在"选项"组中选择首字的字体，填入下沉行数和距其后面正文的距离。
⑤ 单击"确定"按钮。

典型题解

【例 3-16】在考生文件夹中，存有文档 WT16.DOC，其内容如下：

【文档开始】

本文首先研究了如何运用再造工程原理，通过系统改善信息系统开发过程的结构，谋求缩短信息系统开发周期，提高信息系统开发效率和质量，并给出实施步骤。其次结合并行工程，提出并行软件工程概念，并且提出了两种信息系统开发过程模型，即：基于瀑布模型的并行工程模式和基于快速原型模型的工程模式。

【文档结束】

操作要求：设置首字下沉 4 行，黑体，距正文 0.5 厘米。保存文档。

【解析】具体操作如下：
① 打开文档 WT16.DOC，如图 3-95 所示。

本文首先研究了如何运用再造工程原理，通过系统改善信息系统开发过程的结构，谋求缩短信息系统开发周期，提高信息系统开发效率和质量，并给出实施步骤。其次结合并行工程，提出并行软件工程概念，并且提出了两种信息系统开发过程模型，即：基于瀑布模型的并行工程模式和基于快速原型模型的工程模式。

图 3-95　原文档

② 将插入点移到文中段落的任意处。单击"格式"→"首字下沉"命令，打开"首字下沉"对话框。

③ 在"位置"栏选择"下沉"，在"字体"下拉列表中选择"黑体"，将"下沉行数"设置为 4，将"距正文"设置为"0.5 厘米"，如图 3-96 所示。

④ 单击"确定"按钮。效果如图 3-97 所示。

⑤ 按快捷键<Ctrl+S>，保存文档。

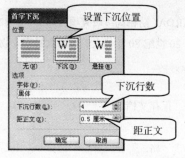

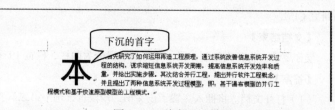

图 3-96　"首字下沉"对话框　　　　　　　图 3-97　首字下沉效果

强化训练

（1）在考生文件夹中，存有文档 M1.DOC，其内容如下：

【文档结束】

计算机中文信息处理技术从 20 世纪 70 年代的蓬勃发展至今，仅仅经历了短短二十多年的时间，便完成了由初级阶段向比较成熟阶段的过渡，这是微电子技术和 IT 技术高速发展以及迫切的应用需求所促成的。

【文档结束】

操作要求：将正文前三字下沉 2 行，楷体_GB2312，距正文 0.5 厘米。

（2）在考生文件夹中，存有文档 M2.DOC，其内容如下：

【文档结束】

产品和服务的日渐丰富，使得企业所处的市场环境从卖方市场过渡到买方市场，谁能赢得更多的客户，谁就能成为市场的主宰。客户服务做得好就能赢得客户长久的信任和支持。客户关系管理（Customer Relationship Management，CRM）因此成为企业在实施电子商务战略时的重点。ERP 产品重点在于企业内部资源的管理和规划，而 CRM 系统更加侧重于企业的销售、市场营销、服务支持等与客户行为相关的方面。

【文档结束】

操作要求：将正文前两字下沉 3 行，黑体，距正文 0.2 厘米。

【答案】

（1）打开文档 M1.DOC。选中正文的前三个字"计算机"，单击"格式"→"首字下沉"命令，"位置"选择"下沉"，"字体"选择"楷体_GB2312"，"下沉行数"设置为 2，"距正文"设置为"0.5 厘米"，单击"确定"按钮。按快捷键<Ctrl+S>保存文件。

（2）打开文档 M2.DOC。选中正文的前两个字"产品"，单击"格式"→"首字下沉"命令，"位置"选择"下沉","字体"选择"黑体","下沉行数"设置为 3,"距正文"设置为"0.2 厘米",单击"确定"按钮。按快捷键<Ctrl+S>保存文件。

3.4   Word 表格

▶▶▶ 考点 1   创建表格

1. 自动创建简单表格
简单表格中只有横线和竖线,不出现斜线。

（1）使用"常用"工具栏

① 将光标移到要插入表格的位置。

② 单击"常用"工具栏上"插入表格"按钮，出现如图 3-98 所示的表格模式。

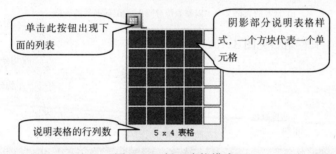

图 3-98   插入表格模式

③ 在表格中将鼠标向右下方向拖动,选定所需的行数和列数即松开鼠标。

（2）使用"表格"→"插入"命令

① 光标定位在要插入表格的位置。

② 执行"表格"→"插入"→"表格"命令,打开"插入表格"对话框。

③ 在"行数"和"列数"框中分别输入所需表格的行数和列数。

④ 单击"确定"按钮,即可在插入点处插入一张表格。

2. 表格和文本之间的转换

（1）选定用制表符分隔的表格文本。

（2）执行"表格"→"转换"→"文字转换成表格"命令,打开如图 3-99 所示的"将文字转换成表格"的对话框。

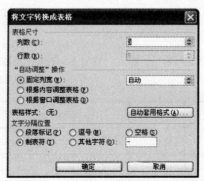

图 3-99   "将文字转换成表格"对话框

（3）在对话框的"列数"框中键入具体的列数。

（4）在"分隔字符位置"选项中，选定"制表位"单选项。

（5）单击"确定"按钮，就实现了文本到表格的转换。

图 3-100a 和图 3-100b 分别为转换前的文本和转换后的表格图示效果。

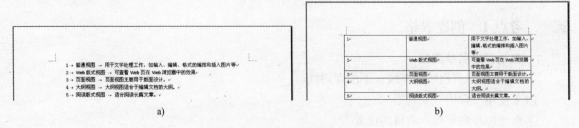

图 3-100　文字转换成表格示例

a）选定的表格文本（以制表位分隔）　b）转换后的表格

"表格与边框"工具栏请参见图 3-101。

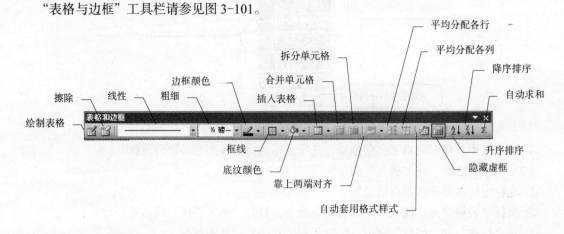

图 3-101　"表格和边框"工具栏

3. 输入表格文本

① 插入点移到表格的单元格中即可输入文本。

② 按<Tab>键将插入点移到下一个单元格，按<Shift+Tab>组合键可将插入点移到上一个单元格。按上、下箭头键可将插入点移到上、下一行。

典型题解

【例 3-17】按下图插入一 3 行 5 列表格，固定列宽为 1.5 厘米，表格居中，并以 WT17.DOC 为文件名保存在指定文件夹下。

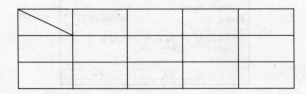

【解析】具体操作如下：

① 按快捷键<Ctrl+N>，创建新文档。

② 单击"表格"→"插入"→"表格"命令，打开"插入表格"对话框。"行数"输入 3，"列数"输入 5，"固定列宽"中输入 1.5 厘米，如图 3-102 所示。单击"确定"按钮。

③ 将鼠标指针移到表格左上角，当表格左上角出现标志⊞时，单击此标志，选中表格。单击格式工具栏中的"居中"按钮▆。

④ 单击"表格"→"绘制斜线表头"命令，打开"插入斜线表头"对话框。在"表头样式"下拉列表中选择"样式一"，如图 3-103 所示，单击"确定"按钮。

⑤ 按快捷键<Ctrl+S>，保存文档名为 WT17.DOC。

　　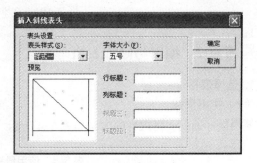

图 3-102　插入表格　　　　　　　　　　图 3-103　绘制斜线表头

强化训练

（1）按照下列 3 行 4 列表格设计一个相同的表格，各列宽度是 2.5 厘米，并以 N1.DOC 为文件名保存在指定文件夹下。

	支出 1	支出 2	支出 3
人事科			
财务科			

（2）在指定文件夹下打开文档 N2.DOC，其内容如下：

【文档开始】

世界各地区的半导体生产份额（2000 年）

年份	美国	日本	欧洲	亚太
1980 年	58%	27%	15%	0%
1985 年	46%	42%	11%	1%
1990 年	39%	46%	11%	3%
1995 年	40%	40%	8%	12%
1998 年	54%	28%	10%	8%

【文档结束】

操作要求：对除标题外的表格数据建立一个 6 行 5 列的表格。

【答案】

（1）按快捷键<Ctrl+N>。单击"表格"→"插入"→"表格"命令，"行数"输入 3，"列数"输入 4，"固定列宽"输入 2.5 厘米，单击"确定"按钮。选中表格，单击"表格"→"绘制斜线表头"命令，"表头样式"选择"样式一",单击"确定"按钮。在表格中输入文本。按快捷键<Ctrl+S>保存文件。

（2）打开文档 N2.DOC。选中表格数据，单击"表格"→"转换"→"文字转换成表格"命令，"文字分隔位置"选择"制表符"，单击"确定"按钮。按快捷键<Ctrl+S>保存文件。结果如图 3-104 所示。

图 3-104　文本转换后的表格

考点2　编辑与修饰表格

1. 选择表格

（1）使用鼠标

使用鼠标选择表格内容的方法如表 3-4 所示。

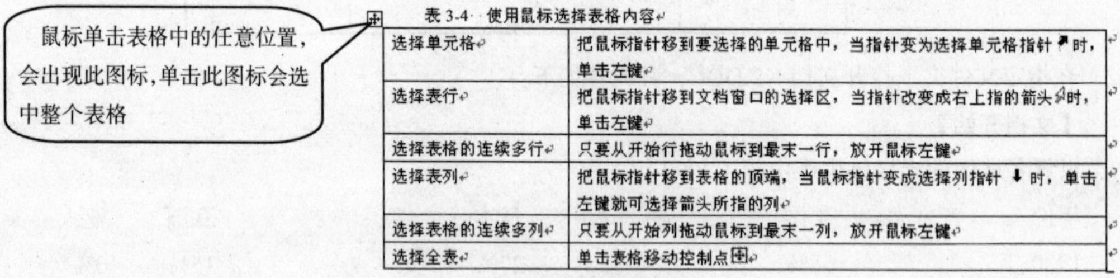

表 3-4　使用鼠标选择表格内容

选择单元格	把鼠标指针移到要选择的单元格中，当指针变为选择单元格指针 ↗ 时，单击左键
选择表格的行	把鼠标指针移到文档窗口的选择区，当指针改变成右上指的箭头 ↗ 时，单击左键
选择表格的连续多行	只要从开始行拖动鼠标到最末一行，放开鼠标左键
选择表格的列	把鼠标指针移到表格的顶端，当鼠标指针变成选择列指针 ↓ 时，单击左键就可选择箭头所指的列
选择表格的连续多列	只要从开始列拖动鼠标到最末一列，放开鼠标左键
选择全表	单击表格移动控制点 ，如图 3-105 所示

鼠标单击表格中的任意位置，会出现此图标，单击此图标会选中整个表格

图 3-105　表格的选择

（2）用"表格"菜单

① 选择行：将插入点置于所选行的任一单元格中，单击"表格"→"选择"→"行"命令。

② 选择列：将插入点置于所选列的任一单元格中，单击"表格"→"选择"→"列"命令。

③ 选择全表：将插入点置于表格的任一单元格中，单击"表格"→"选择"→"表格"命令。

2. 修改行高和列宽

（1）鼠标拖动

① 将鼠标指针移到表格的垂直框线上，当鼠标指针变成调整列宽指针 ↔ 形状时，按住鼠标左

键，此时出现一条上下垂直的虚线。

②　向左或右拖动，同时改变左列和右列的列宽（垂直框线两端的列宽度总和不变）。拖动鼠标到所需的新位置，放开左键即可。

在拖动鼠标时按住<Alt>键，水平标尺上就会显示列宽数据，如图 3-106 所示。

图 3-106　显示列宽数据

（2）用菜单命令改变列宽

①　选择要修改列宽的列。

②　单击"表格"→"表格属性"命令，单击"列"选项卡。

③　单击"指定宽度"复选框，在文本框中输入列宽数值，在"列宽单位"下拉列表框中选择单位。

④　单击"确定"按钮。

调整行高的方法与调整列宽类似，在"表格属性"对话框的"行"选项卡中修改。

3. 插入或删除行或列

①　插入行：选择表格中某处的一行或几行；单击"表格"→"插入"→"行（在上方）"→"行（在下方）"命令，可插入空行，插入的空行数与选择的行数相同。

②　插入列：选择表格中一列或几列后，单击"表格"→"插入"→"列（在左侧）"→"列（在右侧）"命令，就可插入空列，插入的空列数与选择的空列数相同。

③　删除行或列。选择要删除的行或列，单击"表格"→"删除"→"行"（或"列"）命令即可。

4. 合并或拆分单元格

（1）合并单元格

选择要合并的单元格，单击"表格"→"合并单元格"命令，或者单击"表格与边框"工具栏中的"合并单元格"按钮。

（2）拆分单元格

选择要拆分的单元格，单击"表格"→"拆分单元格"命令，或者单击"表格与边框"工具栏中的"拆分单元格"按钮，打开"拆分单元格"对话框。

在"列数"框中，输入要拆分的列数，在"行数"框中输入行数。单击"确定"按钮。

5. 设置表格格式

①　将插入点移到表格内。

②　单击"表格"→"表格自动套用格式"命令，打开"表格自动套用格式"对话框。

③　在"格式"列表框中选择一种格式，并在"预览"框中查看排版效果。

④　单击"要应用的格式"选项组中相应的复选框，可以取消应用表格格式中的设置项。

⑤　单击"确定"按钮。

6. 设置表格边框与底纹

可以使用"表格和边框"工具栏（如图 3-107 所示）中的线型、粗细、边框颜色、底纹颜色、单元格对齐方式等功能按钮，对表格进行个性化设置。

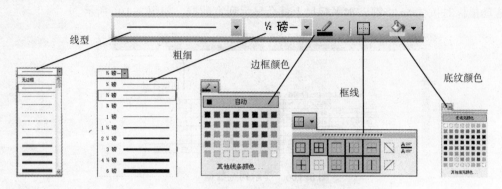

图 3-107　设置表格边框和底纹的工具

典型题解

【例 3-18】新建名为 WT18.DOC 的文档，并按照要求完成下列操作。

（1）制作一个 3 行 4 列的表格，表格列宽 2 厘米，行高 1 厘米，表格居中；将第 2、3 行的第 4 列单元格均匀拆分为两列，将第 3 行的第 2、3 列单元格合并。

（2）设置表格外框线为红色双窄线 1.5 磅，内框线为红色单实线 0.5 磅；表格第 1 行添加黄色底纹。制作后的表格效果如下。

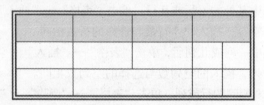

【解析】具体操作如下：

① 按快捷键<Ctrl+N>，创建新文档。

② 单击格式工具栏中的"插入表格"按钮▦，并选择 3 行 4 列，设置"固定列宽"为"2 厘米"，如图 3-108 所示，插入一个 3 行 4 列的表格。

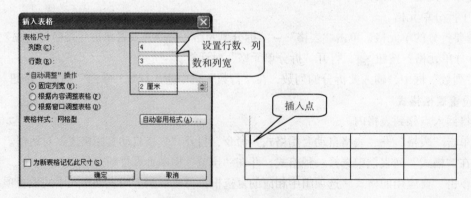

图 3-108　插入表格

③ 单击 选中表格，然后右击选中的表格，在快捷菜单中选择"表格属性"命令，打开"表格属性"对话框。

④ 选择"行"选项卡，指定行高为"1 厘米"，如图 3-109 所示。单击"确定"按钮。结果如图 3-110 所示。

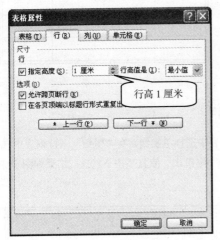

图 3-109　设置行高

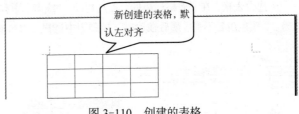

图 3-110　创建的表格

⑤ 单击格式工具栏中的"居中"按钮 。结果如图 3-111 所示。

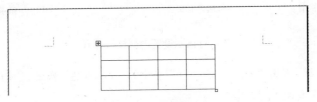

图 3-111　表格居中

⑥ 选中第 2、3 行的第 4 列单元格，单击"表格和边框"工具栏中的"拆分单元格"按钮 ，打开"拆分单元格"对话框，设置拆分行数和列数都为 2，如图 3-112 所示，然后单击"确定"按钮。

图 3-112　"拆分单元格"

⑦ 选中第 3 行的第 2、3 列单元格，然后选择"合并单元格"按钮 。结果如图 3-113 所示。

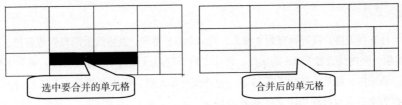

图 3-113　合并单元格

⑧ 单击⊕选中表格，在"表格和边框"工具栏的"线型"下拉列表中选择双窄线，在"粗细"下拉列表中选择"1 ½磅"，并单击"边框颜色"按钮，在弹出的颜色样本中选择红色，最后在边框下拉列表中选择"外侧框线"按钮，使其呈按下状态。结果如图 3-114 所示。

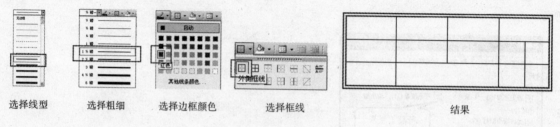

选择线型　　　　　选择粗细　　　　　选择边框颜色　　　　　选择框线　　　　　　　　结果

图 3-114　设置外部框线样式

⑨ 选中表格，在"表格和边框"工具栏的"线型"下拉列表中选择单实线，在"粗细"下拉列表中选择"½磅"，颜色设置不变，最后在边框下拉列表中选择"内侧框线"按钮╋，使其呈按下状态。结果如图 3-115 所示。

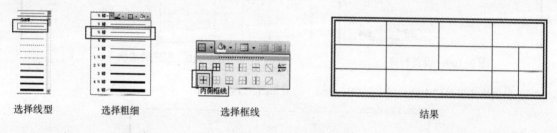

选择线型　　　　　选择粗细　　　　　选择框线　　　　　　　　结果

图 3-115　设置内部框线样式

⑩ 选中表格第 1 行，单击"表格和边框"工具栏中的"底纹颜色"按钮 的下拉按钮，在弹出的颜色样本中选择黄色，结果如图 3-116 所示。

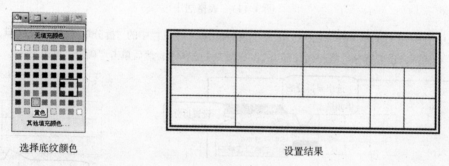

选择底纹颜色　　　　　　　　　设置结果

图 3-116　添加底纹颜色

⑪ 按快捷键<Ctrl+S>，保存文档名为 WT18.DOC。

强化训练

（1）制作一个 5 行 6 列表格，设置列宽为 2 厘米，行高为 0.5 厘米，表格线全部设置成蓝色，表格边框线设置为 1.5 磅实线，表内线设置为 0.5 磅实线，将第 2 行下框线设置为 1.5 磅的实线。将第 1 行的 2、3、4、5 列合并成一单元格，将第 1 列的 1 行与 2 行合并成一单元格，第 6 列的第 1 与 2 行合并成一单元格，并以 O1.DOC 为文件名保存在指定文件夹下。

（2）制作一个 5 行 3 列表格，列宽 3 厘米，行高 1 厘米。填入如下所示数据，表格中的文本内容中部居中对齐。存储为文件 O2.DOC。

部门	2006 销售额	2007 销售额
第一分店	30	40
第二分店	40	36
第三分店	25	31
第四分店	28	30

【答案】

（1）按快捷键<Ctrl+N>。单击"表格"→"插入"→"表格"命令，"行数"输入 5，"列数"输入 6，"固定列宽"为"2 厘米"，单击"确定"按钮。选中表格，然后右击选中的表格，选择"表格属性"命令，选择"行"选项卡，指定行高为"0.5 厘米"，单击"确定"按钮。选中表格，单击"表格和边框"按钮。选择边框颜色列为蓝色，选择"所有框线"按钮。"线型"选择单实线，"粗细"选择"1.5 磅"，选择"外框线"按钮。"粗细"选择"0.5 磅"，选择"内侧框线"按钮。粗细选择"0.5 磅"，选中表格第 2 行，选择"下框线"按钮。选中第 1 行的第 2、3、4、5 列单元格，单击"合并单元格"按钮。选中第 1 列的 1 行与 2 行单元格，单击"合并单元格"按钮。同样操作第 1 列的第 3、4、5 行行单元格。按快捷键<Ctrl+S>保存文件。

（2）按快捷键<Ctrl+N>。单击"插入表格"按钮，选择 5 行 3 列。选中表格，然后右击选中的表格，选择"表格属性"命令，选择"列"选项卡，指定列宽为"3 厘米"，然后选择"行"选项卡，指定行高为"1 厘米"，单击"确定"按钮在表格中输入数据。选中表格，单击"表格和边框"按钮，选择"中部居中"按钮。按快捷键<Ctrl+S>保存文件。

▶▶▶ 考点 3　排序和计算表格数据

1. 排序

（1）将插入点置于要排序的表格中。

（2）执行"表格"→"排序"命令，打开"排序"对话框。

（3）在"主要关键字"列表框中选定排序项，在右边的"类型"列表框中选定类型，再单击"升序"或"降序"单选按钮。

（4）在"主要关键字"列表框中选定排序项，在右边的"类型"列表框中选定类型，再单击"升序"或"降序"单选按钮。如果还有其他排序关键字，则继续选择第二关键字。

（5）在"列表"选项组中，选择是否有标题行。

（6）单击"确定"按钮。

2. 计算

在公式中，表格中的单元格，按照"列行"的方式引用。列标从 A 开始，顺序为 B 列，C 列，D 列。行号从 1 开始，依次为 1、2、3、4。一个单元格如果为 A3，则表示其位置为第一列的第三个。参见图 3-117，表示了一些表格单元格的引用。这种引用方式，与 Excel 的相同。

A1	B1	C1	D1	E1
A2	B2	C2	D2	E2
A3	B3	C3	D3	E3
A4	B4	C4	D4	E4

图 3-117 表格单元格的引用

使用公式计算的过程如下。

① 将插入点移到要计算的单元格中。

② 执行"表格"→"公式"命令，打开"公式"对话框。

③ 在"公式"列表框中输入公式。也可以在"粘贴函数"列表框中选定公式。

④ 在"数据格式"列表框中选定格式。

⑤ 单击"确定"按钮，得到计算结果。

典型题解

【例 3-19】在考生文件夹中，存有文档 WT19.DOC，其内容如下：

【文档开始】

职工姓名	基本工资	职务工资	岗位津贴
张三	307	702	411
李四	225	545	326
王五	462	820	620
赵六	362	780	470

【文档结束】

操作要求：按基本工资降序排序，按原名保存文档。

【解析】操作步骤如下：

① 打开文档 WT19.DOC。

② 将插入点置于要排序的表格中的任意位置。

③ 单击"表格"→"排序"命令，打开"排序"对话框。

④ 在"主要关键字"下拉列表中选择"基本工资"，然后在其右边的"类型"下拉列表中选择"数字"，并在右边选择"降序"单选按钮，如图 3-118 所示，然后单击"确定"按钮。结果如图 3-119 所示。

⑤ 按快捷键<Ctrl+S>，保存文档。

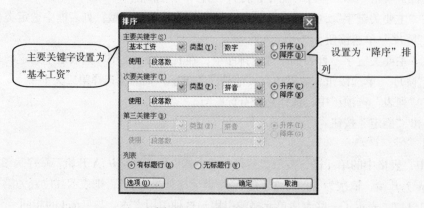

图 3-118 设置排序参数

职工姓名	基本工资	职务工资	岗位津贴
王五	462	820	620
赵六	362	780	470
张三	307	702	411
李四	225	545	326

图 3-119　排序结果

【例 3-19】在考生文件夹中，存有文档 WT20.DOC，其内容如下：

【文档开始】

系别	1系	2系	3系	4系	合计
奖贷金	5520	5400	5280	5160	
学生数	600	550	500	450	
生均值					

【文档结束】

操作要求：填入"生均值"行及"合计"列（生均值=奖贷金/学生数）。按原名保存文档。

【解析】操作步骤如下：

① 打开文档 WT20.doc。

② 将插入点移到"奖贷金"行的"合计"列单元格中，单击"表格"→"公式"命令，打开"公式"对话框，"公式"文本框中自动显示"=SUM(LEFT)"，表示对该行左侧数据求和，如图 3-120 所示，单击"确定"按钮即可，结果如图 3-121 所示。

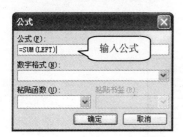

图 3-120　"公式"对话框

系别	1系	2系	3系	4系	合计
奖贷金	5520	5400	5280	5160	21360
学生数	600	550	500	450	
生均值					

图 3-121　求奖贷金合计

③ 将计算得到的数值复制到"学生数"行的"合计"单元格中，如图 3-122 所示。然后右击该数值，在弹出的快捷菜单中选择"更新域"命令，如图 3-123 所示。

系别	1系	2系	3系	4系	合计
奖贷金	5520	5400	5280	5160	21360
学生数	600	550	500	450	21360
生均值					

复制后保持原数据

图 3-122　复制数据

系别	1系	2系	3系	4系	合计
奖贷金	5520	5400	5280	5160	21360
学生数	600	550	500	450	2100
生均值					

更新后会重新计算

图 3-123　更新域

④ 将插入点移到"生均值"行的"1 系"列单元格中。单击"表格"→"公式"命令，打开"公式"对话框，在"公式"文本框中输入"=B2/B3"，如图 3-124 所示，然后单击"确定"按钮。结果如图 3-125 所示。

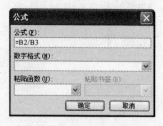

图 3-124 输入公式

系别	1系	2系	3系	4系	合计
奖贷金	5520	5400	5280	5160	21360
学生数	600	550	500	450	2100
生均值	9.2				

图 3-125 计算结果

⑤ 计算其他系，"2 系"的公式为"=C2/C3"，依此类推，3 系的公式为"D2/D3"，4 系的公式为"=E2/E3"，合计的公式为"=F2/F3"。结果如图 3-126 所示。

系别	1系	2系	3系	4系	合计
奖贷金	5520	5400	5280	5160	21360
学生数	600	550	500	450	2100
生均值	9.2	9.82	10.56	11.47	10.17

图 3-126 最终结果

⑥ 按快捷键<Ctrl+S>，保存文档。

强化训练

（1）在考生文件夹中，存有文档 P1.DOC，其内容如下：

【文档开始】

月份	成本	销售额
一月	50.8	87.7
二月	50.6	87.8
三月	50.4	87.9
四月	50.2	88
五月	50	88.1
六月	49.8	88.2

【文档结束】

操作要求：按销售额降序排序，按原名存储文档。

（2）在考生文件夹中，存有文档 P2.DOC，其内容如下：

【文档开始】

学号	微机原理	计算机体系结构	数据库原理
A 99050209	80	89	82
A 99050215	57	73	62
A 99050222	91	62	86
A 99050202	66	82	69
A 99050220	78	85	86

【文档结束】

操作要求：在表格最后一列后插入新列，列标题为"总分"，并在最后一列相应单元格内填入每个学生各门课的总分。按原名保存文档。

　　【答案】

　　（1）打开文档 P1.DOC。将插入点置于表格中的任意位置。单击"表格"→"排序"命令，"主要关键字"选择"销售额"，"类型"选择"数字"，选中"降序"单选按钮，单击"确定"按钮。按快捷键<Ctrl+S>保存文件。

　　（2）打开文档 P2.DOC。选择表格最后一列，单击"表格"→"插入"→"列（在右侧）"命令。在新行首个单元格中输入"总分"。将鼠标指针置于第一个学生的"总分"列。单击"表格"→"公式"，"公式"文本框中显示"=SUM(LEFT)"，单击"确定"按钮。将计算得到的第一个学生的总分复制到其他学生的总分单元格中。鼠标右键单击这些分数，选择"更新域"命令。按快捷键<Ctrl+S>保存文件。

3.5　图文混排

1. 插入剪贴画
　　单击"插入"→"图片"→"剪贴画"命令，选择"管理剪辑"，选择需要的剪贴画。

2. 绘制图形
　　"绘图"工具栏可绘制上百种自选图形，选择相应的按钮，拖动鼠标即可绘出选择的图形。

3. 使用文本框
　　单击"绘图"工具栏中的"文本框" 或"竖排文本框" 按钮，将指针移到文档中，按住左键拖动鼠标绘制文本框，大小适当后放开左键。此时插入点在文本框中，输入文本内容。

　　要改变文本框的大小，应单击文本框，选定文本框，在它四周出现 8 个控制大小的小方块，把鼠标指针移到小方块处并沿指针所指方向拖动。

4. 文本框格式设置
　　鼠标右键单击文本框，在弹出的快捷菜单中选择"设置自选图形格式"命令，或者直接双击文本框，可以打开"设置自选图形格式"对话框。可设置文本框边框的颜色和文本框的填充颜色，以及文本框的大小、环绕方式、水平对齐方式、内边距等属性。

典型题解

　　【例 3-20】设计出下列高度是 5 厘米、宽度是 12 厘米的方框，填入下列文字，并将全文字体设置成楷体_GB2312，字号设置成小五号，并以 WT21.DOC 为文件名保存在指定文件夹下。

如梦令 常记溪亭日暮。 沉醉不知归路。 兴尽晚回舟，误入藕花深处。 争渡。 争渡。 惊起一滩鸥鹭。

【解析】操作步骤如下：

① 按快捷键<Ctrl+N>，创建新文档。

② 打开"绘图"工具栏。单击此工具栏中的"文本框"按钮。

③ 拖动鼠标在文档中绘制一个文本框（尽量大），如图 3-127 所示。

④ 输入文本，设置文本字体为楷体_GB2312，字号为小五，如图 3-128 所示。

图 3-127　绘制文本框

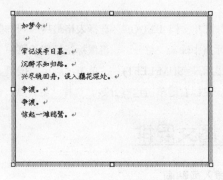

图 3-128　输入文本

⑤ 双击文本框，打开"设置文本框格式"对话框。

⑥ 选择"大小"选项卡，设置文本框高度为 5 厘米、宽度为 12 厘米，如图 3-129 所示。然后单击"确定"按钮。结果如图 3-130 所示。

⑦ 按快捷键<Ctrl+S>，保存文档名为 WT22.DOC。

图 3-129　"设置自选图形格式"对话框

图 3-130　调整文本框大小

强化训练

（1）设计出下列高度是 3 厘米、宽度是 7 厘米的方框，填入下列文字，并将文字和文本框居中，以 Q1.DOC 为文件名保存在指定文件夹下。

> 江南逢李龟年
>
> 岐王宅里寻常见，崔九堂前几度闻。
>
> 正是江南好风景，落花时节又逢君。

（2）设计出下列高度是 4 厘米、宽度是 12 厘米的方框，填入下列文字，并将文本框居中，以 Q2.DOC 为文件名保存在指定文件夹下。

> 高适　（700-765），字达夫。高适为唐代著名的边塞诗人，与岑参并称"高岑"。笔力雄健，气势奔放，洋溢着盛唐时期所特有的奋发进取、蓬勃向上的时代精神。

【答案】

（1）按快捷键<Ctrl+N>。单击"视图"→"工具栏"→"绘图"命令。单击"文本框"按钮，拖动鼠标在文档中绘制一个文本框（尽量大）。输入文本。选中文本，单击"居中"按钮。双击文本框，选择"大小"选项卡，设置"高度"为"3 厘米"、"宽度"为"7 厘米"，然后选择"版式"选项卡，选中"居中"单选按钮，单击"确定"按钮。按快捷键<Ctrl+S>保存文件为 Q1.doc。

（2）按快捷键<Ctrl+N>。单击"视图"→"工具栏"→"绘图"命令。单击"文本框"按钮，拖动鼠标在文档中绘制一个文本框（尽量大）。输入文本。双击文本框，选择"大小"选项卡，设置"高度"为"4 厘米"、"宽度"为"12 厘米"，然后选择"版式"选项卡，选中"居中"单选按钮，单击"确定"按钮。按快捷键<Ctrl+S>保存文件为 Q2.doc。

第4章 Excel 2003 的使用

考点概览

本章内容在考试中占 15 分。

重点考点

① 工作簿的创建、保存、打开与关闭。

② 工作表的重命名。

③ 单元格合并与居中。

④ 公式的输入（包括手工输入、自动求和按钮的使用），公式的复制，使用函数。

⑤ 图表的创建、移动和缩放，选项设置。

⑥ 记录排序，数据筛选（包括自动筛选和高级筛选）、数据分类汇总（计数、求和、求平均值），数据透视表的创建。

复习建议

① 工作簿基本操作是最基础的操作，各个应用程序的相关操作都类似，需要熟练掌握。

② 工作表的重命名和单元格合并与居中属于常考内容，也容易得分，练习几次就可以掌握。

③ 公式和函数的使用，属于考试重点，也是难点，应当多做相关练习。

④ 图表的创建并不难，按照图表向导的指示，一步步操作即可。要特别注意考试要求，图表放的位置。

⑤ 数据筛选、分类汇总、数据透视表等应用有些难度，需要理解掌握。

4.1 Excel 2003 概述

1. Excel 窗口

Excel 窗口如图 4-1 所示。

（1）标题栏

标题栏显示 Excel 当前工作簿名。

（2）菜单栏

菜单栏包含一组下拉式菜单，各菜单均含有若干命令，进行 Excel 操作。

（3）工具栏

工具栏由许多工具按钮组成,每个工具按钮分别代表不同的常用操作命令。

（4）名称框和编辑栏

名称框显示当前单元格（或区域）的地址或名称，在编辑公式时，显示公式名称。

编辑栏中显示当前所选单元格的内容，可在此输入或修改内容。

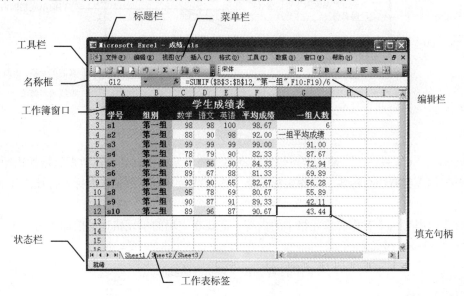

图 4-1　Excel 窗口组成

（5）状态栏

状态栏显示当前窗口操作命令或工作状态的有关信息。

（6）工作簿窗口

工作簿窗口有标题栏、控制菜单按钮、最小化和最大化按钮、关闭窗口按钮。

工作表标签显示工作表名称，其中的高亮标签（其工作表名称有下划线）是当前正在编辑的工作表，如图 4-2 所示。

图 4-2　工作表标签

2．工作簿、工作表和单元格

（1）工作簿

工作簿是 Excel 文件（其扩展名为.xls）其中含有一个或多个工作表。

启动 Excel 会自动新建"Book1"工作簿，一个工作簿最多可以含有 255 个工作表，一个新工作簿默认有 3 个工作表 Sheet1、Sheet2 和 Sheet3。工作表的个数可以增减，名称可以修改。

（2）工作表与单元格

① 工作表由单元格、工作表标签等组成。

② 工作表中行列交汇处的区域称为单元格，保存数值和文字等。

③ 每一个单元格都有一个地址，地址由"行号"和"列标"组成，列标在前，行号在后，如图 4-3 所示。

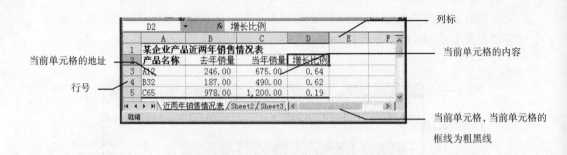

图 4-3　工作表的行与列

④ 按<Ctrl+↑（↓←→）>箭头键可快速移动将当前单元格指针到当前数据区域的边缘。

⑤ 每个工作表具有一个标签，工作表标签是工作表的名字，单击工作表标签，该工作表即成为当前工作表。

⑥ 如果要引用另一个工作表单元格中的内容，需要在引用的单元格地址前加上另一个"工作表名"和"！"符号，形式为：

〈工作表名〉！〈单元格地址〉。

（3）当前单元格

用鼠标单击一个单元格，该单元格被选定成为当前（活动）单元格。当前单元格的地址显示在名称框中，而当前单元格的内容同时显示在当前单元格和数据编辑区中。

（4）单元格区域

单元格区域以左上角单元格地址和右下角单元格地址表示，中间以"："分隔：

如 B3：D5 单元格区域包括：B3、B4、B5、C3、C4、C5、D3、D4、D5，如图 4-4 所示。

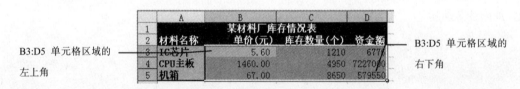

图 4-4　单元格区域

3. 退出 Excel

① 方法 1：单击标题栏的"关闭"按钮 ⊠。

② 方法 2：选择"文件"→"退出"命令。

4. 建立新工作簿

启动 Excel 系统自动新建一个文件名为 Book1.xls 工作簿。

单击"常用"工具栏的"新建"按钮，或者单击"文件"→"新建"命令，均可新建工作簿。

5. 保存工作簿

① 方法 1：单击"文件"→"保存"命令。

② 方法 2：单击"常用"工具栏的"保存"按钮。

4.2　Excel 2003 基本操作

▶▶▶ **考点 1　输入工作表数据**

在输入数据之前，需要先选定当前单元格，输入和编辑数据要在当前单元格中进行，也可以在数据编辑区进行。

1. 输入数据

新工作簿当前默认的工作表是 sheet1。

（1）输入文本

① 文本数据可以由汉字、西文字母、数字、特殊符号、空格等组合而成。文本数据可以进行字符串运算，不能进行算术运算（除数字串以外）。

② 在当前单元格输入文本后，按<Enter>键或移动光标到其他单元格即可。文本数据默认的对齐方式是单元格内靠左对齐。

③ 如果输入邮政编码、电话号码等数字串，要在数字串前面加一个英文单引号"'"，Excel 按文本数据处理；若直接输入，会按数值数据处理。

（2）输入数值

① 数值数据一般由数字、+、−、(、)、小数点、￥、$、%、/、E、e 等组成。数值数据可进行算术运算。

② 输入数值时，数值长度超过单元格宽度时，自动转换成科学计数法：

<整数或实数>e ± <整数>或者<整数或实数>E ± <整数>。

③ 数值数据默认的对齐方式是单元格右对齐。

④ 如果在单元格中输入分数，先输入零和空格，然后再输入分数。

（3）输入日期和时间

输入 Excel 可识别的日期或时间数据时，会自动转换为相应的日期或时间格式。

输入的日期和时间在单元格内默认为右对齐方式。

2. 删除或修改单元格内容

要删除单元格内容，选定要删除内容的单元格，然后按<Delete>键，参见图 4-5。

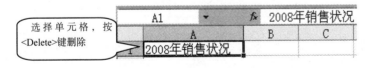

图 4-5　删除单元格

要修改单元格内容，单击单元格，输入数据后按<Enter>键即完成单元格内容的修改。或者单击单元格，然后单击数据编辑区，在编辑区内修改或编辑内容，参见图 4-6。

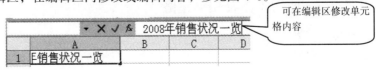

图 4-6　修改单元格内容

3. 移动或复制单元格内容

（1）使用菜单命令

① 选定单元格区域。

② 选择"编辑"菜单或鼠标右键单击，选择"复制"命令或"剪切"命令，或选择工具栏的"复制"按钮或"剪切"按钮。

③ 单击目标位置，单击"粘贴"按钮。

（2）使用鼠标

操作过程参见图 4-7。

然后将鼠标指针指向选定区域的边框上，当指针变成十字箭头"✛"形状时，按住鼠标左键拖动到目标位置

首先选定单元格区域

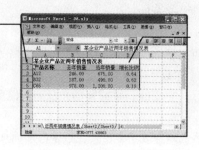

图 4-7　使用鼠标移动单元格

在拖动鼠标的同时按住<Ctrl>键到目标位置，先松开鼠标，后松开<Ctrl>键，可复制单元格内容和格式等。

（3）复制单元格中的特定内容

① 选定需要被复制的单元格区域；单击工具栏的"复制"按钮。

② 选择粘贴区域的左上角单元格，选择"编辑"→"选择性粘贴"命令。

③ 利用"选择性粘贴"对话框，如图 4-8 所示，可复制单元格的特定内容。

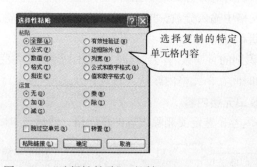

选择复制的特定单元格内容

图 4-8　"选择性粘贴"对话框

4. 自动填充

在工作表中选择一个单元格或单元格区域，右下角会出现填充柄，当光标移动至填充句柄时会出现"＋"形状填充柄，拖动"填充柄"，可实现快速自动填充。

►►► 考点 2　使用工作表和单元格

1. 使用工作表

（1）选定工作表

选定工作表的操作方式参见表 4-1。

表 4-1　选定工作表

选定范围	操作
选定一个工作表	单击工作表的标签
选定相邻的多个工作表	单击第一个工作表的标签，按<Shift>键的同时单击最后一个工作表的标签。
选定不相邻的多个工作表	按<Ctrl>键的同时单击要选定的工作表标签。
选定全部工作表	鼠标右键单击工作表标签，选择"选定全部工作表"

如果同时选定了多个工作表，其中只有一个工作表是当前工作表，对当前工作表的编辑操作会作用到其他被选定的工作表。

（2）插入新工作表

选定一个或多个工作表标签，右键单击，选择"插入"→"工作表"命令，出现"插入"对话框，双击插入的工作表类型。Excel 默认在选定的工作表左侧插入新的工作表。参见图 4-9。

图 4-9　插入工作表

（3）删除工作表

选定工作表，右键单击，选择"删除"命令。

（4）重命名工作表

双击工作表标签，输入新的名字即可。

（5）移动或复制工作表

拖动要移动的一个或多个工作表标签，可移动工作表。

在拖动工作表标签的同时按<Ctrl>键，可复制工作表。

（6）拆分窗口

拖动拆分条 ⬍（或 ↔），可拆分窗口。将拆分条拖回到原位置可取消拆分，参见图 4-10。

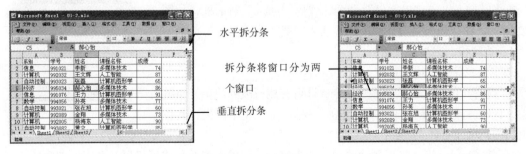

图 4-10　拆分窗口

（7）冻结窗口

① "冻结"行或列的方法可以始终显示表的前几行或前几列。

② 单击要冻结的位置，单击"窗口"→"冻结窗格"命令。所选定单元格列与前一列之间，单元格行与前一行之间，出现冻结线，如图 4-11 所示。

③ 单击"窗口"→"取消冻结"命令撤销冻结。

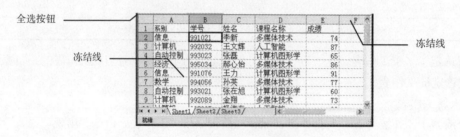

图 4-11 冻结窗口

2．选择单元格区域

选择单元格区域的方法参见表 4-2。

表 4-2 选择单元格区域

选 定 区 域	操　作
选定单元格	鼠标指针移至需要选定的单元格上，鼠标左键单击该单元格即被选定为当前单元格
选定单元格区域	单击要选定单元格区域左上角单元格，按住鼠标左键并拖动鼠标到区域的右下角单元格，放开鼠标左键。或者单击单元格区域左上角单元格，按住右<Shift>键的同时单击单元格区域的右下角
选定不相邻的单元格区域	选定第一个单元格区域之后,按住<Ctrl>键，再用鼠标选定其他单元格区域
选中整行	单击工作表行号
选中整列	单击工作表列标
单击全选按钮	选中整个工作表
选中相邻的行或列	单击工作表行号或列标，并拖动行号或列标
选中不相邻的行或列	单击工作表行号或列标，按住<Ctrl>键，再单击工作表其他行号或列标

3．插入行、列与单元格

单击"插入"→"单元格或行或列"命令，可进行行、列与单元格的插入，选择的行数或列数即是插入的行数或列数行。

单击"插入"→"单元格"命令，弹出"插入"对话框，如图4-12 所示，在"插入"对话框中选择插入方式。

4．删除行、列与单元格

选定要删除的行或列或单元格，然后：

① 选择"编辑"→"删除"命令，即可完成行或列或单元格的删除，此时，单元格的内容和单元格将一起从工作表中消失，其位置由周围的单元格补充。

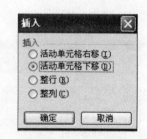

图 4-12 "插入"对话框

② 按<Delete>键，将仅删除单元格的内容，空白单元格或行或列仍保留在工作表中。

5．命名单元格

① 选定单元格。

② 在数据编辑区的名称框中输入其名称。

③ 按<Enter>键。图 4-13 所示为命名单元格的示意。

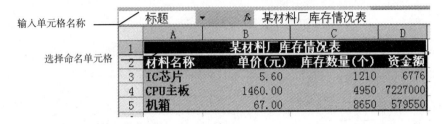

图 4-13　命名 A1 单元格为"标题"

6．批注

① 批注是为单元格加注释。一个单元格添加了批注后，会在单元格的右上角出现一个三角标识，当鼠标指针指向这个标识时，显示批注信息。参见图 4-14。

图 4-14　批注

② 要添加批注，首先选定要加批注的单元格，选择"插入"→"批注"命令，输入批注文字。

③ 要编辑或删除批注，选定有批注的单元格，单击鼠标右键，在快捷菜单中选择"编辑批注"或"删除批注"。

典型题解

【例 4-1】打开工作簿文件 EX1.XLS 的工作表 Sheet1（内容如下），将此工作表命名为"季度销售数量情况表"，以原名保存文档。

产品名称	第一季度	第二季度	第三季度	第四季度
T-11	256	342	654	487
H-87	298	434	398	345
F-34	467	454	487	546

【解析】具体操作步骤如下：

① 打开工作簿 EX1.XLS 的工作表 Sheet1，如图 4-15 所示。

图 4-15　工作表 Sheet1

② 双击工作表 Sheet1 的标签，输入工作表新名称"季度销售数量情况表"，然后按<Enter>键。如图 4-16 所示。

图 4-16　重命名工作表

③ 按快捷键<Ctrl+S>，保存文档。

强化训练

（1）工作簿文件 Book1.XLS 工作表 Sheet1（内容如下），将工作表命名为"课程表"，以原名保存文档。

	星期一	星期二	星期三	星期四	星期五
第 1 节	语文	数学	数学	语文	数学
第 2 节	语文	外语	外语	语文	外语
第 3 节	数学	语文	语文	外语	语文
第 4 节	数学	语文	语文	数学	语文

（2）工作簿文件 Book2.XLS 工作表 Sheet1（内容如下），将工作表命名为"单位支出表"，以原名保存文档。

	支出 1	支出 2	支出 3	支出 4
单位 1				
单位 2				

【答案】

（1）打开工作簿文件 Book1.XLS 的工作表 Sheet1。双击工作表 Sheet1 的标签。输入"课程表"，按<Enter>键。按<Ctrl+S>键。

（2）打开工作簿文件 Book2.XLS 的工作表 Sheet1。双击工作表 Sheet1 的标签。输入"单位支出表"，按<Enter>键。按<Ctrl+S>键。

▶▶▶ 考点3　编辑工作表

1. 移动单元格指针

① 利用滚动条使目标单元格出现在屏幕上，然后单击它。

② 在名称框中输入目标单元格的地址，然后按<Enter>键。

③ 按方向键，单元格指针向箭头方向移动一个单元格。

④ 按<Ctrl+>方向键，则单元格指针沿着箭头方向快速移动，直到单元格从空白变为有数据或由有数据变为空白为止。

⑤ 按<Ctrl+Home>组合键，则单元格指针移到 A1。按<Ctrl+End>组合键，则单元格指针移到曾经编辑过的数据区域的右下角。按<Home>键，则单元格指针移到本行最左侧单元格。

2．编辑单元格数据

若想对当前单元格中的数据进行修改，则当原数据与新数据完全不一样时，可以重新输入；当新数据只是在原数据的基础上略加修改且数据较长、采用重新输入效率不高时，可单击数据编辑区（该区显示当前单元格的数据），插入点出现在数据编辑区，状态栏左侧由"就绪"变成"编辑"，表示可以进行编辑。

3．移动与复制单元格数据

① 拖动鼠标的方法：选中单元格区域，鼠标指针移到所选区域的边线上，指针呈指向左上方的箭头，然后拖动（复制单元格数据要按<Ctrl>键拖动）到目标位置即可。

② 剪贴的方法：选中单元格区域，利用工具栏中的剪切按钮 （复制 ）按钮以及粘贴按钮 。

4．清除单元格数据

清除单元格数据不是删除单元格本身，而是清除单元格中的数据内容、格式、批注之一，或三者均清除。单击单元格，然后按<Delete>键只清除单元格数据内容。其余采用如下方法进行清除：

① 选中要清除数据的单元格区域。

② 单击"编辑"菜单，在"清除"命令的 4 个选项中选择一个。参见图 4-17。

图 4-17　选择清除选项

5．插入与删除单元格

（1）插入一行（列）

① 单击某行（列）的任一单元格，将在该行（列）之前插入一行（列）。

② 单击"插入"菜单中的"行"（"列"）命令。

（2）插入单元格

① 单击某单元格，使之成为当前单元格，以它作为插入位置。

② 单击"插入"菜单中的"单元格"命令，出现如图 4-18 所示的"插入"对话框。

③ 选择插入方式。单击"确定"按钮。

（3）删除一行（列）

① 单击要删除的行（列）号。

② 单击"编辑"菜单中的"删除"命令。

（4）删除单元格

① 单击要删除的单元格，使之成为当前单元格。

② 单击"编辑"菜单中的"删除"命令，出现如图 4-19 所示的"删除"对话框。

③ 在对话框中选择删除方式。单击"确定"按钮。

图 4-18 "插入"对话框　　　图 4-19 "删除"对话框

4.3 使用公式与函数

►►► 考点 1 使用公式

1. 自动计算

利用工具栏的自动求和按钮 **Σ** 或在状态栏上单击鼠标右键，可自动计算一组数据的累加和、平均值、统计个数、求最大值和最小值等，如图 4-20 所示。

单击下拉箭头，出现计算方式的列表

右键单击状态栏，出现计算方式的列表

图 4-20 利用自动求和按钮和状态栏计算

2. 输入公式

（1）公式的形式

公式的一般形式为：

$$=<表达式>$$

表达式可由运算符、常量、单元格地址、函数及括号等组成，但不能含有空格，公式中<表达式>前面必须有"="号。

（2）运算符

常见运算符如表 4-3 所示。

表 4-3 常用运算符

运 算 符	功 能	运 算 符	功 能
-	负号	+，-	加、减
%	百分数	&	字符串连接
^	乘方	=，<>	等于，不等于
		>，>=	大于，大于等于
*，/	乘、除	<，<=	小于，小于等于

（3）公式的输入

选定要放置计算结果的单元格后，直接输入然后<Enter>键即可。

输入单元格名称时，可以单击具体的单元格，系统会自动输入。

（4）复制公式

① 方法 1：直接利用"复制"和"粘贴"或"选择性粘贴"（选中复制公式）命令。

② 方法 2：选定单元格，拖动单元格的自动填充柄，可完成相邻单元格公式的复制。

（5）单元格地址的引用

① 相对地址。在公式复制到目标单元格时，根据公式原位置和复制到的目标位置推算出公式中单元格地址相对原位置的变化，使用变化后的单元格地址的内容进行计算。

② 绝对地址。绝对地址在行号和列标前加上$符号，公式无论复制哪个单元格，公式永远不变。

③ 混合地址。混合地址的行号或列标前有$符号，公式复制后，相对部分会变化，绝对部分地址永远不变。

（6）跨工作表的单元格地址引用

单元格地址的一般形式为：

[工作簿文件名]工作表名!单元格地址

在引用当前工作簿的各工作表单元格地址时，当前"[工作簿文件名]"可以省略，引用当前工作表单元格的地址时"工作表名!"可以省略。

典型题解

【例 4-2】打开工作簿文件 EX2.XLS（内容如下），计算产品"A12""增长比例"列的内容 [增长比例 =（当年销量－去年销量）/当年销量]，以原名保存文档。

某企业产品近两年销售情况表

产品名称	去年销量	当年销量	增长比例
A12	246	675	
B32	187	490	
C65	978	1200	

【解析】具体操作步骤如下：

① 打开工作簿。

② 选中单元格 D3，在数据编辑区中输入"=("，单击单元格 C3，如图 4-21 所示。

③ 在数据编辑区中输入"－"，再单击单元格 B3，如图 4-22 所示。

④ 输入")/"，单击 C3，如图 4-23 所示。

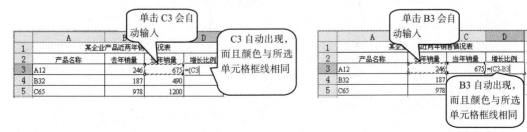

图 4-21　输入公式　　　　　　　　　　　　　　图 4-22　输入公式

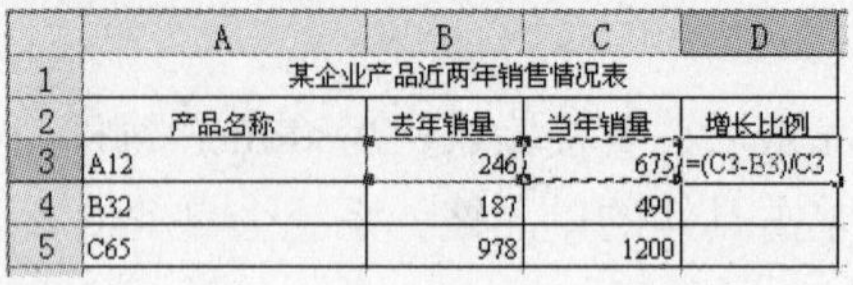

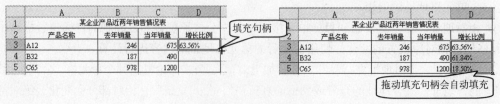

图 4-23　输入公式

⑤ 单击 D3，将鼠标指向单元格的右下角，出现十字填充句柄，向下拖动到 D5，如图 4-24 所示。

图 4-24　输入公式

⑥ 按快捷键<Ctrl+S>，保存文档。

【例 4-3】打开工作簿文件 EX3.XLS（内容如下），计算"总计"列和"平均分"行单元格的内容，以原名保存文档。

【解析】具体操作步骤如下：

① 打开工作簿。

② 选中单元格区域 H3：H21，单击"常用"工具栏中的"自动求和"按钮，如图 4-25 所示。

③ 选中单元格区域 B21：G21 单击"常用"工具栏中的自动求和按钮右边的下拉箭头 Σ ▾ ，如图 4-26 所示。

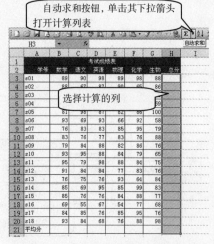

图 4-25　选择要计算的区域

图 4-26　求平均值

④ 选择"平均值"选项。结果如图 4-27 所示。可以看到，H21 的内容是####，表示列宽太小，不能容纳全部数据，此时拖动列号右边框可以将列宽调大些。结果如图 4-28 所示。

	A	B	C	D	E	F	G	H
1				考试成绩表				
2	学号	数学	语文	英语	物理	化学	生物	总分
3	s01	89	90	98	89	98	88	552
4	s02	88	67	87	90	65	86	483
5	s03	76	74	98	84	78	82	492
6	s04	45	88	68	99	90	69	459
7	s05	81	98	87	82	86	100	534
8	s06	93	69	93	66	92	58	471
9	s07	76	83	83	85	95	79	501
10	s08	83	76	77	83	76	88	483
11	s09	79	84	88	82	86	76	495
12	s10	93	95	88	84	79	65	504
13	s11	95	79	98	88	84	75	519
14	s12	91	84	84	77	83	76	495
15	s13	76	75	76	93	64	84	468
16	s14	85	69	95	85	99	83	516
17	s15	85	76	76	84	88	77	486
18	s16	69	55	67	54	77	68	390
19	s17	84	85	76	85	95	76	501
20	s18	93	84	68	88	98	98	507
21	平均分	82.28	79.50	83.72	82.56	84.61	79.33	#####

图 4-27 选择数据和结果单元格

	A	B	C	D	E	F	G	H
1				考试成绩表				
2	学号	数学	语文	英语	物理	化学	生物	总分
3	s01	89	90	98	89	98	88	552
4	s02	88	67	87	90	65	86	483
5	s03	76	74	98	84	78	82	492
6	s04	45	88	68	99	90	69	459
7	s05	81	98	87	82	86	100	534
8	s06	93	69	93	66	92	58	471
9	s07	76	83	83	85	95	79	501
10	s08	83	76	77	83	76	88	483
11	s09	79	84	88	82	86	76	495
12	s10	93	95	88	84	79	65	504
13	s11	95	79	98	88	84	75	519
14	s12	91	84	84	77	83	76	495
15	s13	76	75	76	93	64	84	468
16	s14	85	69	95	85	99	83	516
17	s15	85	76	76	84	88	77	486
18	s16	69	55	67	54	77	68	390
19	s17	84	85	76	85	95	76	501
20	s18	93	84	68	88	98	98	507
21	平均分	82.28	79.50	83.72	82.56	84.61	79.33	492.00

图 4-28 调整列宽

⑤ 按快捷键<Ctrl+S>，保存文档。

【例 4-4】打开工作簿文件 EX4.XLS（内容如下），计算"人数"列"总计"行的项及"所占百分比"列，公式为"所占百分比=人数/总计"，以原名保存文档。

	A	B	C
1		某学校师资情况表	
2	职称	人数	所占百分比
3	教授	125	
4	副教授	436	
5	讲师	562	
6	助教	296	
7	总计		

【解析】具体操作步骤如下：

① 打开工作簿文件。

② 选中单元格区域 B7，单击"常用"工具栏的自动求和按钮 **Σ**，如图 4-29 所示，按<Enter>键即可。

③ 单击选中单元格 C3，在数据编辑区中输入公式"=B3/$B$7"，然后按<Enter>键。结果如图 4-30 所示。注意，$B$7 使用绝对地址，因为每个百分比的计算，都要使用这个单元格的总计数据。

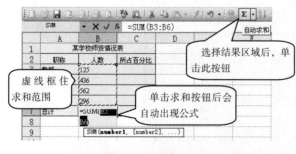

图 4-29 列求和

图 4-30 输入公式

④ 单击选中单元格 C3，向下拖动此单元格的填充句柄到单元格 C6。结果如图 4-31 所示。

⑤ 按快捷键<Ctrl+S>，保存文档。

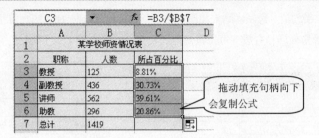

图 4-31　复制公式

强化训练

（1）工作簿文件 Book5.xls（内容如下），计算"总计"行和"合计"列单元格的内容，以原名保存文档。

某商场二季度销售情况表　　　　（单位：万元）

部门名称	四月	五月	六月	合计
家电部	16.8	23.4	36.7	
服装部	37.6	39.6	36.2	
食品部	28.9	31.9	41.2	
总计				

（2）工作簿文件 Book7.xls（内容如下），计算"上升案例数"列的内容（上升案例数=去年案例数×上升比率），以原名保存文档。

	A	B	C	D	E
1	序号	地区	去年案例数	上升比率	上升案例数
2	1	A地区	2400	1.00%	
3	2	B地区	5300	0.50%	
4	3	C地区	8007	2.00%	
5	4	D地区	3400	2.10%	

（3）打开工作簿"最高最低分.xls"文件。求每个科目的最高分和最低分。以原名保存文件。

	A	B	C	D	E	F	G	H
1				考试成绩表				
2	学号	数学	语文	英语	物理	化学	生物	平均分
3	s01	89	90	98	89	97	88	91.83
4	s02	88	67	87	97	56	86	80.17
5	s03	76	74	98	84	75	82	81.50
6	s04	45	88	68	67	90	69	71.17
7	s05	81	98	87	82	67	100	85.83
8	s06	93	69	93	66	92	58	78.50
9	s07	76	83	83	85	95	79	83.50
10	s08	83	76	77	83	65	88	78.67
11	s09	79	84	67	82	86	76	79.00
12	s10	93	95	84	84	79	65	83.33
13	s11	95	79	98	88	84	75	86.50
14	s12	91	84	83	77	83	76	82.33
15	s13	45	56	45	65	64	84	59.83
16	s14	85	69	95	85	98	83	85.83
17	s15	85	76	76	84	65	77	77.17
18	s16	69	55	76	54	77	68	66.50
19	s17	84	85	78	85	76	76	83.83
20	s18	93	84	76	76	90	98	84.50
21	最高分							
22	最低分							

【答案】
（1）打开工作簿。按住<Ctrl>键选中单元格区域 E3:E6 和 B6:D6。单击自动求和按钮。按<Ctrl+S>键。结果如图 4-32 所示。

（2）打开工作簿。选中单元格 E2，输入"=C2*D2"，按<Enter>键。选中单元格 E2，拖动单元格填充句柄到单元格 E5。按<Ctrl+S>键，如图 4-33 所示。

	A	B	C	D	E
1	某商场二季度销售情况表(万元)				
2	部门名称	四月	五月	六月	合计
3	家电部	16.8	23.4	36.7	76.9
4	服装部	37.6	39.6	36.2	113.4
5	食品部	28.9	31.9	41.2	102
6	总计	83.3	94.9	114.1	292.3

图 4-32 计算结果

E2	▼	fx	=C2*D2	
	A	B	C	D	E
1	序号	地区	去年案例数	上升比率	上升案例数
2	1	A地区	2400	1.00%	24
3	2	B地区	5300	0.50%	26.5
4	3	C地区	8007	2.00%	160.14
5	4	D地区	3400	2.10%	71.4

图 4-33 结果

（3）打开工作簿。选中单元格 B21:H21，单击自动求和按钮的下拉箭头，选择"最大值"。按住<Ctrl>键选择 B2:H22，单击自动求和按钮的下拉箭头，选择"最小值"。按<Ctrl+S>键，如图 4-34 所示。

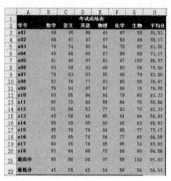

图 4-34 结果

▶▶▶ 考点 2 函数

1. 函数形式

函数一般由函数名和参数组成，形式为：

函数名（参数表）

函数名由 Excel 提供，函数名中的大小写字母等价，参数表由用逗号分隔的参数 1、参数 2……参数 N（$N \leqslant 30$）构成，参数可以是常数、单元格地址、单元格区域、单元格区域名称或函数等。

2. 函数引用

若要在某个单元格输入函数，可以直接输入函数内容，也可以用"函数向导"快速输入，方法是单击数据编辑区左侧"插入函数"按钮 ，如图 4-35 所示。在"插入"对话框中选中函数，并确定函数的参数。

"插入函数"按钮

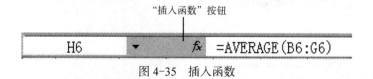

图 4-35 插入函数

3. 常用函数

（1）常用函数

SUM、AVERAGE、MAX、MIN 等函数/经常使用。利用自动求和按钮列表，可以直接使用这些函数。无需用户输入。当然，输入函数也可以，但比较麻烦。

（2）统计个数函数

COUNT（参数1,参数2, …）：求各参数中数值型数据的个数。

COUNTA（参数1,参数2, …）：求"非空"单元格的个数。

COUNTBLANK（参数1,参数2, …）：求"空"单元格的个数。

（3）四舍五入函数 ROUND（数值型参数，n）

返回对"数值型参数"进行四舍五入到第 n 位的近似值。

（4）条件函数 IF（逻辑表达式，表达式1，表达式2）

若"逻辑表达式"值为真，函数值为"表达式1"的值；否则为"表达式2"的值。

（5）条件计数 COUNTIF（条件数据区，"条件"）

统计"条件数据区"中满足给定"条件"的单元格的个数。

（6）条件求和函数 SUMIF（条件数据区，"条件"［，求和数据区］）

在"条件数据区"查找满足"条件"的单元格，计算满足条件的单元格对应于"求和数据区"中数据的累加和。如果"求和数据区"省略，统计"条件数据区"满足条件的单元格中数据的累加和。

4. 错误信息

在单元格输入或编辑公式后，有时会出现错误信息，错误值一般以"#"符号开头，见表4-4。

表4-4　错误值表

错　误　值	错误值出现原因	错　误　值	错误值出现原因
#DIV/0!	被除数为0	#NUM!	数据类型不正确
#N/A	引用了无法使用的数值	#REF!	引用无效单元格
#NAME?	不能识别的文本	#VALUE!	不正确的参数或运算符
#NULL!	交集为空	#####	宽度不够,加宽即可

典型题解

【例题 4-5】打开"函数.xls"工作簿，利用 COUNTIF 函数计算一班人数，放在 B21 单元格，并利用 SUMIF 函数和已求出的人数，计算一班平均分数，放在 B22 单元格。

【解析】具体操作步骤如下：

① 选定 B21 单元格，单击编辑栏左侧的插入函数按钮 f_x，出现"插入函数"对话框。在"或选择类别"中选择"全部"。在"选择函数"列表中选择"COUNTIF"函数。参见图 4-36。

② 在弹出的"函数参数"对话框中，单击 Range（范围）参数文本框，然后在工作表中拖动选择 B3:B20，表示这个操作的范围是 B3:B20。

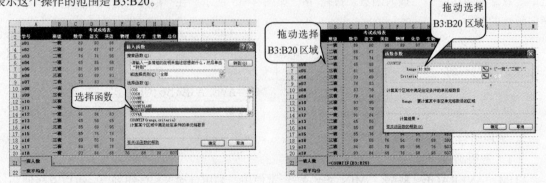

图 4-36　选择 COUNTIF 函数　　　　　　图 4-37　输入函数的参数

③ 单击 Criteria（条件）文本框，再单击 B3。现在公式为 COUNTIF(B3:B20, B3)，表示在 B3:B20 区域，对 B3 单元格内容"一班"进行计数。单击"确定"按钮，此时，D21 单元格显示一班人数，如图 4-38 所示。单击"确定"按钮。

④ 选定 B22 单元格，单击编辑栏左侧的插入函数按钮 f_x，出现"插入函数"对话框。在"或选择类别"中选择"全部"。在"选择函数"列表中选择"SUMIF"函数，如图 4-39 所示。

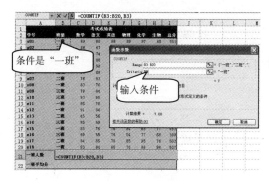

图 4-38　输入条件

图 4-39　选择 SUMIF 函数

⑤ Range 选择 B3:B20，Criteria 选择 B3（表示满足"一班"条件），Sum_Range 选择 I3:I20（也就是总分列）。单击"确定"按钮。现在公式为"=SUMIF（B3:B20,B3，I3:I20）"，表示在 B3:B20 区域，如果值为"一班"，则对 I3:I20 区域的对应平均分求和，如图 4-40 所示。

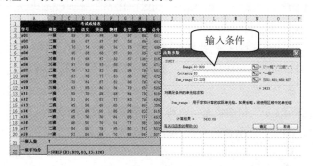

图 4-40　输入参数

⑥ 单击 B21 单元格，将公式更改为："=SUMIF（B3:B20,B3，I3:I20）/B21"，按<Enter>键，此时，B22 单元格显示一班的平均分数，如图 4-41 所示。注意，B21 可以使用绝对地址$B$21，因为在实际应用中，可能会移动或复制此公式，如果不使用绝对地址，就会出错了。

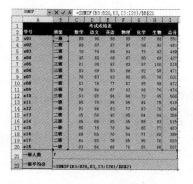
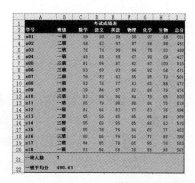

图 4-41　B22 单元格的结果

强化训练

（1）打开"销售排名.xls"文件如下。使用 RANK 函数，对各连锁店销售额进行从高到低的排名。原名保存文件。

	A	B	C
1	销售情况表		
2		销售额（万元）	销售额排名
3	海淀区连锁店	2239	
4	西城区连锁店	3089	
5	东城区连锁店	2498	
6	崇文城区连锁店	1109	

（2）在考生文件夹中有"销售统计.xls"文件如下。

	A	B	C	D	E
1	电子产品近两年销量统计表（单位 个）				
2	月份	08年	07年	同比增长	备注
3	1月	187	145		
4	2月	89	67		
5	3月	102	78		
6	4月	231	190		
7	5月	345	334		
8	6月	478	456		
9	7月	333	298		
10	8月	212	176		
11	9月	265	199		
12	10月	167	123		
13	11月	156	132		
14	12月	90	85		
15					

　　要求将 sheet1 工作表的 A1：E1 单元格合并为一个单元格，内容水平居中；计算"同比增长"行的内容（数值型，保留小数点后两位），计算"同比增长"列的内容（同比增长=（08 年销售量-07 年销售量）/07 年销售量，百分比型，保留小数点后两位）；如果同比增长高于 20%，在"备注"列内给出信息"较快"，否则内容空白（利用 IF 函数）。

【解析】

　　① 打开文件。单击 C3 单元格，输入"=RANK(B3,$B$3:$B$6)"。拖动 C3 的填充句柄到 C6 即可。按<Ctrl+S>键保存文件。结果如图 4-42 所示。

　　② 打开文件。选择 A1:E1 单元格区域，选择"合并及居中"按钮。单击 D3 单元格，输入公式"=(B3-C3)/C3"，按<Enter>键。拖动 B3 单元格的填充句柄到 B14。选择 B3:B14 区域，鼠标右键单击，选择"设置单元格格式"，选择小数位数为 2，单击"确定"按钮。单击 E3 单元格，输入"=IF(D3>20%,"较快","")"或者利用"插入"→"函数"输入 IF 函数。拖动 E3 单元格的填充句柄到 E14 单元格。选择 E3:E14 区域，鼠标右键单击，选择"设置单元格格式"，选择"百分比"，小数位数为 2，单击"确定"按钮。

	A	B	C
1	销售情况表		
2		销售额（万元）	销售额排名
3	海淀区连锁店	2239	3
4	西城区连锁店	3089	1
5	东城区连锁店	2498	2
6	崇文城区连锁店	1109	4

图 4-42　结果

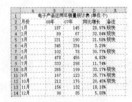

图 4-43　结果

4.4　工作表格式化

1. 设置数字格式

　　选择"格式"→"单元格"命令，在"单元格格式"对话框中，有"数字"、"对齐"、"字体"、"边框"、"图案"和"保护"选项卡，可设置单元格的格式。

　　利用"单元格格式"对话框中的"数字"选项卡，可以改变数字的显示形式，但不改变在编辑区的显示形式。用户可以设置小数点后的位数。

2. 设置对齐和字体方式

　　利用"单元格格式"对话框中的"对齐"选项卡，可以设置单元格中内容的水平对齐、垂直对齐和文本方向，还可以完成相邻单元格的合并。

3. 设置单元格边框

利用"单元格格式"对话框中的"边框"选项卡，可以为单元格或单元格区域设置边框。

4. 设置单元格图案

利用"单元格格式"对话框中的"图案"选项卡，可设置单元格的底纹和图案。

"工具栏"的"格式"工具按钮 [工具按钮图标] 也能够完成某些单元格格式化工作，如合并单元格、货币、百分比、添加小数位等。

5. 改变行高与列宽

鼠标指针移到目标行（列）的行（列）号的边框线上，指针呈上下（左右）双向箭头，上下（左右）拖动即可。或单击"格式"菜单中的"行"（"列"）命令的"行高"（"列宽"）项，在"行高"对话框（"列宽"对话框）中进行设置。

6. 设置条件格式

条件格式可以对单元格应用某种条件来决定数值的显示格式。条件格式的设置是利用"格式"→"条件格式"命令完成的。

7. 自动套用格式

① 选定单元格区域，单击"格式"→"自动套用格式"命令，弹出"自动套用格式"对话框。

② 在弹出的"自动套用格式"对话框中选择需要的格式，单击"确定"按钮。

典型题解

【例 4-6】打开工资.xls 文件如下。请利用条件格式，将现工资在 10000 元以上的现工资数字用红色字体显示。对 A1:F9 区域应用自动套用格式中的"古典 3"。

	A	B	原工资	浮动率	浮动额	现工资
序号	姓名					
1	王小丽		2500	5.00%	125	2625
2	李新		5800	10.00%	580	6380
3	陈东		9400	15.00%	1410	10810
4	王克一		3400	5.00%	170	3570
5	赵琴琴		5600	10.00%	560	6160
6	孙仁		1400	5.00%	70	1470
7	高维		5400	10.00%	540	5940
8	魏东斯		10100	15.00%	1515	11615

【解析】具体操作步骤如下：

① 选中 F2:F9 单元格区域，选择"格式"→"条件格式"命令，在"条件 1"的三栏中选择或输入"单元格数值"、"大于"、"10000"，然后单击"格式"按钮，"颜色"选择"红色"，如图 4-44 所示。单击"确定"按钮，再单击"确定"按钮。

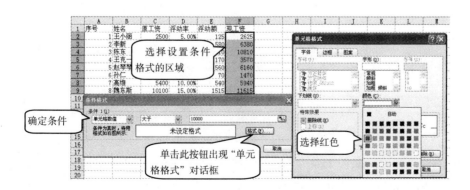

图 4-44　输入条件

② 选择 A1:F9 单元格区域。选择"格式"→"自动套用格式",选择"古典 3",单击"确定"按钮,如图 4-45 和图 4-46 所示。

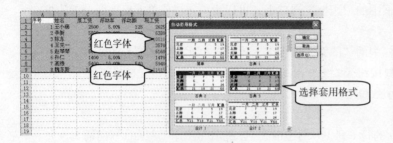

图 4-45　选择套用格式

图 4-46　格式设置结果

【例 4-7】"成绩"工作簿内容如下所示。设置如下单元格格式:合并 A1:H1 单元格区域且内容水平居中,合并 A21:G21 单元格区域且内容靠右;A2:H2 单元格区域设置图案为 6.25%灰色的单元格底纹;H3:H21 单元格区域设置为数值,保留小数点后两位;A1:H21 单元格区域设置样式为黑色细单实线的内部和外部边框。

	A	B	C	D	E	F	G	H
1	考试成绩表							
2	学号	数学	语文	英语	物理	化学	生物	平均分
3	s01	89	90	98	89	97	88	91.8333333
4	s02	88	67	87	97	56	86	80.1666667
5	s03	76	74	98	84	75	82	81.5
6	s04	45	88	68	67	90	69	71.1666667
7	s05	81	98	87	82	67	100	85.8333333
8	s06	93	69	93	66	92	58	78.5
9	s07	76	83	83	85	95	79	83.5
10	s08	83	76	77	83	65	88	78.6666667
11	s09	79	84	67	82	86	76	79
12	s10	93	95	84	84	79	65	83.3333333
13	s11	95	79	98	88	84	75	86.5
14	s12	91	84	83	77	83	76	82.3333333
15	s13	45	56	45	65	84	84	59.8333333
16	s14	85	69	95	85	98	83	85.8333333
17	s15	85	76	84	85	65	77	77.1666667
18	s16	69	55	76	54	77	68	66.5
19	s17	84	85	76	85	95	76	83.3333333
20	s18	93	84	68	76	88	98	84.5
21	总平均分							80

【解析】具体操作步骤如下:

① 选定 A1:H1 单元格区域,单击工具栏中的合并及居中按钮 ，如图 4-47 所示。

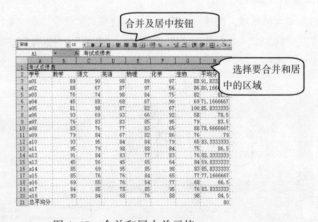

图 4-47　合并和居中单元格

② 选定 A21:C21 单元格区域,右键单击,选择"设置单元格格式",在"对齐"选项卡中,"水平对齐"方式选择"靠右",文本控制选择"合并单元格",单击"确定"按钮,如图 4-48 所示。

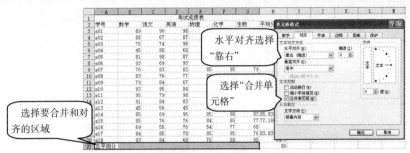

图 4-48　设置单元格合并和对齐

③ 选定 A2：H2 单元格区域，单击"格式"→"单元格"命令，选择"图案"标签下的选项卡，选择"单元格底纹"为无颜色，"图案"为"6.25%灰色"，如图 4-49 所示，单击"确定"按钮。

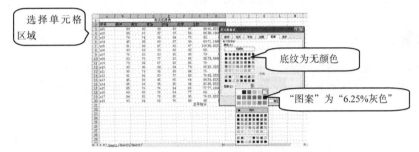

图 4-49　设置图案

④ 选定 H3：H21 单元格区域，右键单击，选择"设置单元格格式"命令，选择"数字"选项卡，选择"分类"为"数值"，"小数位数"为"2"，如图 4-50 所示。单击"确定"按钮。

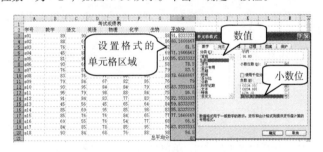

图 4-50　设置单元格格式

⑤ 选定 A1：H21 单元格区域，右键单击，选择"设置单元格格式"命令，选择"边框"选项卡，单击样式中的细单实线，颜色为自动，单击"外边框"和"内部"按钮，如图 4-51 所示。单击"确定"按钮；格式设置后的工作表如图 4-52 所示。

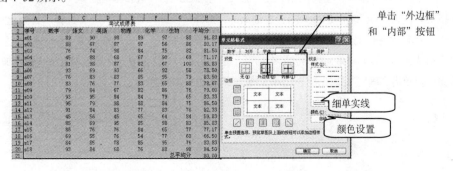

图 4-51　设置格式后的"销售数量统计"数据表

	A	B	C	D	E	F	G	H
1				考试成绩表				
2	学号	数学	语文	英语	物理	化学	生物	平均分
3	s01	89	90	98	89	97	88	91.83
4	s02	88	67	87	97	56	86	80.17
5	s03	76	74	98	84	75	82	81.50
6	s04	45	88	68	67	90	69	71.17
7	s05	81	98	87	82	67	100	85.83
8	s06	93	69	93	66	92	58	78.50
9	s07	76	83	83	85	95	79	83.50
10	s08	83	76	77	83	65	88	78.67
11	s09	79	84	67	82	86	76	79.00
12	s10	93	95	84	84	79	65	83.33
13	s11	95	79	98	88	84	75	86.50
14	s12	91	84	83	77	83	76	82.33
15	s13	45	56	45	65	64	84	59.83
16	s14	85	69	95	89	83	83	85.83
17	s15	85	76	76	84	65	77	77.17
18	s16	69	55	76	54	77	68	66.50
19	s17	84	85	78	85	95	76	83.83
20	s18	93	84	68	76	88	98	84.50
21							总平均分	80.00

图 4-52　格式设置结果

强化训练

（1）工作簿文件 Book11.XLS（内容如下），计算"人数"列的"总计"项及"所占比例"列的内容（所占比例=人数/总计，显示百分比保留 1 位小数）。A1:C1 单元格合并并水平居中，以原名保存文档。

	A	B	C	D	E
1	某大学教师学历情况表				
2	学历	人数	所占比例		
3	本科	150			
4	硕士	392			
5	博士	268			
6	总计				

（2）工作簿文件 Book12.XLS（内容如下），计算出每种设备的损坏率，其计算公式是：损坏率=损坏数/照明时间（天），损坏率按百分比显示，小数位数为 0。利用条件格式，将损坏率低于 50%的数值加粗表示。以原名保存文档。

照明设备	功率（瓦）	照明时间（天）	损坏数	损坏率
A	25	100	67	
B	40	100	87	
C	100	100	43	

【答案】

（1）打开工作簿。选中单元格区域 B3：B6，单击自动求和按钮 Σ，按<Enter>键。选中单元格 C3，输入"=B3/$B$6"，按<Enter>键。向下拖动单元格 C3 的填充句柄到单元格 C5。选中单元格区域 C3：C5，鼠标右键单击该区域，选择"设置单元格格式"命令，"分类"选择"百分比"，小数点位数设置为 1，单击"确定"按钮。选择 A1：C1，单击合并及居中按钮。按<Ctrl+S>键。结果如图 4-53 所示。

（2）打开工作簿。选中单元格 E2，输入"=D2/C2"，按<Enter>键。向下拖动单元格 E2 的填充句柄到单元格 E4。选中单元格区域 E2：E4，右键单击，选择"设置单元格格式"，选择"百分比"，小数位数为 0。单击"确定"按钮。选择 E2：E4，选择"格式"→"条件格式"，输入条件为"单元格数值""小于"、"0.5"，单击格式按钮，打开"单元格格式"对话框，在"字体"选项卡的"字形"列表中选择"加粗"，单击"确定"按钮，再单击"确定"按钮，按<Ctrl+S>键。结果如图 4-54 所示。

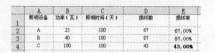

	A	B	C	D
1	某大学教师学历情况表			
2	学历	人数	所占比例	
3	本科	150	18.5%	
4	硕士	392	48.4%	
5	博士	268	33.1%	
6	总计	810		

	A	B	C	D	E
1	照明设备	功率（瓦）	照明时间（天）	损坏数	损坏率
2	A	25	100	67	67.00%
3	B	40	100	87	87.00%
4	C	100	100	43	**43.00%**

图 4-53　结果　　　　　　　　　　　图 4-54　结果

4.5 图表

1. 图表类型

Excel 提供了 14 种标准图表类型。每一种图表类型又分为多个子类型。常用的图表类型有：柱形图、条形图、折线图、饼形图、面积图、XY 散点图、圆环图、股价图、曲面图、圆柱图、圆锥图和棱锥图等。

2. 图表的构成

图表构成如图 4-55 所示。

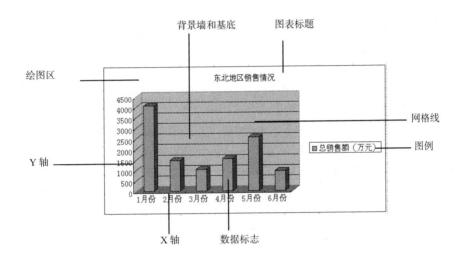

图 4-55　图表的构成

① 图表标题：描述图表的名称，默认在图表的顶端。

② 坐标轴与坐标轴标题：标题是 X 轴和 Y 轴的名称。

③ 图例：图表中相应数据系列的名称和数据系列的颜色。

④ 绘图区：以坐标轴为界的区域。

⑤ 数据系列：一个数据系列对应工作表中选定区域的一行或一列数据。

⑥ 网格线：从坐标轴刻度线延伸出来并贯穿整个"绘图区"的线条系列。

⑦ 背景墙与基底：三维图表周围的区域，用于显示图表的维度和边界。

3. 创建图表

选定单元格区域，然后单击"插入"→"图表"命令（也可选择工具栏的图表按钮 ），在向导的提示下选择各种选项即可。

4. 编辑和修改图表

创建图表后，如果需要修改图表选项，则右键单击图表的空白绘图区，在快捷菜单中选择"图表选项"，在随后出现的对话框中设置标题、坐标轴、网格线、数据标志、数据表等选项，如图 4-56所示。

在快捷菜单中选择"图表类型"，可以修改图表类型。选择"源数据"，可以修改数据。

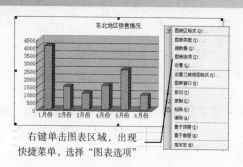 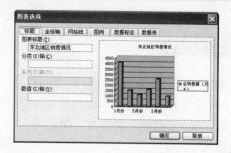

右键单击图表区域，出现
快捷菜单，选择"图表选项"

图 4-56　修改图表选项

5. 修饰图表

选中图表的图表区，单击鼠标右键，选择"图表区格式"，弹出"图表区格式"对话框，可设置图表区域的边框、颜色等。

典型题解

【例 4-8】打开工作簿文件 EX8.XLS（内容如下），选择"地区"、"总销售额（万元）"两列数据，建立"柱形圆柱图"图表，图表标题为"2008 年东北地区销售表"，设置分类（X）轴为"月份"，数值（Z）轴为"总销售额"，不显示图例，设置绘图区域格式图案区域填充效果为"渐变"、预设颜色"雨后初晴"、底纹样式"水平"。设置 X 坐标轴格式主要刻度单位为 1000；嵌入在工作表 A9：E23 区域中，以原名保存文档。

	A	B	C	D	E
1			东北地区销售统计		
2	月份	产品型号	销售量	单价（万元）	总销售额（万元）
3	1月份	S01	98	33	3234
4	2月份	S01	35	33	1155
5	3月份	S01	87	33	2871
6	4月份	S01	67	33	2211
7	5月份	S01	58	33	1914
8	6月份	S01	86	33	2838

【解析】具体步骤如下：

① 打开工作簿，按住<Ctrl>键选中 A2：A8、E2：E8 单元格区域，如图 4-57 所示。

② 单击"图表向导"按钮，打开图表向导，图表类型选择"圆柱图"，子图表类型选择"柱形圆柱图"，如图 4-58 所示。单击"下一步"按钮。

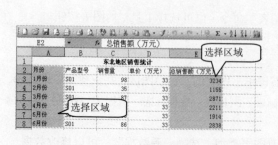

图 4-57　选取数据源

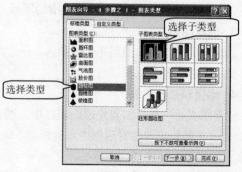

图 4-58　选择图表类型

③ 设置系列产生在"列"，如图 4-59 所示。单击"下一步"按钮。

④ 在"图表标题"中输入标题"2008 年东北地区销售表"，如图 4-60 所示。

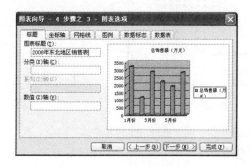

图 4-59　选择数据源　　　　　　　　　　　图 4-60　设置图表选项

⑤ 在"图例"选项卡中，取消"显示图例"复选框的选择，如图 4-61 所示。单击"下一步"按钮。

⑥ 出现"图表位置"对话框。图表与源数据同在工作表 Sheet1 中，这里在"作为其中的对象插入"选择"Sheet1"，如图 4-62 所示。

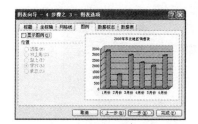

图 4-61　设置图例　　　　　　　　　　　　图 4-62　确定图表插入位置

⑦ 单击"完成"按钮。插入的图表如图 4-63 所示。

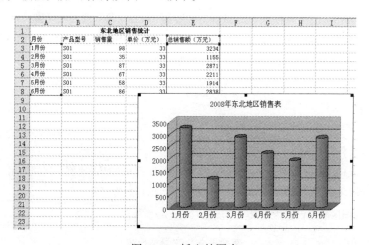

图 4-63　插入的图表

⑧ 右键单击图表的绘图区，选择"图表区格式"命令。在"图表区格式"对话框中，选择"填充效果"按钮，如图 4-64 所示。在"填充效果"对话框中，选择颜色为"预设"，预设颜色为"雨后初晴"，底纹样式为"水平"，如图 4-65 所示。单击"确定"按钮。再次单击"确定"按钮。结果如图 4-66 所示。

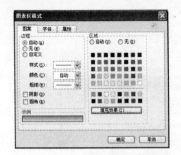

图 4-64 "图表区格式"对话框

图 4-65 "填充效果"对话框

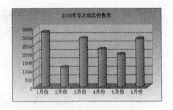

图 4-66 创建的图表

⑨ 右键单击 Y 轴，选择"坐标轴格式"命令。在"主要刻度单位"中输入"1000"，如图 4-67 所示。单击"确定"按钮。

⑩ 拖动图表，将图表的左上角与单元格 A9 左上角重合，调整图表大小，使图表右下角与单元格 23 右下角重合，如图 4-68 所示。按快捷键<Ctrl+S>，保存文档。

图 4-67 设置坐标轴刻度

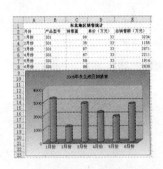

图 4-68 移动并调整图表大小

强化训练

（1）工作簿文件 Book15.XLS（内容如下），选择"分店"、"市场份额"两列数据建立分离型三维饼形图，图表标题为"2007 年销售状况一览"，数据标志显示百分比，图例位置靠下，图表绘图区颜色设置为淡紫色。并将其嵌入到工作表的 A7：G23 区域中，以原名保存文档。

	A	B	C
1	分店	销售额	市场份额
2	第一分店	8765	36%
3	第二分店	6543	27%
4	第三分店	2456	10%
5	第四分店	6890	28%
6	总计	24654	

（2）工作簿文件 Book16.XLS（内容如下），选取"产品型号"列和"所占比例"列的单元格内容（不包括"总计"行），建立圆环图，标题为"年生产量情况图"，数据标志为显示"百分比"，插入到表的 A8：E23 单元格区域内。绘图区颜色设置为预设"羊皮纸"、"中心辐射"。

某企业年生产量情况表

产品型号	年产量	所占比例
K-AS	1600	25%
G-45	2800	44%
A-Q1	1980	31%
总计	6380	

【答案】

（1）打开工作簿。选择数据区域 A1：A5 和 C1：C5，单击"图表向导"按钮，图表类型选择"饼形图"，子图表类型选择"分离型三维饼形图"，单击"下一步"按钮。"系列产生在"选择"列"，单击"下一步"按钮。在"图表标题"文本框中输入"2007 年销售状况一览"，选择"数据标志"选项卡，选择"百分比"复选框，单击"完成"按钮。右键单击图表的绘图区，选择"图表区格式"命令。选择区域的颜色为淡紫色，单击"确定"按钮。拖动图表，将图表的左上角与单元格 A7 左上角重合，拖动图表右下角，使图表右下角与单元格 G23 右下角重合。按<Ctrl+S>键。结果如图 4-69 所示。

（2）打开工作簿。选择数据区域 A2：A5 和 C2：C5，单击"图表向导"按钮，图表类型选择"圆环图"，子图表类型选择"圆环图"，单击"下一步"按钮。"系列产生在"选择"列"，单击"下一步"按钮。在"标题"选项卡的"图表标题"文本框中输入"年生产量情况图"，再选择"数据标志"选项卡，选择"显示百分比"复选框，单击"完成"按钮。右键单击图表的绘图区，选择"图表区格式"命令。选择"填充效果"按钮，选择颜色为"预设"，预设颜色为"羊皮纸"，底纹样式为"中心辐射"。单击"确定"按钮。再次单击"确定"按钮。拖动图表，将图表的左上角与单元格 A8 左上角重合，拖动图表右下角，使图表右下角与单元格 E23 右下角重合。按<Ctrl+S>键。结果如图 4-70 所示。

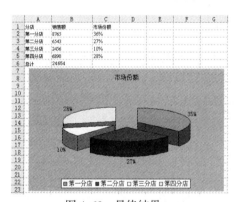

图 4-69　最终结果

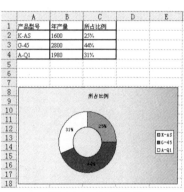

图 4-70　最终结果

4.6　工作表的数据库操作

数据清单是包含一组相关数据的一系列工作表数据行。

数据清单由标题行（表头）和数据部分组成。数据清单中的行相当于数据库中的记录，行标题相当于记录名；数据清单中的列相当于数据库中的字段，列标题相当于字段名，如图 4-71 所示。

	A	B	C	D	E	F
1			工资对照表			
2	序号	姓名	原工资	浮动率	浮动额	现工资
3	1	王小丽	2500	0.05	125	2625
4	2	李新	5800	0.1	580	6380
5	3	陈东	9400	0.15	1410	10810
6	4	王克一	3400	0.05	170	3570
7	5	赵琴琴	5600	0.1	560	6160
8	6	孙仁	1400	0.05	70	1470
9	7	高维	5400	0.1	540	5940
10	8	魏东斯	10100	0.15	1515	11615

图 4-71　数据清单

►►► 考点1 排序

对数据清单排序是根据选择的"关键字"字段值的大小按升序或降序进行的，Excel 给出 3 个关键字，分别是"主要关键字"、"次要关键字"和"第三关键字"。

1. 升序按钮 和降序按钮

① 单击要根据其字段排序的列中的单元格。

② 单击降序按钮 或升序按钮。

2. "数据/排序"命令

① 选定数据清单区域，选择"数据"→"排序"命令，弹出"排序"对话框。

② 在"主要关键字"下拉列表框中选择排序依据的主要关键字，选中"升序"或"降序"。

③ 如果还有其他排序依据，则在"次要关键字"和"第三关键字"中选择。

④ 如果选择数据清单区域时包含字段标题行，则选中"有标题行"，否则选中"无有标题行"，单击"确定"按钮。

典型题解

【例4-9】打开工作簿文件 EX10.XLS（文件内容如下），对工作表内的数据清单的内容按主要关键字为"系别"的递增次序和次要关键字为"总成绩"的递减次序进行排序，排序后的工作表还保存在 EX10.XLS 工作簿文件中。

	A	B	C	D	E	F
1	系别	学号	姓名	考试成绩	实验成绩	总成绩
2	信息	991021	李新	74	16	90
3	计算机	992032	王文辉	87	17	104
4	自动控制	993023	张磊	65	19	84
5	经济	995034	郝心怡	86	17	103
6	信息	991076	王力	91	15	106
7	数学	994056	孙英	77	14	91
8	自动控制	993021	张在旭	60	14	74
9	计算机	992089	金翔	73	18	91
10	计算机	992005	杨海东	90	19	109
11	自动控制	993082	黄立	85	20	105
12	信息	991062	王春晓	78	17	95
13	经济	995022	陈松	69	12	81
14	数学	994034	桃林	89	15	104
15	信息	991025	张雨涵	62	17	79
16	自动控制	993026	钱民	66	16	82
17	数学	994086	高晓东	78	15	93
18	经济	995014	张平	80	18	98
19	自动控制	993053	李英	93	19	112
20	数学	994027	黄红	68	20	88

【解析】具体步骤如下：

① 打开工作簿，单击数据清单中的任意一个单元格。单击"数据"菜单中的"排序"命令，打开"排序"对话框，设置"主要关键字"为"系别"，并选中"升序"单选钮，设置"次要关键字"为"总成绩"，选中"降序"单选钮，如图4-72所示。单击"确定"按钮。

② 排序后的结果如图4-73所示。按快捷键<Ctrl+S>，保存文档。

图4-72 设置排序选项

图4-73 排序后的结果

强化训练

（1）打开工作簿文件 Book18.XLS（文件内容如下），对工作表内的数据清单的内容按主要关键字为"总成绩"的递减次序进行排序，排序后的工作表原名保存。

（2）打开工作簿文件 Book19.XLS（文件内容如下），对工作表内的数据清单的内容按主要关键字为"销售额"的递减次序和次要关键字为"成本"的递增次序进行排序，原名保存工作簿文件中。

	A	B	C
1	月份	成本	销售额
2	一月	50.8	87.7
3	二月	50.6	87.8
4	三月	50.4	87.9
5	四月	50.2	88
6	五月	49.5	88
7	六月	49.8	88.2

【答案】

（1）打开工作簿。选中"总成绩"列中的任意一个单元格，单击"降序"按钮。单击"确定"按钮。按<Ctrl+S>键。结果如图 4-74 所示。

（2）打开工作簿。选中数据表，单击"数据"→"排序"命令，"主要关键字"选择"销售额"，再选择"降序"单选项；"次要关键字"选择"成本"，再选择"升序"单选项。单击"确定"按钮。按<Ctrl+S>。结果如图 4-75 所示。

	A	B	C	D	E	F
1	系别	学号	姓名	考试成绩	实验成绩	总成绩
2	自动控制	993053	李英	93	19	112
3	计算机	992005	杨海东	90	19	109
4	信息	991076	王力	91	15	106
5	自动控制	993082	黄立	85	20	105
6	计算机	992032	王文辉	87	17	104
7	数学	994034	姚林	89	15	104
8	经济	995034	郝心怡	86	17	103
9	经济	995014	张平	80	18	98
10	信息	991062	王春晓	78	17	95
11	数学	994086	高晓东	78	15	93
12	数学	994056	孙英	77	14	91
13	计算机	992089	金翔	73	18	91
14	信息	991021	李新	74	16	90
15	数学	994027	黄红	68	20	88
16	自动控制	993023	张磊	65	19	84
17	自动控制	993026	钱民	66	16	82
18	经济	995022	陈松	69	12	81
19	信息	991025	张雨涵	62	17	79
20	自动控制	993021	张在旭	60	14	74

图 4-74　排序结果

	A	B	C
1	月份	成本	销售额
2	六月	49.8	88.2
3	五月	49.5	88
4	四月	50.2	88
5	三月	50.4	87.9
6	二月	50.6	87.8
7	一月	50.8	87.7

图 4-75　排序结果

 考点 2　筛选数据

数据筛选是在工作表的数据清单中快速查找具有特定条件的记录，筛选后只包含符合筛选条件的记录。

1. 自动筛选

（1）单字段条件筛选

筛选条件只涉及一个字段内容。

① 选择"数据"→"筛选"→"自动筛选"，数据清单的列标题全部变成下拉列表框。

② 从下拉列表框中选择筛选条件，只显示符合条件的记录。

另外，在下拉列表框中，可以选择"自定义"，可自定义筛选条件。

（2）多字段条件筛选

筛选条件涉及多个字段内容的为多字段条件筛选。可在自动筛选中选择多个字段的筛选条件。

（3）取消筛选

单击"数据"→"筛选"→"全部显示"命令。

2．高级筛选

高级筛选必须先建立条件区域，用来编辑筛选条件。条件区域的第一行是所有作为筛选条件的字段名，这些字段名必须与数据清单中的字段名完全一致。

条件区域的其他行输入筛选条件，"与"关系的条件必须出现在同一行内，"或"关系的条件不能出现在同一行内。条件区域与数据清单区域不能连接，须用空行隔开。

① "与"关系的条件必须出现在同一行。

如条件"系别"为"计算机"，"成绩"大于80分，表示如下。

系别　　　　成绩

计算机　　　>80

② "或"关系的条件不能出现在同一行。

如条件为"学号"大于994027或者"成绩"小于70分，表示如下：

学号　　　　　成绩

>994027

　　　　　　　　<70

高级筛选的过程如下：

① 在数据清单前插入几个空行。

② 输入条件。在图4-76中，表示条件为"系别"为"计算机"且总成绩为105分以上，或者系别为"信息"且总成绩为105分以上的记录。

③ 选择"数据"→"筛选"→"高级筛选"命令。在"高级筛选"对话框中确定列表区域（也就是数据清单区域）以及条件区域。

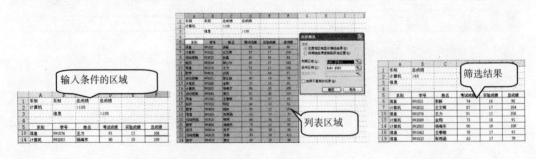

图 4-76　高级筛选

典型题解

【**例4-10**】打开工作簿文件 EX11.XLS（文件内容如下），对工作表内的数据清单的内容进行自动筛选，条件为"系别为自动控制"，筛选后的工作表还保存在 EX11.XLS 工作簿文件中，工作表名不变。

系别	学号	姓名	课程名称	成绩
信息	991021	李新	多媒体技术	74
计算机	992032	王文辉	人工智能	87
自动控制	993023	张磊	计算机图形学	65
经济	995034	郝心怡	多媒体技术	86
信息	991076	王力	计算机图形学	91
数学	994056	孙英	多媒体技术	77
自动控制	993021	张在旭	计算机图形学	60
计算机	992089	金翔	多媒体技术	73
计算机	992005	杨海东	人工智能	90
自动控制	993082	黄立	计算机图形学	85
信息	991062	王春晓	多媒体技术	78
经济	995022	陈松	人工智能	69
数学	994034	姚林	多媒体技术	89
信息	991025	张雨涵	计算机图形学	62
自动控制	993026	钱民	多媒体技术	66
数学	994086	高晓东	人工智能	78
经济	995014	张平	多媒体技术	80
自动控制	993053	李英	计算机图形学	93
数学	994027	黄红	人工智能	68
信息	991021	李新	人工智能	87
自动控制	993023	张磊	多媒体技术	75
信息	991076	王力	多媒体技术	81
自动控制	993021	张在旭	人工智能	75
计算机	992005	杨海东	计算机图形学	67
经济	995022	陈松	计算机图形学	71
信息	991025	张雨涵	多媒体技术	68
数学	994086	高晓东	多媒体技术	76
自动控制	993053	李英	人工智能	79
计算机	992032	王文辉	计算机图形学	79

【解析】具体步骤如下：

① 打开工作表，选中数据区域，单击"数据"→"筛选"→"自动筛选"命令，各列列标题旁出现下拉按钮 ▼，如图 4-77 所示。

② 单击列标题"系别"旁的下拉按钮 ▼，在下拉列表中选择"自动控制"项，如图 4-78 所示。

③ 筛选结果如图 4-79 所示。按快捷键<Ctrl+S>，保存文档。

图 4-77　选择"自动筛选"命令

图 4-78　选择筛选条件

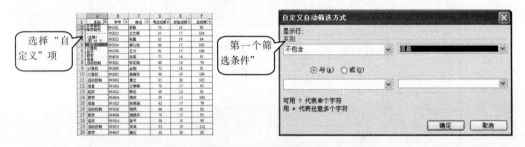

图 4-79　自动筛选结果

【例 4-11】打开工作簿文件 EX12.XLS（文件内容同 Book18.XLS），对工作表内的数据清单的内容进行自动筛选，条件为非信息系中总成绩小于等于 80 或大于 105，筛选后的工作表还保存在 EX12.XLS 工作簿文件中，工作表名不变。

【解析】具体步骤如下：

① 打开工作表，选中数据区域，单击"数据"→"筛选"→"自动筛选"命令。

② 如图 4-80 所示，在"系别"下拉列表中选择"自定义"项，打开"自定义自动筛选方式"对话框。设置系别"不包含""信息"，如图 4-80 所示，单击"确定"按钮。

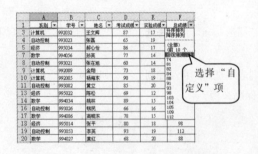

图 4-80　选择"自定义"项并设置自定义条件

③ 选择"总成绩"下拉列表中的"自定义"，在对话框的第一行，设置总成绩"小于""80"，选中"或"单选钮，在第二行设置"大于""105"，如图 4-81 所示。单击"确定"按钮。筛选以后的结果如图 4-82 所示。

④ 按快捷键<Ctrl+S>，保存文档。

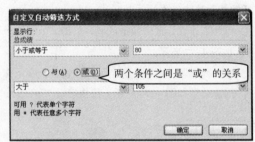

图 4-81　设置自动筛选选项

	A	B	C	D	E	F
1	系别	学号	姓名	考试成绩	实验成绩	总成绩
8	自动控制	993021	张在旭	60	14	74
10	计算机	992005	杨海东	90	19	109
19	自动控制	993053	李英	93	19	112

图 4-82　筛选以后的结果

【例 4-12】将工作簿 EX13.XLS 的工作表（文件内容与同例 4-11）中的数据清单的内容进行高级筛选，条件为"成绩为大于等于 90 分或总成绩大于等于 110"，筛选后的结果从第 4 行开始显示，将筛选后的工作表保存在 EX13.XLS 工作簿文件中，工作表名不变。

【解析】具体操作步骤如下：

① 打开工作簿。在行序号上拖动，选择 1-3 行，鼠标右键单击，从快捷菜单中选择"插入"命令，在表前插入 3 行空行。

② 第一行输入"考试成绩"、"总成绩"，对应的位置输入">=90"、">=110"，如图 4-83 所示。注意，由于筛选条件之间是"或"的关系，所以它们不能写在同一行。

	A	B	C	D	E	F
1	考试成绩	总成绩				
2	>=90					
3		>=110				
4	系别	学号	姓名	考试成绩	实验成绩	总成绩
5	信息	991021	李新	74	16	90
6	计算机	992032	王文辉	87	17	104
7	自动控制	993023	张磊	65	19	84

图 4-83　设置筛选条件

③ 选中数据表中任一单元格，单击"数据"→"筛选"→"高级筛选"命令，打开"高级筛选"对话框。

④ 如果系统自动选择的列表区域和条件区域不正确，那么，将"列表区域"文本框中的内容删除，然后拖动鼠标选择 A4:F23 区域。将"条件区域"文本框中的内容删除，拖动鼠标选择 A1：B3 区域。结果如图 4-84 所示。

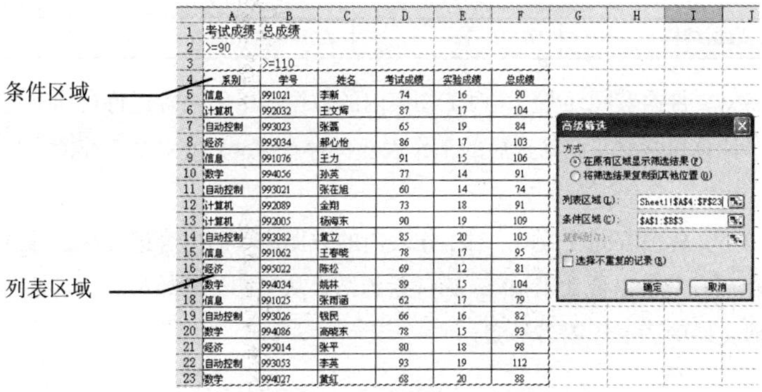

图 4-84　设置"高级筛选"条件

⑤ 单击"确定"按钮。结果如图 4-85 所示。

	A	B	C	D	E	F
1	考试成绩	总成绩				
2	>=90					
3		>=110				
4	系别	学号	姓名	考试成绩	实验成绩	总成绩
9	信息	991076	王力	91	15	106
13	计算机	992005	杨海东	90	19	109
22	自动控制	993053	李英	93	19	112

图 4-85　筛选结果

⑥ 按快捷键<Ctrl+S>，保存文档。

强化训练

（1）工作簿文件 Book20.XLS（文件内容如下），对工作表内的数据清单的内容进行自动筛选，条件为"出版社"名称为'人民邮电出版社'"，筛选后的工作表还保存在 Book20.XLS 工作簿文件中，工作表名不变。

书名	定价	出版社名称	分类
计算机文化基础(第 5 版)	29	清华大学出版社	计算机教材
大学信息技术基础	23.8	厦门大学出版社	计算机教材
大学计算机应用基础	28	厦门大学出版社	计算机教材
易学易用系列-新手学五笔打字	19.8	人民邮电出版社	计算机基础
易学易用系列-新手学电脑	29.8	人民邮电出版社	计算机基础
计算机导论	19.7	高等教育出版社	计算机教材
计算机文化基础	30	华南理工大学出版社	计算机教材
五笔字型即时查	6	机械工业出版社	计算机基础
五笔字型学习字典	10	化学工业出版社	计算机基础
五笔字型字词典速查	10	电子工业出版社	计算机基础
VISUAL BASIC 程序设计	27	中国铁道出版社	计算机教材
计算机应用基础	26	北京邮电大学出版社	计算机教材
五笔字型 2 日速成-快乐电脑一点通	16	清华大学出版社	计算机基础
易学易用系列-新手学上网	29.8	人民邮电出版社	网络技术与应用
电脑办公应用-快乐电脑一点通	29.8	清华大学出版社	办公应用
VISUAL FOXPRO 程序设计上机指导与习题集	21	中国铁道出版社	计算机教材
易学易用系列-新手学电脑办公应用	29.8	人民邮电出版社	办公应用
电脑医院-2006 全新版电脑硬道理	32	汕头大学出版社	计算机基础
VISUAL FOXPRO 程序设计教程	25	中国铁道出版社	计算机教材
高职高专现代信息技术系列教材-数据结构	16	人民邮电出版社	计算机教材

（2）工作簿文件 Book21.XLS（文件内容同 1 题），对工作表内的数据清单的内容进行自动筛选，条件为“分类为‘计算机基础’或‘计算机教材’”，筛选后的工作表还保存在 Book21.XLS 工作簿文件中，工作表名不变。

（3）工作簿文件 Book22.XLS（文件内容同 1 题），对工作表内的数据清单的内容进行高级筛选，条件为“出版社名称为‘清华大学出版社’且定价大于 19”，筛选后的结果从第四行开始显示，筛选后的工作表还保存在 Book22.XLS 工作簿文件中，工作表名不变。

【答案】

（1）打开工作表，选中数据区域，单击“数据”→“筛选”→“自动筛选”命令。单击“出版社名”列标题旁的下拉按钮▾，选择“人民邮电出版社”。按<Ctrl+S>键。结果如图 4-86 所示。

（2）打开工作表，选中数据区域，单击“数据”→“筛选”→“自动筛选”命令。单击“分类”列标题旁的下拉按钮▾，选择“自定义”。在一行左侧下拉列表中选择“等于”，右侧列表中选择“计算机基础”；在二行左侧下拉列表中选择“等于”，右侧列表中选择“计算机教材”。选择“或”单选项。单击“确定”按钮。按<Ctrl+S>键。结果如图 4-87 所示。

	A	B	C	D
1	书名	定价	出版社名称	分类
5	易学易用系列-新手学五笔打字	19.8	人民邮电出版社	计算机基础
6	易学易用系列-新手学电脑	29.8	人民邮电出版社	计算机基础
15	易学易用系列-新手学上网	29.8	人民邮电出版社	网络技术与应用
18	易学易用系列-新手学电脑办公应用	29.8	人民邮电出版社	办公应用
21	高职高专现代信息技术系列教材-数据结构	16	人民邮电出版社	计算机教材

图 4-86　筛选结果

	A	B	C	D
1	书名	定价	出版社名称	分类
2	计算机文化基础(第5版)	29	清华大学出版社	计算机教材
3	大学信息技术基础	23.8	厦门大学出版社	计算机教材
4	大学计算机应用基础	28	厦门大学出版社	计算机教材
5	易学易用系列-新手学五笔打字	19.8	人民邮电出版社	计算机基础
6	易学易用系列-新手学电脑	29.8	人民邮电出版社	计算机基础
7	计算机导论	19.7	高等教育出版社	计算机教材
8	计算机文化基础	30	华南理工大学出版社	计算机教材
9	五笔字型即时查	6	机械工业出版社	计算机基础
10	五笔字型学习字典	10	化学工业出版社	计算机基础
11	五笔字型字词典速查	10	电子工业出版社	计算机基础
12	VISUAL BASIC程序设计	27	中国铁道出版社	计算机教材
13	计算机应用基础	26	北京邮电大学出版社	计算机教材
14	五笔字型2日速成-快乐电脑一点通	16	清华大学出版社	计算机基础
17	VISUAL FOXPRO程序设计上机指导与习题集	21	中国铁道出版社	计算机教材
19	电脑医院-2006全新版电脑硬道理	32	汕头大学出版社	计算机基础
20	VISUAL FOXPRO程序设计教程	25	中国铁道出版社	计算机教材
21	高职高专现代信息技术系列教材-数据结构	16	人民邮电出版社	计算机教材

图 4-87　筛选结果

（3）打开工作簿。在数据表前插入三空行。在"出版社名称"列标题对应的上方第一行单元格中输入"出版社名称"，第二行单元格中输入"清华大学出版社"，在"定价"列标题对应的上方第一行单元格中输入"定价"，第 2 行单元格中输入">19"。单击"数据"→"筛选"→"高级筛选"命令，"数据区域"选中表格，"条件区域"选中插入的前 3 行，单击"确定"按钮。按<Ctrl+S>键。结果如图 4-88 所示。

	A	B	C	D
1		定价	出版社名称	
2		>19	清华大学出版社	
3				
4	书名	定价	出版社名称	分类
5	计算机文化基础(第5版)	29	清华大学出版社	计算机教材
19	电脑办公应用-快乐电脑一点通	29.8	清华大学出版社	办公应用

图 4-88　结果

▶▶▶ 考点 3　数据分类汇总

分类汇总是对数据内容进行分析的方法。Excel 分类汇总是对工作表中数据清单的内容进行分类，然后统计同类记录的相关信息，包括求和、计数、平均值、最大值、最小值等，由用户自行选择。

分类汇总只能对数据清单进行，数据清单的第一行必须有列标题。在进行分类汇总前，必须根据分类汇总的数据类对数据清单进行排序。

1．创建分类汇总

① 按关键字对数据清单进行排序。

② 选择"数据"→"分类汇总"命令，在"分类汇总"对话框中，选择分类字段、汇总方式、汇总项等，单击"确定"按钮。

2．删除分类汇总

在"分类汇总"对话框中单击"全部删除"按钮。

3．隐藏分类汇总数据

单击工作表左边的"-"号隐藏相关的数据记录，只留下汇总信息，此时，"-"号变成"+"号；单击"+"号时，即可将隐藏的数据记录信息显示出来，如图 4-89 所示。

单击"+"号时，即可将隐藏的数据记录信息显示出来

单击工作表左边的"-"号隐藏相关的数据记录，只留下汇总信息

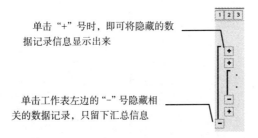

图 4-89　隐藏分类汇总

典型题解

【例 4-13】打开工作簿文件 EX14.XLS（文件内容如下），对工作表内的数据清单内容进行分类汇总，"分类字段"为"出版社名称"，"汇总方式"为"计数"，"汇总项"为"出版社名称"，汇总结果显示在数据下方，将执行分类汇总后的工作表还保存在原工作簿文件中，工作表名不变。

	A	B	C	D
1	书名	定价	出版社名称	分类
2	五笔字型即时查	6	清华大学出版社	计算机基础
3	五笔字型学习字典	10	化学工业出版社	计算机基础
4	高职高专现代信息技术系列教材-数据结构	16	人民邮电出版社	计算机教材
5	五笔字型2日速成-快乐电脑一点通	16	清华大学出版社	计算机基础
6	易学易用系列-新手学五笔打字	19.8	人民邮电出版社	计算机基础
7	VISUAL FOXPRO程序设计上机指导与习题集	21	中国铁道出版社	计算机教材
8	VISUAL FOXPRO程序设计教程	25	中国铁道出版社	计算机教材
9	计算机应用基础	26	清华大学出版社	计算机教材
10	VISUAL BASIC程序设计	27	中国铁道出版社	计算机教材
11	计算机文化基础(第5版)	29	清华大学出版社	计算机教材
12	电脑办公应用-快乐电脑一点通	29.8	清华大学出版社	办公应用
13	易学易用系列-新手学电脑	29.8	人民邮电出版社	计算机基础
14	易学易用系列-新手学电脑办公应用	29.8	人民邮电出版社	办公应用
15	易学易用系列-新手学上网	29.8	人民邮电出版社	网络技术与应用

【解析】具体步骤如下:

① 打开工作表。单击"出版社名称"列的任意单元格,单击升序排序按钮。排序结果如图 4-90 所示。

	A	B	C	D
1	书名	定价	出版社名称	分类
2	五笔字型学习字典	10	化学工业出版社	计算机基础
3	五笔字型即时查	6	清华大学出版社	计算机基础
4	五笔字型2日速成-快乐电脑一点通	16	清华大学出版社	计算机基础
5	计算机应用基础	26	清华大学出版社	计算机教材
6	计算机文化基础(第5版)	29	清华大学出版社	计算机教材
7	电脑办公应用-快乐电脑一点通	29.8	清华大学出版社	办公应用
8	高职高专现代信息技术系列教材-数据结构	16	人民邮电出版社	计算机教材
9	易学易用系列-新手学五笔打字	19.8	人民邮电出版社	计算机基础
10	易学易用系列-新手学电脑	29.8	人民邮电出版社	计算机基础
11	易学易用系列-新手学电脑办公应用	29.8	人民邮电出版社	办公应用
12	易学易用系列-新手学上网	29.8	人民邮电出版社	网络技术与应用
13	VISUAL FOXPRO程序设计上机指导与习题集	21	中国铁道出版社	计算机教材
14	VISUAL FOXPRO程序设计教程	25	中国铁道出版社	计算机教材
15	VISUAL BASIC程序设计	27	中国铁道出版社	计算机教材

图 4-90　排序结果

② 单击"数据"菜单中的"分类汇总"命令,打开"分类汇总"对话框,选择"分类字段"为"出版社名称",选择"汇总方式"为"计数",选中"选定汇总项"为"出版社名称",设定"汇总结果显示在数据下方",如图 4-91 所示。

③ 单击"确定"按钮。分类汇总后的结果如图 4-92 所示。

④ 按快捷键<Ctrl+S>,保存文档。

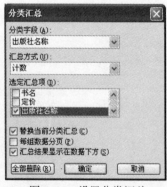

图 4-91　设置分类汇总

图 4-92　分类汇总后的结果

强化训练

(1)打开工作簿文件 Book23.XLS(文件内容同本例 4-10),对工作表内的数据清单的内容进行分类汇总(提示:分类汇总前先按课程名称升序排序),"分类字段"为"课程名称","汇总方式"为"平均值","汇总项"为"成绩",汇总结果显示在数据下方,将执行分类汇总后的工作表还保存在原工作簿文件中,工作表名不变。

（2）打开工作簿文件 Book24.XLS（文件内容同工作簿文件 Book20.XLS），对工作表内的数据清单的内容进行分类汇总（提示：分类先按系别升序排序），"分类字段"为"分类"，"汇总方式"为"计数"，"汇总项"为"分类"，汇总结果显示在数据下方，将执行分类汇总后的工作表还保存在原工作簿文件中，工作表名不变。

【答案】

（1）打开工作表。选中数据区域。单击"数据"→"排序"命令。"主要关键字"选择"课程名称"，选中"递增"单选钮，单击"确定"按钮。单击"数据"→"分类汇总"命令，"分类字段"选择"课程名称"，"汇总方式"选择"平均值"，"选定汇总项"选择"成绩"，设定"汇总结果显示在数据下方"，单击"确定"按钮。按<Ctrl+S>键。

（2）打开工作表。选中数据区域。单击"数据"→"排序"命令。"主要关键字"选择"分类"，选中"递增"单选钮，单击"确定"按钮。单击"数据"→"分类汇总"命令，"分类字段"选择"分类"，"汇总方式"选择"计数"，"选定汇总项"选择"分类"，设定"汇总结果显示在数据下方"，单击"确定"按钮。按<Ctrl+S>键。

▶▶▶ 考点 4　数据透视表

数据透视表是从工作表的数据清单中提取信息，对数据清单进行重新布局和分类汇总，还能立即计算出结果。

① 单击"数据"→"数据透视表和数据透视图"命令，打开"数据透视表和数据透视图向导—3 步骤之 1"对话框。

② 在"数据透视表和数据透视图向导—3 步骤之 1"对话框中，选择默认选项，单击"下一步"按钮。

③ 在"数据透视表和数据透视图向导—3 步骤之 2"对话框中，确定数据源区域，在"选定区域"输入框内，输入数据区域，单击"下一步"按钮。

④ 在"数据透视表和数据透视图向导—3 步骤之 3"对话框中，确定数据透视表位置；单击"布局"按钮。

⑤ 在"数据透视表和数据透视图向导—布局"对话框中，拖动字段到相应的区域，单击"确定"按钮。

单击数据透视表行标题和列标题的下拉选项，可以进一步选择在数据透视表中显示的数据，还可以修改和添加数据透视表的数据。

典型题解

【例 4-14】打开"连锁店.xls"文件内容如下，建立数据透视表，显示各连锁店 1-3 月份的销售额总计。原名保存文件。

	A	B	C	D
1	序号	连锁店	月份	销售额
2	1	海淀区连锁店	1月	5000
3	2	崇文区连锁店	1月	11000
4	3	朝阳区连锁店	1月	4000
5	4	昌平区连锁店	1月	6000
6	5	海淀区连锁店	2月	5000
7	6	崇文区连锁店	2月	2000
8	7	朝阳区连锁店	2月	7000
9	8	昌平区连锁店	2月	4000
10	9	海淀区连锁店	3月	6500
11	10	崇文区连锁店	3月	6000
12	11	朝阳区连锁店	3月	5000
13	12	昌平区连锁店	3月	3000

【解析】具体步骤如下：

① 打开工作簿文件"连锁店.XLS"。

② 光标置于数据清单中。选择"数据"→"数据透视表和数据透视图"命令，如图4-93所示，单击"下一步"按钮。

③ 选择创建数据透视表的数据区域，如图4-94所示，单击"下一步"按钮。

图4-93　选择创建数据透视表

图4-94　选择数据区域

④ 在随后出现的对话框中，如图4-95所示，选择"布局"按钮。

⑤ 在出现的"布局"对话框中，将"连锁店"拖放到行字段的位置，将"月份"拖放到列字段的位置，将"销售额"拖放到数据项的位置，如图4-96所示。单击"确定"按钮。

图4-95　选择布局

图4-96　布局数据透视表

⑥ 单击"完成"按钮。结果如图4-97所示。

图4-97　结果数据透视表

⑦ 按<Ctrl+S>键保存文件。

强化训练

现有如下所示工作表中的数据清单"销售.XLS"，现建立数据透视表，显示各地区各型号产品销售量的总和、总销售额的和以及汇总信息。

	A	B	C	D	E
1			华北东北地区销售统计		
2	地区	产品型号	销售量	单价（万元）	总销售额（万元）
3	东北地区	S01	110	33	3630
4	华北地区	S01	123	33	4059
5	东北地区	S02	32	42	1344
6	华北地区	S02	35	42	1470
7	东北地区	S03	56	12	672
8	华北地区	S03	87	12	1044
9	东北地区	S04	45	23	1035
10	华北地区	S04	67	23	1541
11	东北地区	S05	87	44	3828
12	华北地区	S05	58	44	2552
13	东北地区	S06	90	11	990
14	华北地区	S06	86	11	946

【答案】

单击"数据"→"数据透视表和数据透视图"命令，在第一个对话框中，选择默认选项，单击"下一步"按钮。在第二个对话框中，确定数据源区域"Sheet1！$A$2：$E$14"，单击"下一步"按钮。在第三个对话框中，确定数据透视表位置；单击"布局"按钮，在下一个对话框中拖动"地区"到行区域，拖动"型号"到列区域，拖动"销售量"、"总销售额"到数据区域，单击"确定"按钮，建立的数据透视表如图 4-98 所示。

		产品型号							
3		S01	S02	S03	S04	S05	S06		总计
4	地区 数据								
5	东北地区 求和项:销售量	110	32	56	45	87	90		420
6	求和项:总销售额（万元）	3630	1344	672	1035	3828	990		11499
7	华北地区 求和项:销售量	123	35	87	67	58	86		456
8	求和项:总销售额（万元）	4059	1470	1044	1541	2552	946		11612
9	求和项:销售量汇总	233	67	143	112	145	176		876
10	求和项:总销售额（万元）汇总	7689	2814	1716	2576	6380	1936		23111

图 4-98　建立的数据透视表

第5章 PowerPoint 2003 的使用

● **考点概览**

PowerPoint 应用题一般有一道 10 分操作题。

● **重点考点**

① 幻灯片的制作，注意幻灯片版式的选择以及修改。

② 幻灯片的基本操作，例如添加、删除和移动幻灯片，幻灯片文字的编辑和修饰，幻灯片中图片的移动和复制。

③ 幻灯片的润饰，如应用设计模板、母版设置、调整幻灯片的配色方案和背景、艺术字的插入和定位、剪贴画的插入、超链接的插入，属于本章的难点。

④ 演示文稿的播放，放映设置，要掌握如何设置幻灯片的切换效果以及动画效果。

● **复习建议**

① 幻灯片的格式和编辑操作，通常可以利用"常用"工具栏和"格式"工具栏。这方面的操作与在 Word 中的操作类似，只要选中要设置格式的内容，然后选择需要的工具栏按钮即可。

② 鼠标右键快捷菜单是很好用的辅助工具，有时，一些命令无法确定是在哪个菜单下，选中要操作的内容右击，在出现的快捷菜单中就可以很快地找到，从而节省操作时间。

③ 母版设置、剪贴画插入、超链接的插入、幻灯片的润饰和动画效果及切换效果的制作，稍有难度，需要多加练习。

5.1 PowerPoint 基本操作

启动与退出 PowerPoint，以及打开文档，与其他应用程序的操作类似，不再赘述。

1. PowerPoint 窗口

PowerPoint 窗口如图 5-1 所示。

标题栏、菜单栏、工具栏与其他应用程序的相类似，不再赘述。

（1）演示文稿编辑区

演示文稿编辑区有幻灯片窗格、备注窗格和大纲窗格。

① 幻灯片窗格。显示幻灯片的内容，包括文本及图片等对象。可以直接在该窗格编辑幻灯片内容。

② 备注窗格。对幻灯片的解释、说明等备注信息在此窗格中输入与编辑。

③ 大纲窗格。单击大纲窗格上方的"幻灯片"选项卡，可以显示各幻灯片缩略图。在"大纲"选项卡中，显示各幻灯片的标题与正文信息。

（2）任务窗格

任务窗格位于演示文稿编辑区右侧，可处理经常执行的任务。单击任务窗格右上角的下拉按钮，在弹出的任务菜单中选择需要的任务类型。

单击任务窗格的"关闭"按钮可关闭它。单击"视图"→"任务窗格"命令打开或关闭任务窗格。

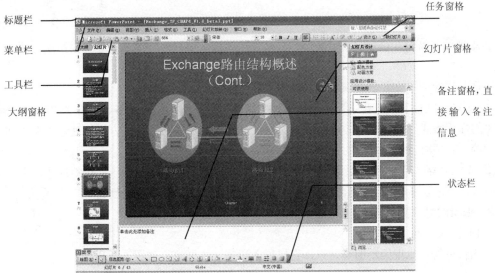

图 5-1　PowerPoint 窗口

（3）状态栏

状态栏主要显示当前幻灯片的序号、当前演示文稿所含幻灯片的总数和采用的幻灯片设计模板。

2. 视图切换

视图切换工具栏可切换视图，如图 5-2 所示。

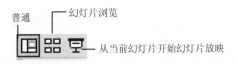

图 5-2　视图按钮

也可以单击"视图"下拉菜单的命令（"普通"、"幻灯片浏览"和"幻灯片放映"）。

5.2　制作简单演示文稿

1. 创建演示文稿

在任务窗格中，选择"开始工作"任务，然后选择"打开"栏的"新建演示文稿"，出现如图 5-3 所示的"新建演示文稿"任务窗格。

图 5-3　"新建演示文稿"任务窗格

　　创建演示文稿的方式有空演示文稿、根据设计模板、根据内容提示向导和根据现有演示文稿等几种。

　　下面是用空演示文稿创建演示文稿的方法：

　　① 选择"文件"→"新建"命令，出现"新建演示文稿"任务窗格。单击"空演示文稿"项，出现"幻灯片版式"任务窗格，选择适当的幻灯片版式，然后在幻灯片占位符处输入有关文本或插入图片等。必要时设计幻灯片的背景及配色方案。

　　② 单击"插入"→"新幻灯片"命令，将在当前幻灯片后面插入一张新幻灯片，为新幻灯片选择版式，并添加所需内容。重复这两个步骤，直到完成全部幻灯片的创建。

　　2．编辑幻灯片文本信息

　　（1）输入文本

　　单击占位符，出现闪动的插入点，直接输入所需文本即可，如图 5-4 所示。

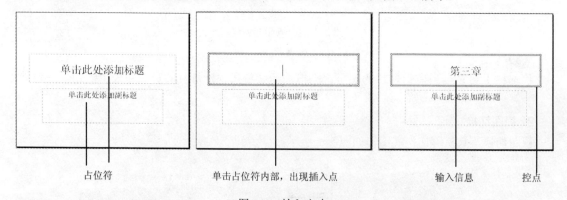

图 5-4　输入文本

　　除占位符外，若希望在其他位置增添文本，可单击"绘图"工具栏的"文本框"按钮，然后将指针移到目标位置，按住鼠标左键拖动出合适大小的文本框，在文本框中输入所需文本信息。

　　（2）替换原有文本

　　选择要替换的文本，然后直接输入文本。

　　（3）插入与删除文本

　　插入文本：单击插入位置，然后输入要插入的文本，新文本将插到当前插入点位置。

　　删除文本：选择要删除的文本，使其反相显示，然后按<Delete>键。

　　（4）移动（复制）文本框

单击文本框中的文字，周围边框上出现 8 个控点。鼠标指针移到边框上，指针呈十字形箭头时拖动到目标位置为移动操作，按住<Ctrl>键拖动则复制文本框。

（5）改变文本框的大小

单击文本框，拖动边框上的控点。

3. 增加和删除幻灯片

插入幻灯片：鼠标右键单击幻灯片（新幻灯片将插在该幻灯片之后），选择"新幻灯片"命令。

删除幻灯片：鼠标右键单击幻灯片，选择"删除幻灯片"命令。如图 5-5 所示。

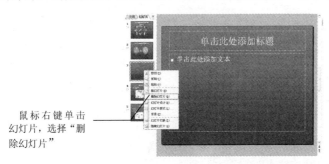

鼠标右键单击幻灯片，选择"删除幻灯片"

图 5-5　删除幻灯片

4. 改变布局

① 打开演示文稿，单击要改变布局的幻灯片，使其成为当前幻灯片。

② 单击"格式"菜单中的"幻灯片版式"命令。

③ 在"幻灯片版式"任务窗格中，选定新版式。

5. 保存演示文稿

使用"保存"工具按钮，也可以采用"文件"→"保存"命令或"文件"→"另存为"命令。

典型题解

【例 5-1】打开演示文稿"软件安装.ppt（如下图），插入一张新幻灯片，作为第一张幻灯片，版式为"标题和两栏文本"，主标题输入"软件安装"，文本的第一栏输入"安装软件"，第二栏输入"卸载软件"。第二张幻灯片中，设置主标题字体加粗，字号为 48 号。第三张幻灯片的版式修改为"垂直排列标题与文本"，以原文件名保存演示文稿。

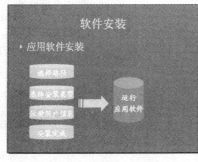 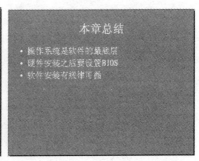

【解析】具体操作步骤如下：

① 选择"文件"→"打开"命令，打开演示文稿。

② 鼠标右键单击第一张幻灯片，选择"新幻灯片"命令，如图 5-6 所示。结果如图 5-7 所示。

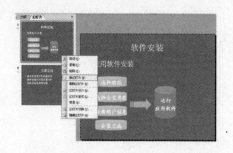

图 5-6 选择"新幻灯片"

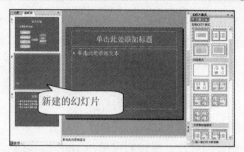

图 5-7 插入新幻灯片的结果

③ 将新创建的幻灯片拖动到第一张幻灯片的位置，在幻灯片版式中选择"标题和两栏文本"版式，如图 5-8 所示。

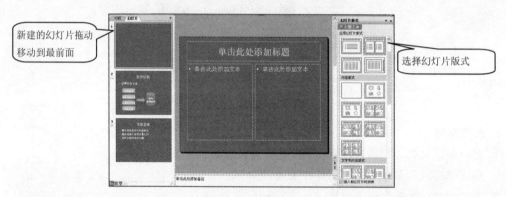

图 5-8 设置版式

④ 单击标题处，输入"软件安装"，单击第一栏文本处，输入"安装软件"，单击第二栏文本处，输入"卸载软件"。如图 5-9 所示。

⑤ 单击第二张幻灯片的标题，在"格式"工具栏中的"字号"下拉列表中选择 48，单击加粗按钮，如图 5-10 所示。

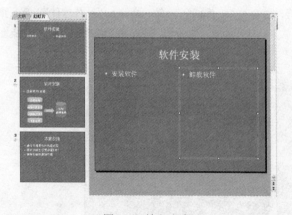

图 5-9 输入文字

图 5-10 设置标题字体

⑥ 选中第三张幻灯片，在"版式"任务窗格中选择"垂直排列标题和文本"，如图 5-11 所示。

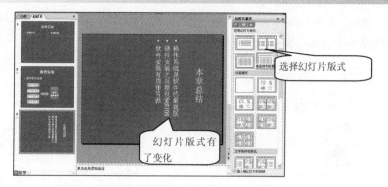

图 5-11　设置版式

⑦ 按快捷键<Ctrl+S>，保存对幻灯片的操作。

强化训练

（1）打开演示文稿"成熟技术.ppt"（如下图），在第一张幻灯片中，将"成熟技术带来无限动力！"设置为 54 磅，加粗，倾斜。将第二张幻灯片的剪贴画移动到第一张幻灯片的对应位置。将第三张幻灯片的版式设置为"标题和文本在内容之上"。删除第四张幻灯片。

（2）打开如下图所示的演示文稿"金融危机.ppt"，在第一张幻灯片中，设置标题文字倾斜，下划线。添加第三张幻灯片，设置为"标题和文本"版式。标题为"次级贷风波"，文本为"次级贷风波的形成"。

【答案】

（1）打开演示文稿，在第一张幻灯片中，选择"成熟技术带来无限动力！"，使用格式工具栏，选择 54 磅字号，单击加粗按钮，以及倾斜按钮。单击选择第二张幻灯片，鼠标右键单击其中的剪贴画，选择"剪切"命令，选中第一张幻灯片，鼠标右键单击，选择"粘贴"命令。选择第三张幻灯片，鼠标右键单击，选择"幻灯片版式"命令，选择"标题和文本在内容之上"版式。单击选择第四张幻灯片，鼠标右键单击，选择"删除"命令。按快捷键<Ctrl+S>。结果如图 5-12 所示。

图 5-12　设置结果

（2）打开演示文稿，在第一张幻灯片中，选择"美国金融危机"，使用"格式"工具栏，单击倾斜按钮、下划线按钮。单击选择第二张幻灯片，鼠标右键单击，选择"新幻灯片"，在"幻灯片版式"任务窗格中，选择"标题和文本"版式，标题输入"次级贷风波"，文本输入"次级贷风波的形成"。按快捷键<Ctrl+S>。结果如图 5-13 所示。

图 5-13　设置结果

5.3　幻灯片的设计

1. 母版的使用

幻灯片母版包括标题母版和幻灯片母版。

标题母版控制版式为标题的幻灯片属性，幻灯片母版控制其他类型幻灯片的共同特征。幻灯片母版上的内容一定会出现在除标题幻灯片外的所有幻灯片上。

（1）为每张幻灯片增加相同的对象

① 单击"视图"→"母版"→"幻灯片母版"命令，出现幻灯片母版。

② 利用与在幻灯片中插入对象的相同方法，插入幻灯片对象。

③ 单击"关闭母版视图"按钮，退出幻灯片母版。所有幻灯片的相同位置会出现刚插入的对象。

（2）插入页脚信息

① 单击"视图"→"母版"→"幻灯片母版"命令，出现幻灯片母版。

② 输入日期和页脚文本。

③ 单击"关闭母版视图"按钮，退出幻灯片母版。所有幻灯片的相同位置会出现刚插入的对象。

2. 设置配色方案和背景

（1）选用标准配色方案

① 单击"格式"→"幻灯片设计"命令，出现"幻灯片设计"任务窗格。

② 单击"配色方案"选项，出现"应用配色方案"列表。

③ 单击配色方案的下拉按钮，选择"应用于所有幻灯片"命令，则全体幻灯片均采用所选的配色方案，若只想改变当前幻灯片的配色方案，则单击"应用于所选幻灯片"命令。

（2）自定义配色方案

① 单击"格式"→"幻灯片设计"命令，单击"配色方案"选项，出现"应用配色方案"列表。

② 单击"编辑配色方案"选项，出现"编辑配色方案"对话框，选择"标准"选项卡，从中选择配色方案。

③ 单击"自定义"选项卡，当前配色方案中各项目颜色，均列在对话框中。

④ 双击需要修改项目左侧的色块，出现相应项目颜色的对话框。

指向模板，会显示其名称，单击即可应用到幻灯片中

⑤ 在"自定义"选项卡中可直接输入适当数字自定义颜色。单击"确定"按钮，回到"编辑配色方案"对话框。

⑥ 对需要修改的各项目颜色重复以上步骤。

⑦ 单击"应用"按钮，完成当前配色方案的修改。

3．改变背景填充效果

① 单击"格式"→"背景"命令，单击"背景填充"下拉按钮，选择"填充效果"项，出现"填充效果"对话框。

② 在"填充效果"对话框中的"渐变"选项卡中可设置渐变颜色方式、选择"底纹样式"；在"纹理"选项卡中可设置所需纹理；在"图案"选项卡中可设置"图案"。

③ 单击"确定"按钮，回到"背景"对话框，单击"应用"（或"全部应用"）按钮。

4．应用设计模板

要对现有演示文稿应用设计模板，可打开演示文稿，单击"格式"→"幻灯片设计"命令，出现"幻灯片设计"任务窗格，如图 5-14 所示。单击选择需要的模板。

图 5-14　"幻灯片设计"窗格

典型题解

【例 5-2】打开指定文件夹下的演示文稿"芭蕾.ppt"（如下图），使用演示文稿设计模板 Curtain Call.POT 来修饰全文。在母版中，在日期区输入"2008 年 10 月"，在页脚区输入"凤凰大剧院"设置其字号为 12 磅，原名保存文件。

【解析】具体操作步骤如下：

① 选择"文件"→"打开"命令，打开演示文稿"芭蕾.ppt"。

② 在幻灯片中右击，在出现的快捷菜单中选择"幻灯片设计"选项，弹出"幻灯片设计"任务窗格。

③ 在列表框中单击 Curtain Call.POT 模板，如图 5-15 所示。

  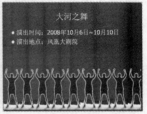

图 5-15　应用模板的效果

④ 选择"视图"→"母版"→"幻灯片母版"命令，出现幻灯片母版视图。在日期区输入"2008 年 9 月"，在页脚区输入"凤凰大剧院"，选择这些文本，选择格式工具栏中的 12 磅字号，如图 5-16 所示。

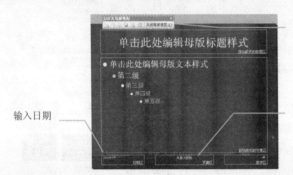

图 5-16　设置母版

⑤ 单击"幻灯片母版"工具栏的"关闭母版视图"。结果如图 5-17 所示。按快捷键<Ctrl+S>保存文件。

图 5-17　设置结果

【例 5-3】打开指定文件夹下的演示文稿"技术.ppt"（如下图），将幻灯片主标题字体均设置为红色（注意：请用自定义标签中的红色 255、绿色 0、蓝色 0）；将第一张幻灯片的背景填充预设颜色为"漫漫黄沙"，底纹样式为"斜下"。

【解析】具体操作步骤如下：

① 选择"文件"→"打开"命令，打开演示文稿。

② 在幻灯片中鼠标右键单击，在出现的快捷菜单中选择"幻灯片设计"选项，弹出"幻灯片设计"任务窗格，选择"配色方案"选项，如图 5-18 所示。

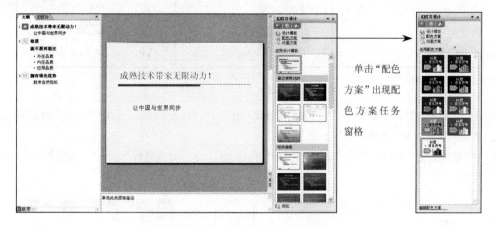

单击"配色方案"出现配色方案任务窗格

图 5-18　设置"配色方案"

③ 在随后出现的任务窗格中，选择"编辑配色方案"，出现"编辑配色方案"对话框。当前配色方案中各项目颜色均列在对话框中，如图 5-19 所示。

双击"标题文本"前的色块，出现"标题文本颜色"对话框

图 5-19　"编辑配色方案"对话框

④ 双击"标题文本"前的色块，出现"标题文本颜色"对话框。选择"自定义"选项卡，如图 5-20 所示。

输入颜色数值

图 5-20　"标题文本颜色"对话框

⑤ 在"自定义"选项卡中直接输入适当数字，红色 255、绿色 0、蓝色 0。单击"确定"按钮，回到"编辑配色方案"对话框，此时"标题文字"前的色块已经变成了红色。

⑥ 单击"应用"按钮，完成当前配色方案的修改。效果如图 5-21 所示。

图 5-21　标题文本都更改为红色了

⑦ 鼠标右键单击第一张幻灯片，在出现的快捷菜单中选择"背景"选项，弹出"背景"对话框，在下拉列表框中选择"填充效果"选项，如图 5-22 所示。

⑧ 在"填充效果"对话框中，预设颜色选择"雨后初晴"，底纹样式选择"斜下"，如图 5-23 所示，单击"确定"按钮。

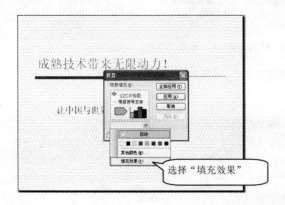

图 5-22　选择"填充效果"

图 5-23　选择渐变方式

⑨ 在"背景"对话框中选择"应用"按钮，将此背景应用于当前选择的幻灯片，如图 5-24 所示。注意，如果要对所有幻灯片都应用此背景，则选择"全部应用"按钮。

⑩ 最终效果如图 5-25 所示，按快捷键<Ctrl+S>保存。

选择此按钮，填充效果只应用
于当前选定的幻灯片

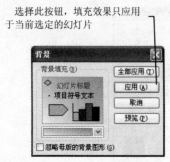

图 5-24　应用背景

只有第一张幻
灯片应用了填充
效果，其他的幻
灯片，背景没有
变化

图 5-25　应用的效果

强化训练

（1）打开指定文件夹下的演示文稿电子商务.ppt（如下图），使用演示文稿设计中的"诗情画意.pot"修饰全文。

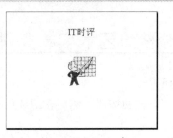

（2）打开指定文件夹下的演示文稿"计算机组装.ppt"（如下图），将第二张幻灯片的主标题设置为加粗、蓝色（注意：请用自定义标签中的红色 0、绿色 0、蓝色 255）。将第二张幻灯片的背景填充纹理为"新闻纸"。设置幻灯片母版中，除标题页之外的其他页，页脚区显示"计算机基础教程"。

【答案】

（1）打开演示文稿，在幻灯片中鼠标右键单击，选择"幻灯片设计"选项，选择"诗情画意.pot"模板。结果如图 5-26 所示。

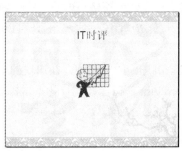

图 5-26　应用模板的效果

（2）打开演示文稿，在第二张幻灯片中，拖动选择其主标题，按快捷键<Ctrl+B>，鼠标右键单击，选择"字体"，颜色选择"其他颜色"，在"自定义"选项卡中，设置红色 0、绿色 0、蓝色 255，两次单击"确定"按钮。在第二张幻灯片中鼠标右键单击，选择"背景"选项，在下拉列表中选择"填充效果"选项。在"纹理"选项卡的列表框中选择"新闻纸"。单击"确定"按钮，单击"应用"按钮。选择"视图"→"母版"→"幻灯片母版"命令，在页脚区输入"计算机基础教程"，单击"关闭母版视图"，按快捷键<Ctrl+S>。结果如图 5-27 所示。

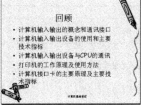

图 5-27　最终结果

5.4 添加图形、艺术字、剪贴画

1. 绘制基本图形

单击"绘图"工具栏的按钮，然后在幻灯片处按鼠标左键拖动。

2. 插入艺术字

① 单击"插入"→"图片"→"艺术字"命令（或者单击"绘图"工具栏的"插入艺术字"工具按钮）），出现"艺术字库"对话框。

② 选择一种艺术字式样，出现"编辑艺术字文字"对话框，在该对话框中输入文本，还可以选择字体、字号和字形等。

要确定艺术字的位置，选择艺术字，单击"格式"→"艺术字"命令，调出"设置艺术字格式"对话框，选择"位置"选项卡。输入水平和垂直数据、度量依据等，单击"确定"按钮。

3. 插入剪贴画

① 选择"插入"→"图片"→"剪贴画"命令，出现"剪贴画"任务窗格。

② 在"搜索文字"栏中输入剪贴画类别（如人物、风景等），选择搜索范围（如所有收藏集、Office 收藏集等）。单击"搜索"按钮，在"剪贴画"任务窗格中出现搜索到的剪贴画列表。

③ 在剪贴画列表中单击希望使用的剪贴画，将其插到幻灯片中。

也可使用如下方式：

① 选择"插入"→"图片"→"剪贴画"命令，出现"剪贴画"任务窗格。

② 单击"剪贴画"任务窗格下方的"管理剪辑…"项，出现"Microsoft 剪辑管理器"对话框。在"收藏集列表"中双击"Office 收藏集"，可以看到剪贴画分类文件夹，选择某类，窗口右侧显示该类剪贴画。

③ 鼠标右键单击选中的剪贴画，在出现的菜单中单击"复制"命令。

④ 回到 PowerPoint 窗口，在幻灯片上鼠标右键单击，并在出现的菜单中选择"粘贴"命令。

典型题解

【例 5-4】打开演示文稿"艺术字.ppt"（如下图），在第一张幻灯片中插入艺术字"本章目标"，使用艺术字列表中的第二行第一个。其位置为：水平 1.5 厘米，度量依据左上角；垂直 1.4 厘米，度量依据左上角。

【答案】具体操作步骤如下：

① 打开演示文稿，选择第一张幻灯片，选择"插入"→"图片"→"艺术字"命令，出现"艺术字库"对话框，如图 5-28 所示，选择第二行的第一个艺术字。单击"确定"按钮。

② 出现"编辑'艺术字'文字"对话框，输入"本章目标"，如图 5-29 所示，单击"确定"按钮。

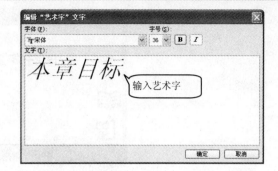

图 5-28　"艺术字库"对话框　　　　　图 5-29　"编辑'艺术字'文字"对话框

③ 插入的艺术字结果如图 5-30 所示。鼠标右键单击艺术字，选择"设置艺术字格式"命令。

图 5-30　插入艺术字

④ 如图 5-31 所示，在"位置"选项卡中，位置为：水平 1.5 厘米，度量依据左上角；垂直 1.4 厘米，度量依据左上角。

⑤ 单击"确定"按钮，结果如图 5-32 所示。按快捷键<Ctrl+S>保存文件。

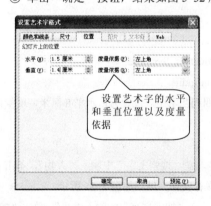

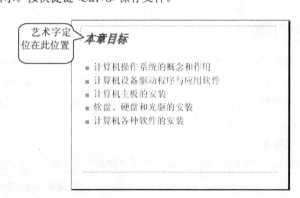

图 5-31　"设置艺术字格式"对话框　　　　　图 5-32　艺术字的位置设置

【例 5-5】打开"读万卷书.ppt"文件，插入"人物"类别中的剪贴画 athletes, automobiles。

【解析】具体操作步骤如下：

（1）打开文件。单击"插入"→"图片"→"剪贴画"命令，出现"剪贴画"任务窗格，如图 5-33 所示。

图 5-33 出现剪贴画任务窗格

（2）在"搜索文字"中输入"人物"，单击"搜索"按钮。

（3）在出现的人物剪贴画列表中，鼠标指向每一个剪贴画，会出现相应的简要说明。单击 athletes, automobiles，插入该剪贴画，如图 5-34 所示。按快捷键<Ctrl+S>保存文件。

图 5-34 插入剪贴画

强化训练

（1）打开"白衣天使.ppt"文件，插入"人物"类别中的剪贴画 doctors, females。

（2）在"花儿.ppt"演示文稿中，插入"花"类别中的 children, daffodils。

（3）在"好朋友.ppt"演示文稿中，插入艺术字库中的第三行第四列艺术字。位置为：水平 8 厘米，度量依据左上角；垂直 13 厘米，度量依据左上角。

【答案】

（1）打开文件。选择"插入"→"图片"→"剪贴画"命令。在"搜索文字"中输入"人物"，单击"搜索"按钮。单击 athletes, automobiles 剪贴画。按快捷键<Ctrl+S>保存文件。结果如图 5-35 所示。

（2）打开文件。选择"插入"→"图片"→"剪贴画"命令。在"搜索文字"中输入"花"，单击"搜索"按钮。单击 children, daffodils 剪贴画。按快捷键<Ctrl+S>保存文件。结果如图 5-36 所示。

（3）打开演示文稿，选择"插入"→"图片"→"艺术字"命令，选择第三行的第四列艺术字。单击"确定"按钮。输入"你是我的好朋友"，字号选择 60。单击"确定"按钮。鼠标右键单击艺术字，选择"设置艺术字格式"命令。在"位置"选项卡中，位置为水平 8 厘米，度量依据左上角；垂直 13 厘米，度量依据左上角。单击"确定"按钮。按快捷键<Ctrl+S>保存文件。结果如图 5-37 所示。

图 5-35　结果　　　　　　　图 5-36　结果　　　　　　　图 5-37　结果

5.5　幻灯片放映设计

►►► 考点 1　设置幻灯片对象的动画效果

自定义动画效果的过程如图 5-38 所示。

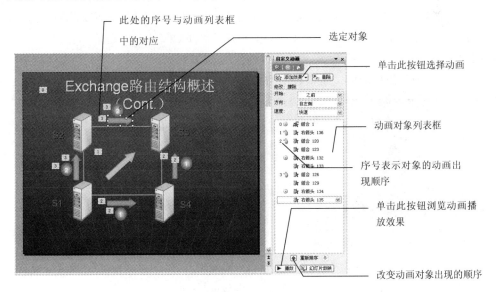

图 5-38　设置动画

①　选择幻灯片，单击"幻灯片放映"→"自定义动画"命令，出现"自定义动画"任务窗格。

②　选择需要设置动画效果的对象，单击"添加效果"按钮，出现菜单，其中有"进入"、"强调"、"退出"和"动作路径"子菜单。每个子菜单均有相应动画类型的命令。

③　选择某类型动画，如选择"进入"→"飞入"命令，则激活"自定义动画"任务窗格中各项设置。

④　根据需要设置各设置项。单击"开始"项右侧的下拉按钮，其中有"单击时"、"之前"和"之后"3 种开始动画的方式。"方向"项设置对象从哪个方向飞入，如选择"自底部"，表示对象从底部飞入幻灯片。"速度"项设置对象飞入幻灯片的速度。已设置的动画对象在动画对象列表框（在"重新排序"的上方）中显示，其左侧的数字表示该对象动画出现的顺序号。

⑤　重复以上步骤，对多个对象设置动画效果。

⑥　多个对象设置动画效果后，可以调整对象动画出现的顺序。方法是选择动画对象，单击"↑"

或"↓"，即可改变动画对象出现的顺序。

典型题解

【**例 5-6**】打开指定文件夹下的演示文稿"Linux 的诞生"（如下图），把第二张幻灯片的动画效果设置为图片是"弹跳"、"慢速"，文本动画效果设置进入为"飞入"、"自左侧"、"快速"，动画顺序为先文本后对象。

【**解析**】具体操作步骤如下：

① 选择"文件"→"打开"命令，打开演示文稿 Linux 的诞生.ppt。

② 单击第二张幻灯片，选择"幻灯片放映"→"自定义动画"命令，打开"自定义动画"任务窗格。

③ 单击选择正文的文本框（注意，因为要求动画顺序为先文本后对象，所以，可以先设置文本的动画，后设置对象的动画，这样就无需重新调整动画顺序了），选择"添加效果"按钮，选择"进入"→"飞入"命令。如图 5-39 所示。

④ 在"自定义动画"任务窗格中，方向选择"自左侧"，速度选择"快速"，如图 5-40 所示。

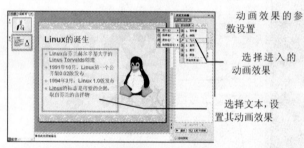

图 5-39　选择进入的动画效果　　　　　　　　　　图 5-40　设置动画参数

⑤ 在幻灯片中，单击图片，选择"添加效果"按钮，选择"进入"，在随后出现的菜单中，没有"弹跳"效果。选择"其他效果"，如图 5-41 所示，出现"添加进入效果"对话框。

⑥ 如图 5-42 所示。选择"弹跳"效果，单击"确定"按钮。设置速度为"慢速"。

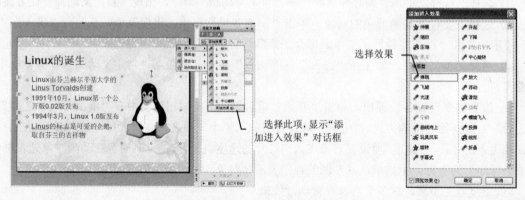

图 5-41　选择图片的动画效果　　　　　　　　　　　图 5-42　选择效果

⑦ 结果如图 5-43 所示。在自定义的动画效果列表中，可以看到，文本的动画序号为 1，图片的动画序号为 2，表示先文本，后动画。注意，如果动画顺序不对，可以单击选择要调整的动画，然后单击任务窗格下面的上下箭头。按快捷键<Ctrl+S>保存文件。

图 5-43　设置完成的动画效果

强化训练

（1）打开演示文稿"电信.ppt"（如下图），将第一张幻灯片的文字动画效果设置为"挥鞭式"、"快速"，图片的动画效果设置为"擦除"、"自左侧"、"慢速"。动画顺序为先文本后对象。

（2）打开演示文稿"小镇.ppt"（如下图），在第二张幻灯片中，设置图片的动画顺序为"旋转"、"水平"、"中速"。

【答案】

（1）打开演示文稿，在第一张幻灯片中，选择"幻灯片放映"→"自定义动画"命令。在第一张幻灯片中，选择正文文本框，选择"添加效果"→"进入"→"挥鞭式"命令，选择"快速"。选择对钩图片，选择"添加效果"→"进入"→"擦除"命令，选择"自左侧"、"慢速"。按快捷键<Ctrl+S>。

（2）打开演示文稿，在第二张幻灯片中，选择图片，选择"添加效果"→"进入"→"旋转"命令，方向选择"水平"、速度选择"中速"。按快捷键<Ctrl+S>。

▶▶▶ 考点 2　切换和放映幻灯片

1. 设置幻灯片切换效果

① 选择要设置幻灯片切换效果的幻灯片（组）。单击"幻灯片放映"→"幻灯片切换"命令，出现"幻灯片切换"任务窗格，如图 5-44 所示。

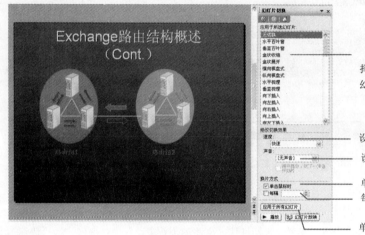

图 5-44　幻灯片切换的设置

② 在"应用于所选幻灯片"下方列表框中选择一种切换方式（如"从右上抽出"），在下方"速度"栏选择幻灯片的切换速度（如"快速"），在"声音"栏选择切换时的声音效果。

③ 在"换片方式"栏中设置幻灯片的换片方式：有"单击鼠标时"和"每隔"两种方式，前者表示仅当单击鼠标时切换，而后者表示每隔一段时间自动切换，间隔时间在其右侧的文本框中输入。

④ 此时，所设置的幻灯片切换效果只适用于所选幻灯片（组）。要想全部幻灯片均采用该切换效果，可以单击"应用于所有幻灯片"按钮。

2. 设置幻灯片放映方式

设置演示文稿放映方式的过程如下：

① 打开演示文稿，单击"幻灯片放映"→"设置放映方式"命令，出现"设置放映方式"对话框。

② 在"放映类型"栏中，选择放映方式。若选择"在展台浏览（全屏幕）"方式，则自动采用循环放映，按<Esc>键才终止放映。

③ 在"放映幻灯片"栏中，确定幻灯片的放映范围。放映部分幻灯片时，可指定放映幻灯片的开始序号和终止序号。

④ 在"换片方式"栏中，选择控制放映速度的换片方式。

3. 放映演示文稿

① 放映当前演示文稿必须先进入幻灯片放映视图。

② 单击"幻灯片放映"→"观看放映"命令，或使用快捷键<F5>，或者单击"视图"→"幻灯片放映"命令，从演示文稿的第一张幻灯片开始放映。

③ 单击视图切换工具栏中的"从当前幻灯片开始幻灯片放映"按钮🖳，从当前幻灯片开始放映。

④ 在全屏幕放映方式下，单击鼠标左键，可以切换到下一张幻灯片，直到放映完毕。

4．交互式放映文稿

（1）为动作按钮设置超级链接

① 选择要插入动作按钮的幻灯片，单击"幻灯片放映"→"动作按钮"命令，出现动作按钮列表，单击所需的动作按钮。

② 在幻灯片的适当位置拖动鼠标，使出现的动作按钮大小合适。

③ 在弹出的"动作设置"对话框中单击"单击鼠标"选项卡，并在"单击鼠标时的动作"栏中选中"超级链接到"项，单击其下拉按钮，在出现的下拉列表中选择要链接的对象（如"幻灯片"）。

④ 在接着出现的"超链接到幻灯片"对话框中选定要链接的幻灯片。

（2）为文本设置超级链接

① 选择要设置超级链接的文本，鼠标右键单击该文本，出现快捷菜单，单击其中的"动作设置"命令，出现"动作设置"对话框。

② 单击"单击鼠标"选项卡，并选中"超级链接到"项，单击其下拉按钮，从下拉列表中选择链接对象。

③ 若链接对象选择"其他文件"，则出现"超链接到其他文件"对话框，选定要链接的文件即可。

设置超级链接后的文本下面出现了下划线，而且颜色也改变了。放映时，当鼠标移到该文本时，鼠标指针变成小手形状，若单击，则执行链接的文件。

典型题解

【例 5-7】打开指定文件夹下的演示文稿"蜗牛.ppt"（如下图），将幻灯片切换效果全部设置成"向右下插入"，放映方式为"观众自行浏览"。

【解析】具体步骤如下：

① 选择"文件"→"打开"命令，打开演示文稿。

② 选择"幻灯片放映"下拉菜单中的"幻灯片切换"命令，弹出"幻灯片切换"任务窗格。

③ 在切换效果列表中选择"向右下插入"效果，如图 5-45 所示。

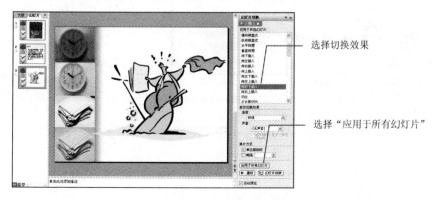

图 5-45　选择切换方式

④ 单击"应用于所有幻灯片"按钮。

⑤ 选择"幻灯片放映"→"设置放映方式"命令，出现"设置放映方式"对话框。选择"观众自行浏览（窗口）"单选按钮。如图 5-46 所示。单击"确定"按钮。

⑥ 按快捷键<Ctrl+S>保存文件。

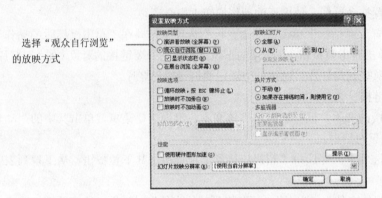

图 5-46　设置放映方式

【例 5-8】打开指定文件夹下的演示文稿 yswg19.ppt（如下图），按下列要求完成对此文稿的修饰并保存。将第三张幻灯片中的"时间跟踪"设置为超链接，链接到第二张幻灯片。

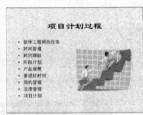

【解析】具体操作步骤如下：

① 打开演示文稿。选择第三张幻灯片中的"时间跟踪"，选择"插入超链接"命令，在"链接到"选项卡中选择"本文档中的位置"，将"请选择文档中的位置"选择为幻灯片标题中的"·时间跟踪"，如图 5-47 所示。单击"确定"按钮。

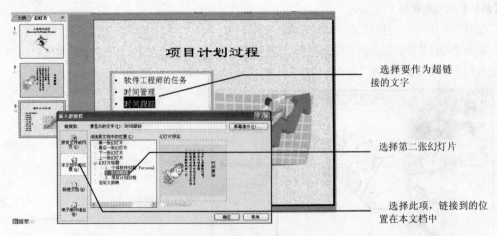

图 5-47　插入超链接

② 结果如图 5-48 所示。单击工具栏中的"保存"按钮。

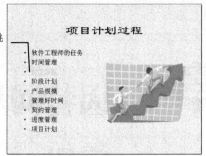

链接文字，单击它可以跳转到第二张幻灯片

图 5-48　结果文件

强化训练

（1）打开指定文件夹下的演示文稿碧海蓝天.ppt（如下图），将幻灯片切换效果全部设置成"盒状展开"，放映方式设置为"演讲者放映"。

（2）打开指定文件夹下的演示文稿"曹操.ppt"（如下图），将第一张幻灯片中的"短歌行"设置为超链接，链接到第三张幻灯片。

【答案】

（1）打开演示文稿，选择"幻灯片放映"→"幻灯片切换"命令，选择"盒状展开"效果，单击"应用于所有幻灯片"按钮。选择"幻灯片放映"→"设置放映方式"命令，选择"演讲者放映"单选按钮。单击"确定"按钮。按快捷键<Ctrl+S>。

（2）打开演示文稿。选择第一张幻灯片中的"短歌行"，选择"插入超链接"命令，"链接到"选项卡选择"本文档中的位置"，"请选择文档中的位置"选择"幻灯片 3"。按快捷键<Ctrl+S>。

第 6 章　因特网基础与简单应用

● 考点概览

本章内容在考试中会有选择题，还有一道10分的操作题。

● 重点考点

① 网络重要功能、调制解调器的功能、按网络覆盖的地理范围对网络的分类、网络的三种拓扑结构；网络互联设备中应重点掌握路由器。

② 对于因特网初步部分应主要掌握因特网是什么样的网络、因特网所提供的常见服务、TCP/IP 协议的重要性；能够准确区分正确和错误的 IP 地址和域名；因特网的接入方式中应重点掌握个人用户接入因特网的方式。

③ 对于因特网的简单应用部分应主要掌握几个概念，如万维网（WWW）、统一资源定位器（URL），并能准确区分正确和错误的 URL。

④ 关于网络部分的操作应能够熟练使用 IE 浏览器浏览网页，保存网页；要熟练使用 Outlook Express 编写邮件（可能带附件）、接收和阅读邮件及附件、保存附件、回复邮件、转发邮件、发送邮件给多人等。

⑤ 浏览器 IE 的使用和 Outlook Express 的使用，需要特别注意，在这方面会有网络操作题。

● 复习建议

① 本章最主要的内容是使用 IE 浏览网页的相关操作以及使用 Outlook Express 收发电子邮件的内容，相关操作不多，练习几道题就可以掌握。

② 基本概念部分，主要还是需要记忆相关知识。这里不会考核非常深奥的网络知识。

6.1　计算机网络基本概念

1. 计算机网络

计算机网络提供资源共享的功能。资源包括硬件资源、软件资源以及数据信息。

组成计算机网络的计算机设备是分布在不同地理位置的多台独立的"自治计算机"。

2. 数据通信

① 信道。信息传输的媒介或渠道，其作用是把携带有信息的信号从它的输入端传递到输出端。根据传输媒介的不同，信道可分为有线信道和无线信道两类。

② 数字信号和模拟信号。信号可以分为数字信号和模拟信号两类。

③ 调制与解调。将发送端数字脉冲信号转换成模拟信号的过程称为调制；将接收端模拟信号还原成数字脉冲信号的过程称为解调。将调制和解调两种功能结合在一起的设备称为调制解调器（Modem）。

④ 带宽与传输速率。带宽表示信道传输信息的能力。带宽是以信号的最高频率和最低频率之差表示，即频率的范围。频率是模拟信号波每秒的周期数。

⑤误码率。误码率是指二进制比特在数据传输系统中被传错的概率，是通信系统的可靠性指标。

3. 计算机网络的分类

按网络覆盖的地理范围进行分类有广域网（WAN）、局域网（LAN）和城域网（MAN）。

4. 网络的拓扑结构

拓扑结构就是网络的物理连接形式。常见的网络拓扑结构主要有星型、环型、总线型、树型和网状型结构等。

5. 网络硬件

计算机网络系统由网络软件和硬件设备两部分组成。

常见的网络硬件设备有传输介质、网络接口卡、集线器、交换机、无线 AP。

网络互联设备有网桥和路由器。

6. 网络软件

通信协议是通信双方都必须遵守的通信规则，是一种约定。

TCP/IP 参考模型将计算机网络划分为四个层次：应用层、传输层、互联层、主机至网络层。

7. 无线局域网

有线网络维护费用高，难度大。无线局域网可以解决这些问题。

典型题解

【例 6-1】调制解调器的功能是（　　）。

A）数字信号的编号　　　　　　　　　　B）模拟信号的编号

C）数字信号转换成其他信号　　　　　　D）数字信号与模拟信号之间的转换

【解析】调制解调器的功能是对数字信号与模拟信号进行相互转换的设备，因此本题答案为 D。

强化训练

（1）计算机网络的目标是实现（　　）。

A）数据处理　　　　B）资源共享　　　　C）资源共享和信息传输　　D）信息传输

（2）将计算机的数字信号转换为模拟信号的过程是（　　）。

A）解调　　　　　　B）调制　　　　　　C）调制并解调　　　　　　D）调制或解调

（3）局域网的英文缩写是（　　）。

A）WAN　　　　　　B）LAN　　　　　　C）IPX　　　　　　　　　D）WWW

（4）计算机网络按地理范围可分为（　　）。

A）广域网、城域网和局域网　　　　　　B）广域网、因特网和局域网

C）因特网、城域网和局域网　　　　　　D）因特网、广域网和对等网

（5）计算机网络最突出的优点是（　　）。

A）运算速度快　　B）存储容量大　　　　C）运算容量大　　　　D）可以实现资源共享

（6）在一个计算机房内要实现所有的计算机联网，一般应选择（　　）网。

A）GAN   B）MAN   C）LAN   D）WAN

（7）下列不属于网络拓扑结构形式的是（   ）。

     A）星形   B）环形   C）总线   D）分支

（8）网络中各工作站通过中继器连接到一个闭合的环路上，信息沿环形线路单向（或双向）传输，由目的站点接收。上述叙述是指下列（   ）这种网络拓扑结构形式。

     A）星形   B）环形   C）总线   D）分支

（9）Internet 是一个覆盖全球的大型互联网络，它用于连接多个远程网和局域网的互联设备主要是（   ）。

     A）路由器   B）主机   C）网桥   D）防火墙

（10）在计算机网络中，通常把提供并管理共享资源的计算机称为（   ）。

     A）服务器   B）工作站   C）网关   D）网桥

【答案】

（1）C   （2）B   （3）B   （4）A   （5）D   （6）C   （7）D   （8）B   （9）A

（10）A

6.2   因特网基础

1. 因特网的概念

因特网是通过路由器将世界不同地区、规模不一、类型不一的网络互相连接起来的网络，是一个全球性的计算机互联网络，因此也称为"国际互联网"，是信息资源极其丰富的世界上最大的计算机网络。

Internet 始于 1968 年美国国防部高级研究计划局（ARPA）提出并资助的 ARPANET 网络计划，其目的是将各地不同的主机以一种对等的通信方式连接起来。

2. TCP/IP 协议

TCP/IP 是用于计算机通信的一组协议，TCP 和 IP 是重要的两个核心协议。TCP/IP 由网络接口层、网间网层、传输层、应用层等四个层次组成。其中，网络接口层是最底层，包括各种硬件协议，面向硬件；应用层面向用户，提供一组常用的应用程序，如电子邮件、文件传输等。

（1）IP（Internet Protocol）协议

IP 协议是 TCP/IP 协议体系中的网络层协议，它的主要作用是将不同类型的物理网络互联在一起。

（2）TCP（Transmission Control Protocol）协议

TCP 即传输控制协议，位于传输层。TCP 协议向应用层提供面向连接的服务，确保网上所发送的数据可以完整地接收。

3. 因特网中的客户/服务器体系结构

在因特网的 TCP/IP 环境中，联网计算机之间进程相互通信的模式主要采用客户/服务器（Client/Server）模式，也简称为 C/S 结构。

客户向服务器发出服务请求，服务器响应客户的请求，提供客户所需要的网络服务。

4. 因特网 IP 地址和域名的工作原理

（1）IP 地址

IP 地址是 TCP/IP 协议中所使用的网络层地址标识。

IP 地址由各级因特网管理组织进行分配，它们被分为不同的类别，根据地址的第一段分为 5 类：0～127 为 A 类；128～191 为 B 类；192～223 为 C 类，D 类和 E 类留做特殊用途。

（2）域名

TCP/IP 引进了一种字符型的主机命名制，这就是域名。

域名（Domain Name）的实质就是用一组由字符组成的名字代替 IP 地址，为了避免重名，域名采用层次结构，各层次的子域名之间用圆点"."隔开，从右至左分别是第一级域名（或称顶级域名），第二级域名，……，直至主机名。其结构如下：

主机名.…….第二级域名.第一级域名

表 6-1 列出了常见的一级域名。

表 6-1 一级域名的标准代码

域 名 代 码	含 义	域 名 代 码	含 义
COM	商业组织	NET	主要网络支持中心
EDU	教育机构	ORG	其他组织
GOV	政府机关	INT	国际组织
MIL	军事部门	<country code>	国家代码（地理域名）

（3）DNS 原理

从域名到 IP 地址或者从 IP 地址到域名的转换由域名解析服务器 DNS（Domain Name Server）完成。

5. 接入因特网

因特网接入方式通常有专线连接、局域网连接、无线连接和电话拨号连接共 4 种。其中使用 ADSL 方式拨号连接对众多个人用户和小单位来说，是最经济、简单、采用最多的一种接入方式。

典型题解

【例 6-2】因特网属于（ ）。

A）万维网　　　　　　B）局域网　　　　　　C）城域网　　　　　　D）广域网

【解析】因特网是一个全球性的网络，它综合使用了多种传输介质，是典型的广域网。本题答案为 D。

【例 6-3】下列各项中，非法的 IP 地址是（ ）。

A）147.45.6.2　　　B）256.117.34.12　　　C）226.174.8.12　　　D）25.114.58.9

【解析】IP 地址用 32 位二进制数表示，也可分为四段，用三个圆点隔开的四个十进制整数表示，每个十进制整数范围是 0~255。选项 B 中第一段为 256 超出了 0~255 的范围，所以本题答案为 B。

【例 6-4】下列域名书写正确的是（ ）。

A）_catch.gov.cn　　B）catch.gov.cn　　　C）catch，edu，cn　　　D）catch..gov.cn-

【解析】域名只能以字母字符开头，所以选项 A 错误；域名中各级域名之间要用圆点分开，而选项 C 用逗号是错误的；域名只能以字母字符或数字结尾，所以选项 D 错误。因此本题答案为选项 B。

强化训练

（1）下列有关 Internet 的叙述错误的是（ ）。

    A）万维网就是因特网　　　　　　　　　B）因特网上提供了多种信息

    C）因特网是计算机网络的网络　　　　　D）因特网是国际计算机互联网

（2）下面关于电子邮件的说法，不正确的是（ ）。

    A）电子邮件的传输速度比一般书信的传送速度快

    B）电子邮件又称 E-mail

C）电子邮件是通过 Internet 邮寄的信件

D）通过网络发送电子邮件不需要知道对方的邮件地址也可以发送

（3）FTP 表示（　　）。

A）电子邮件　　　　B）远程登录　　　　　C）万维网　　　　　D）文件传输

（4）下列四项内容中，不属于 Internet 基本功能的是（　　）。

A）实时检测控制　　B）电子邮件　　　　　C）文件传输　　　　D）远程登录

（5）Internet 提供的服务有很多，（　　）表示网页浏览。

A）E-mail　　　　　B）FTP　　　　　　　C）WWW　　　　　　D）BBS

（6）Internet 实现了分布在世界各地的各类网络的互联，其最基础和核心的协议是（　　）。

A）TCP/IP　　　　　B）FTP　　　　　　　C）HTML　　　　　　D）HTTP

（7）TCP/IP 协议的含义是（　　）。

A）拨号入网传输协议　　　　　　　　　　B）局域网传输协议

C）传输控制协议和网际协议　　　　　　　D）OSI 协议集

（8）接入 Internet 的电脑必须装有（　　）。

A）Word　　　　　　B）Excel　　　　　　C）HTML　　　　　　D）TCP/IP

（9）Internet 为网络上的每台主机都分配了一个唯一的地址，该地址由纯数字组成并用小数点隔开，它称为（　　）。

A）IP 地址　　　　　B）WWW 服务器地址　　C）WWW 客户机地址　　D）TCP 地址

（10）下列各项中，非法的 IP 地址是（　　）。

A）33.112.78.6　　　B）45.98.12.145　　　C）79.45.9.234　　　D）166.277.13.98

（11）IP 地址用（　　）位二进制数字表示。

A）8　　　　　　　　B）16　　　　　　　　C）32　　　　　　　　D）64

（12）以下（　　）表示域名。

A）171.110.8.32　　　　　　　　　　　　B）www.phoenixtv.com

C）http://www.domy.aspppt.ln.cn　　　　　D）melon@public.com.cn

（13）中国的域名是（　　）。

A）com　　　　　　　B）uk　　　　　　　　C）cn　　　　　　　　D）jp

（14）域名中的 int 是指（　　）。

A）商业组织　　　　　B）国际组织　　　　　C）教育组织　　　　　D）网络支持机构

（15）下列域名中，表示教育机构的是（　　）。

A）ftp.mba.net.cn　　B）ftp.cnc.ac.cn　　　C）www.mda.ac.cn　　D）www.mba.edu.cn

（16）根据域名代码规定，域名为 toame.com.cn 表示网站类别应是（　　）。

A）教育机构　　　　　B）国际组织　　　　　C）商业组织　　　　　D）政府机构

（17）通常一台计算机要接入互联网，应该安装的设备是（　　）。

A）网络操作系统　　　B）调制解调器或网卡　　C）网络查询工具　　D）浏览器

（18）对于众多个人用户来说，接入因特网最经济、最简单、采用最多的方式是（　　）。

A）局域网连接　　　　B）专线连接　　　　　C）电话拨号　　　　　D）无线连接

【答案】

（1）A　　（2）D　　（3）D　　（4）A　　（5）C　　（6）A　　（7）C　　（8）D　　（9）A

（10）D　　（11）C　　（12）B　　（13）C　　（14）B　　（15）D　　（16）C　　（17）B　　（18）C

6.3　因特网应用基本概念

1. 万维网——WWW

万维网（World Wide Web）是一种建立在因特网上的全球性的、交互的、动态的、多平台的、分布式的、超文本超媒体信息查询系统。它也是建立在因特网上的一种网络服务。其最主要的概念是超文本（Hypertext）。

2. 超文本和超链接

超文本（Hypertext）中不仅包含有文本信息，而且还可以包含图形、声音、图像和视频等多媒体信息，更重要的是超文本中还包含指向其他网页的链接，这种链接叫做超链接（Hyper Link）。

3. 统一资源定位器

WWW 用统一资源定位器（Uniform Resource Locator，URL）来描述 Web 网页的地址和访问它时所用的协议。

URL 的格式如下：

协议://IP 地址或域名/路径/文件名

4. 浏览器

浏览器是用于浏览 WWW 的工具，安装在用户端的机器上，是一种客户软件。

5. FTP 文件传输协议

FTP（File Transfer Protocol）即文件传输协议。

FTP 使用 C/S 模式工作，一般在本地计算机上运行 FTP 客户端软件，由这个客户端软件实现与因特网上 FTP 服务器之间的通信。

典型题解

【例 6-5】因特网上的服务都是基于某一种协议，Web 服务是基于（　　）。

A）SMTP 协议　　　　　B）SNMP 协议　　　　　C）HTTP 协议　　　　　D）TELNET 协议

【解析】Web 服务是基于 HTTP 协议的。SMTP 是一种邮件协议，TELNET 是远程登录协议。本题答案为 C。

强化训练

（1）HTML 的正式名称是（　　）。

　　A）主页制作语言　　　　　　　　　　　B）超文本标记语言

　　C）Internet 编程语言　　　　　　　　　D）WWW 编程语言

（2）按照统一资源定位符（URL）的格式规定，下面的 URL：http://www.mrw.com/main/mvcd/hello.html 中，主机域名（或 IP 地址）部分是（　　）。

　　A）www.mrw.com/main/mvcd　　　　　B）http://www.mrw.com

　　C）main/mvcd　　　　　　　　　　　　D）www.mrw.com

（3）以下（　　）表示统一资源定位器。

　　A）171.110.8.32　　　　　　　　　　　B）www.pheonixtv.com

　　C）http://www.domy.asppt.ln.cn　　　　D）melon@public.com.cn

（4）超文本的含义是（　　）。

　　A）该文本包含有图像　　　　　　　　　B）该文本中有链接到其他文本的链接点

C）该文本中包含有声音　　　　　　　　　D）该文本中含有二进制字符

（5）浏览 Web 网站必须使用浏览器，目前常用的浏览器是（　　）。

A）Outlook Express　　　　　　　　　　B）Hotmail

C）Internet Explorer　　　　　　　　　D）Inter Exchange

（6）下列 URL 的表示方法中，正确的是（　　）。

A）http://www.microsoft.com/index.html　　B）http:\\www.microsoft.com/index.html

C）http://www.microsoft.com\index.html　　D）http//www.microsoft.com/index.html

【答案】

（1）B　　（2）D　　（3）C　　（4）B　　（5）C　　（6）A

6.4　浏览网页

1．IE 的启动

① 方法 1：单击桌面"快速启动工具栏"中的 IE 图标 。

② 方法 2：双击桌面上的 IE 快捷方式图标 。

③ 方法 3：单击"开始"菜单，选择"Internet Explorer"。

2．IE 窗口

IE 窗口的组成与其他应用窗口类似，都有标题栏、菜单栏、工具栏等。下面简要说明其特殊的组成。

地址栏,输入要浏览的 Web 页的地址

Web 页的内容

状态栏

Windows 标记中的旗帜静止时,表示此时浏览器没有传输任何信息;当它动态显示时,表示浏览器窗口正在下载页面

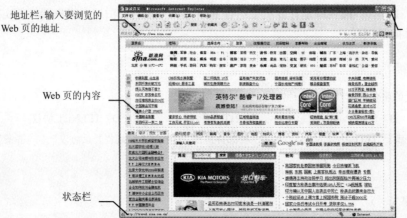

图 6-1　IE 窗口

（1）地址栏

用鼠标单击地址下拉列表框中，并输入要浏览的 Web 页的地址（即 URL）后，按<Enter>键或单击地址栏后的图标 ，可浏览 URL 对应的页面。

（2）Web 页面内容区域

浏览器窗口是显示 Web 页面内容的地方。在这个区域中，有许多带下划线的蓝色字体，通常表示链接，单击该链接可以跳转到相应的页面。

（3）状态栏

浏览器下载页面时，状态栏显示所要浏览 Web 页的地址和相应下载的信息，进度条 表

示已经下载完成的比例。

3. 页面浏览

（1）输入 Web 地址

单击地址栏，就可以输入 Web 地址。

用户不用输入像"http://"、"ftp://"这样的协议开始部分，IE 会自动补上。

IE 会记忆用户输入的地址，再次输入时，只需输入开始的几个字符，IE 就会检查保存过的地址并把其开始几个字符与用户输入的字符相符合的地址罗列出来，从中选择即可，如图 6-2 所示。

图 6-2　页面地址 URL 的输入

（2）浏览页面

Web 站点的第一页称为主页或首页，主页上通常都设有类似目录一样的网站索引，表述网站设有哪些主要栏目、近期要闻或改动等。

网页上有很多链接，它们或显现不同的颜色，或有下划线，或是图片，最明显的标志是当鼠标光标移到其上时，光标会变成一只小手。单击链接就可以从一个页面转到另一个页面，再单击新页面中的链接又能转到其他页面。

如果需要返回前面曾经浏览过的页面，可使用"标准按钮"工具栏中的"主页"、"后退"、"前进"按钮浏览最近访问过的页面。

① 单击"主页"按钮返回启动 IE 时默认显示的 Web 页。

② 单击"后退"按钮返回到上次访问过的 Web 页。

③ 单击"前进"按钮可以返回单击"后退"按钮前看过的 Web 页。

④ "后退"和"前进"按钮右边的下拉按钮，可打开下拉列表，列出最近浏览过的页面，单击选定的页面，就可以直接转到该页面。

⑤ 单击"停止"按钮，终止当前的链接的继续下载的页面文件。

⑥ 单击"刷新"按钮，重新传送该页面的内容。

（3）保存 Web 页

① 打开要保存的 Web 页面。

② 单击"文件"→"另存为"命令，打开"另存为"对话框。

③ 选择要保存文件的盘符和文件夹。

④ 在文件名框内输入文件名。

⑤ 在保存类型框中，根据需要可以从"Web 页，全部"、"Web 页，仅 HTML"、"文本文件"3 类中选择一种。文本文件节省存储空间，但只能保存文字信息，不能保存图片等多媒体信息。

⑥ 单击"保存"按钮保存。

有时候要保存网页上的部分信息，可按如下方法操作：

① 选定想要保存的页面文字。

② 按下<Ctrl+C>快捷键。

③ 打开空白的 Word 文档或记事本，按快捷键<Ctrl+V>将剪贴板中的内容粘贴到文档中。

④ 给定文件名和指定保存位置，保存文档。

要保存图片、音频等文件，具体步骤如下：

① 在图片上单击鼠标右键。

② 选择"图片另存为"，单击打开"保存图片"对话框。

③ 在对话框内选择要保存的路径，输入图片的名称。

④ 单击"保存"按钮。

4. 信息搜索

在因特网上搜索自己需要的有用信息，最常用的方法是利用搜索引擎。国内外有不少好的搜索引擎，如国内的百度（www.baidu.com）、搜狐提供的搜狗（www.sogou.com）等，国外的有谷歌（www.google.com）等。

典型题解

【例 6-6】打开文件夹中的"数码相机"网页，将相机图片保存为"佳能.jpg"。

【解析】具体步骤如下：

① 双击保存的"数码相机"网页，如图 6-3 所示。鼠标右键单击相机图片，选择"图片另存为"命令。

② 在"保存网页"对话框中，选择图片存储的位置，并输入文件名，如图 6-4 所示。单击"保存"按钮。

图 6-3　另存图片

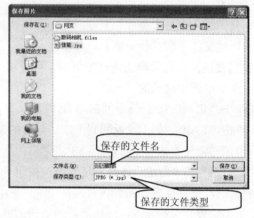

图 6-4　保存图片

【例 6-7】在 google 网站中，搜索有关"百分网上机考试习题集 3 级 C"的信息，将百分网的网站首页地址保存到 baifen.txt 文件中。

【解析】具体步骤如下：

① 启动 IE，在地址栏输入"百分网 上机考试习题集 3 级 C"，如图 6-5 所示。按<Enter>键。

② 出现有关的搜索信息，如图 6-6 所示，单击需要的链接，进入百分网网站。

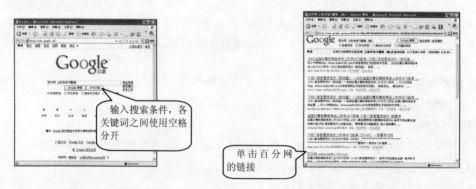

图 6-5　Google 网站　　　　　　　　　　　图 6-6　搜索到的结果

③ 在地址栏，选择百分网网站的地址，按快捷键<Ctrl+C>复制，如图 6-7 所示。

④ 选择"开始"→"程序"→"附件"→"记事本"命令，打开记事本。按快捷键<Ctrl+V>将网址内容粘贴到这里，如图 6-8 所示。

图 6-7　复制网址　　　　　　　　　　　　　图 6-8　粘贴网址

⑤ 选择"文件"→"另存为"命令，出现"另存为"对话框。如图 6-9 所示。

图 6-9　另存文件

⑥ 选择保存的位置，输入文件名"百分网.txt"。单击"保存"按钮。

强化训练

（1）某模拟网站的主页地址是：http://localhost/djks/index.htm，打开此主页，浏览"中国地理"页面，将该页面内容以文本文件的格式保存到考生目录下，命名为"zgdl.txt"。

（2）某模拟网站的主页地址是：http://localhost/djks/index.htm，打开此主页，浏览"航空知识"页面，并将该页面内容以文本文件的格式保存到指定的文件夹下，命名为"j10.txt"。

（3）某模拟网站的主页地址是：http://localhost/djks/index.htm，打开此主页，浏览"天文小知识"页面，查找"水星"页面内容，并将它以文本文件的格式保存到考生目录下，命名为"shuixing.txt"。

【答案】

（1）打开 IE 浏览器，在地址栏中输入"http://localhost/djks/index.htm"，按<Enter>键。单击打开"中国地理"链接，单击"文件"→"另存为"命令，找到考生目录，"保存类型"选择"文本文件"，"文件名"输入"zgdl.txt"，单击"保存"按钮。

（2）打开 IE 浏览器，在地址栏中输入"http://localhost/djks/index.htm"，按<Enter>键。单击打开"航空知识"链接，单击"文件"→"另存为"命令，找到考生目录，"保存类型"选择"文本文件"，"文件名"输入"j10.txt"，单击"保存"按钮。

（3）打开 IE 浏览器，在地址栏中输入"http://localhost/djks/index.htm"，按<Enter>键。单击打开"天文小知识"链接。单击"编辑"→"查找"命令，输入"水星"，单击"保存"按钮。单击打开"水星"链接，单击"文件"→"另存为"命令，找到考生目录，"保存类型"选择"文本文件"，"文件名"输入"shuixing.txt"，单击"保存"按钮。

6.5　电子邮件

1. 电子邮件概要

（1）电子邮件地址的格式

使用因特网上的电子邮件系统的用户首先要有一个电子信箱，每个电子信箱应有一个唯一可识别的电子邮件地址。电子邮件地址的格式是：

<用户标识>@<主机域名>

（2）电子邮件的格式

电子邮件都有两个基本部分：信头和信体。信头相当于信封，信体相当于信件内容。信头中通常包括如下几项。

① 收件人：收件人的 E-mail 地址。多个收件人地址之间用分号（;）隔开。

② 抄送：表示同时可接到此信的其他人的 E-mail 地址。

③ 主题：类似一本书的章节标题，它概括描述信件内容的主题，可以是一句话或一个词。

信体就是希望收件人看到的正文内容，有时还可以包含有附件。

2. Outlook Express 的使用

收发电子邮件必须有电子邮件客户端软件的支持。Outlook Express 是常用的收发电子邮件的软件。

（1）撰写和发送邮件

① 启动 Outlook Express。

② 单击工具栏中的"创建邮件"按钮，打开撰写新邮件窗口。窗口上半部为信头，下半部为信体。填写各项如收件人、抄送和主题。

③ 将插入点移到信体部分，输入邮件内容。

④ 单击工具栏中的"发送"按钮，发送邮件。

（2）在邮件中插入附件

① 单击工具栏中的"附件"按钮，或单击"插入"菜单中的"文件附件"命令，打开"插入附件"对话框。

② 在对话框中选择要插入的文件，然后单击"附件"按钮。

③ 在新撰写的邮件"附件"框中会出现所附加的文件名。

（3）接收和阅读邮件

一般情况下，先连接 Internet，然后启动 Outlook Express。单击工具栏中的"发送/接收"按钮，查看是否有电子邮件。此时，会出现一个邮件发送和接收对话框，当下载完信件后，就可以阅读了。

阅读邮件的操作如下：

① 单击 Outlook Express 窗口左侧的"收件箱"按钮，便出现一个预览邮件窗口，如图 6-10 所示。右侧窗口上半部窗格为邮件列表区，下半部窗格为邮件浏览区。当在邮件列表中选择一个邮件并单击，该邮件内容便显示在邮件浏览区中。

② 如果要仔细阅读某个邮件，可双击列表区中的该邮件，此时，将弹出"阅读邮件"窗口。

③ 阅读完一封邮件后，可直接单击"关闭"按钮，关闭"阅读邮件"窗口。

（4）阅读和保存附件

如果邮件含有附件，打开邮件后，可以看到有"附件"栏，双击可打开，如图 6-11 所示。

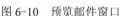
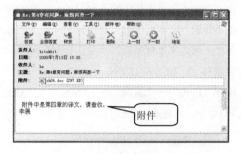

图 6-10　预览邮件窗口　　　　　　　　　　图 6-11　附件

如果要保存附件，可鼠标右键单击，选择"另存为"命令或"全部保存"，打开"附件另存为"对话框，指定文件夹，单击"保存"按钮。

（5）复信邮件

在阅读邮件窗口，单击工具栏中的"答复"或"全部答复"按钮弹出复信窗口，在该窗口中发件人和收件人的地址已由系统自动填好，邮件的内容也显示出来，便于引用原语句，输入邮件内容后单击"发送"按钮即可。

（6）转发邮件

如果要想让更多的人也阅读自己收到的邮件。具体操作如下：

① 直接在邮件阅读窗口单击"转发"按钮；对于收件箱中的邮件，可先选中邮件，然后单击"转发"按钮，之后，进入转发邮件窗口。

② 填写收件人地址，如果要转发多人，多个地址之间用逗号隔开。

③ 还可以在转发的邮件之下添加附加信息。最后单击"发送"按钮。

典型题解

【例 6-8】下面电子邮件地址的书写格式正确的是（　　）。

A）kaoshi@sina.com　　　　　　　　　　B）kaoshi,@sina.com

C）kaoshi@,sina.com　　　　　　　　　　D）kaoshisina.com

【解析】电子邮件地址格式是为<用户标识>@<主机域名>。选项 B 和 C 分别在账户名和服务器名中插入了逗号，是错误的。选项 D 中没有符号"@"是错误的。因此本题的答案为 A。

【例 6-9】向部门经理王强发送一个电子邮件，并将指定文件夹下的一个 Word 文档 plan.doc 作为附件一起发出，同时抄送总经理柳扬先生。

具体内容如下：

【收件人】wangq@bj163.com

【抄送】liuy@263.net.cn

【主题】工作计划

【函件内容】发去全年工作计划草案，请审阅。具体计划见附件。

【注意】"格式"菜单中的"编码"命令中用"简体中文（GB2312）"项。邮件发送格式为"多信息文本

（HTML）"。

【解析】具体步骤如下：

① 启动 Outlook Express。

② 单击工具栏中的"创建邮件"按钮。

③ 在"收件人"文本框中输入部门经理王强的邮箱地址。

④ 在"抄送"文本框中输入总经理柳扬先生的邮箱地址。

⑤ 在"主题"文本框中输入"工作计划"。在信体部分输入邮件内容"发去全年工作计划草案，请审阅。具体计划见附件。"，如图 6-12 所示。

⑥ 执行"格式"→"编码"→"简体中文（GB2312）"命令。单击"格式"下拉菜单中的"多信息文本（HTML）"命令，如图 6-13 所示。

图 6-12　填写邮件内容

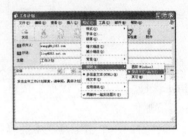
图 6-13　选择编码

⑦ 单击工具栏中的"附件"按钮，找到指定文件夹下的 Word 文档 plan.doc，如图 6-14 所示。选择"附件"按钮，结果如图 6-15 所示。

图 6-14　选择附件

图 6-15　插入附件

⑧ 单击工具栏中的"发送"按钮。

强化训练

（1）某主机的电子邮件地址为：cat@public.mba.net.cn，其中 cat 代表（　　）。

　　A）用户名　　　　　B）网络地址　　　　　C）域名　　　　　D）主机名

（2）下列用户 XUEJY 的电子邮件地址中，正确的一个是（　　）。

　　A）XUEJY　@bj163.com　　　　　　　B）XUEJY&bj163.com

　　C）XUEJY#bj163.com　　　　　　　　D）XUEJY@bj163.com

（3）向课题组成员小王和小李分别发 E-mail，具体内容为"定于本星期三上午在会议室开课题讨论会，请准时出席"，主题填写"通知"。

　　这两位的电子邮件地址分别为：wangwb@mail.jmdx.edu.cn 和 ligf@home.com。

　　【注意】"格式"菜单中的"编码"命令中用"简体中文（GB2312）"项。

（4）接收并阅读由 xuexq@mail.neea.edu.cn 发来的 E-mail，并立即答复，答复内容是"您所要索取的资料已用快递寄出。"

　　【注意】"格式"菜单中的"编码"命令中用"简体中文（GB2312）"项。

（5）接收并阅读由 exinxq@mail.neea.edu.cn 发来的 E-mail，将邮件保存在 D:盘。

（6）向指导老师李老师发一个 E-mail，并将指定文件夹下的文本文件 lunwen.txt 作为附件一起发出。

　　具体内容如下：

　　【收件人】Lifr@mail.beihang.com

　　【主题】论文初稿

　　【函件内容】"李老师：毕业论文初稿已完成，请审阅。"

　　【注意】"格式"菜单中的"编码"命令中用"简体中文（GB2312）"项。邮件发送格式为"多信息文本（HTML）"。

【答案】

（1）A　　　　　　　　　　（2）D

（3）启动 Outlook Express，单击"创建邮件"按钮。"收件人"输入"wangwb@mail.jmdx.edu.cn"，"抄送"输入"ligf@home.com"，"主题"输入"通知"，输入邮件内容，单击"发送"按钮。

（4）启动 Outlook Express，单击"发送/接收"按钮。双击邮件列表中的 xuexq@mail.neea.edu.cn 发来的邮件，单击"答复"按钮，输入答复邮件内容，单击"发送"按钮。

（5）启动 Outlook Express，单击"发送/接收"按钮。双击邮件列表中的 exinxq@mail.neea.edu.cn 发来的邮件打开它。单击"文件"→"另存为"命令，保存位置选择 D:盘。

（6）启动 Outlook Express，单击"创建邮件"按钮。"收件人"输入"Lifr@mail.beihang.com"，"主题"输入"论文初稿"，输入邮件内容，单击工具栏中的"附件"按钮，选择附件"lunwen.txt"，单击"附件"按钮，单击"发送"按钮。

第7章 全真模拟试卷及解析

第1套全真模拟试卷

(考试时间 90 分钟，满分 100 分)

一、选择题（每小题 1 分，共 20 分）

下列各题 A)、B)、C)、D) 四个选项中，只有一个选项是正确的，请将正确选项涂写在答题卡相应的位置上，答在试卷上不得分。

(1) 第一台计算机是 1946 年在美国研制的，该机的英文缩写是（　）。

    A) EDVAC   B) ENIAC   C) EDSAC   D) MARK-II

(2) 第二代电子计算机使用的电子器件是（　）。

    A) 电子管   B) 晶体管   C) 集成电路   D) 超大规模集成电路

(3) 计算机中，所有信息的存储都采用（　）。

    A) 十进制   B) 十六进制   C) ASCII 码   D) 二进制

(4) 计算机辅助教学通常的英文缩写是（　）。

    A) CAD   B) CAE   C) CAM   D) CAI

(5) 将计算机应用于办公自动化属于计算机应用领域中的（　）。

    A) 科学计算   B) 信息处理   C) 过程控制   D) 计算机辅助工程

(6) 大写字母 A 的 ASCII 值是（　）。

    A) 64   B) 65   C) 40H   D) 96

(7) CPU、存储器和 I/O 设备是通过（　）连接起来的。

    A) 接口   B) 总线控制逻辑   C) 系统总线   D) 控制线

(8) 在下列不同进制的 4 个数中，最小的 1 个是（　）。

    A)$(11011000)_2$ B)$(75)_{10}$ C)$(36)_8$ D)$(A6)_{16}$

(9) 汉字国标码将 6763 个汉字分为一级汉字和二级汉字，国标码本质上属于（　）。

    A) 机内码   B) 拼音码   C) 交换码   D) 输出码

(10) 在 16×16 点阵字库中，存储一个汉字的字模信息需要的字节数是（　）。

    A) 8   B) 16   C) 32   D) 64

(11) 下列软件属于应用软件的是（　）。

    A) 操作系统   B) 服务程序   C) 数据库管理系统   D) Word 字处理软件

(12) 在存储容量中，1MB 的容量等于（　）。

    A) 10KB   B) 1000KB   C) 1000×1000B   D) 1024×1024B

(13) 存储 24×24 点阵的一个汉字信息，需要的字节数是（　）。

　　A）48　　　　　　B）72　　　　　　C）144　　　　　　D）192

（14）组成中央处理器（CPU）的主要部件是（　）。

　　A）控制器和内存　B）运算器和内存　　　C）控制器和寄存器　　D）运算器和控制器

（15）下列叙述中，正确的选项是（　）。

　　A）用高级语言编写的程序称为源程序

　　B）计算机直接识别并执行的是汇编语言编写的程序

　　C）机器语言编写的程序需编译和链接后才能执行

　　D）机器语言编写的程序具有良好的可移植性

（16）下面选项中，不属于微型计算机性能指标的是（　）。

　　A）字长　　　　　B）存取周期　　　　C）主频　　　　　　D）硬盘容量

（17）计算机病毒可以使整个计算机瘫痪，危害极大。计算机病毒是（　）。

　　A）一条命令　　　B）一段特殊的程序　C）一种生物病毒　　D）一种芯片

（18）将发送端数字脉冲信号转换成模拟信号的过程称为（　）。

　　A）链路传输　　　B）调制　　　　　　C）解调　　　　　　D）数字信道传输

（19）实现局域网与广域网互联的主要设备是（　）。

　　A）交换机　　　　B）集线器　　　　　C）网桥　　　　　　D）路由器

（20）所有与 Internet 相连接的计算机都必须遵守一个共同协议，即（　）。

　　A）http　　　　　B）IEEE 802.11　　　C）TCP / IP　　　　D）IPX

二、Windows 基本操作题（10 分）

1. 将文件夹下 YONG 文件夹中的文件 WORK.FOR 复制到文件夹下 YEAR 文件夹中。

2. 将文件夹下 SPORT 文件夹中的文件夹 BANK 设置为只读和存档属性。

3. 将文件夹下 BOERU 文件夹中的文件 WARREN.BAK 移动到文件夹下 ASIA 文件夹中，并将该文件改名为 WARRY.BAS。

4. 将文件夹下 CRAFT 文件夹中的文件 THIRTY.NEW 删除。

5. 在文件夹下 WAIF 文件夹中建立一个新文件夹 POPE。

三、文字录入（10 分）

　　如果你一直喜欢在洗脸的时候用力按摩，生怕洗不干净，那么你的肌肤很可能已经出现了松弛并受损。事实上，过度揉搓皮肤不仅不会清洁皮肤，还会给肌肤带来损伤。选对了洁面产品，还需要配合正确的手法来清洁皮肤，搓出丰富泡沫的洁面产品可以多清除脸上 70%的污垢，丰富的泡沫可以溶解毛孔内的油脂，所以在洁面时对你的皮肤温柔些，再温柔些。

四、Word 操作题（25 分）

1. 输入下列文字，并设置为楷体_GB2312，以 WD09A.DOC 为文件名保存在指定文件夹下。

　　随着计算机技术的发展与普及，计算机已经成为各行各业最基本的工具之一，而且正迅速进入千家万户，有人还把它称为"第二文化"。

2. 将上面的内容复制 5 次，每次复制的内容各成一个段落，字体全部设置为仿宋_GB2312，字号设置为四号，并以 WD09B.DOC 为文件名保存在指定文件夹下。

3. 将 WD09B.DOC 文件内容复制到一个新文件中，对每一个段落设置项目符号"◆"，并将其以 WD09C.DOC 为文件名保存在指定文件夹下。

4. 按照下列 2 行 4 列表格设计一个相同的表格，各列宽度是 3cm，字体设置成 Times New Roman，字号设置成五号，字体格式设置成粗体加斜体，并以 WD09D.DOC 为文件名保存在指定文件夹下。

| *11* | *12* | *13* | *14* |
| *21* | *22* | *23* | *24* |

5. 复制上述内容，将复制的表格增加一行，变成如下 3 行 4 列、各列宽度改为 2cm 的表格，并按表格中所示的内容在新增行的单元格中输入数字。将整个表格的字体设置成黑体，字号设置成四号，字体格式及缩放不需设置，并以 WD09E.DOC 为文件名保存在指定文件夹下。

11	12	13	14
21	22	23	24
31	32	33	34

五、Excel 操作题（15 分）

1. 在考生文件夹下打开"销售.XLS"文件，要求如下：（1）将 sheet1 工作表的 A1：J1 单元格合并为一个单元格，内容水平居中；计算销售量总计（置 J3 单元格内），计算"所占比例"行（百分比类型，保留小数点后两位）和"地区排名"行的内容（利用 RANK 函数，升序排列）；利用条件格式将 B5:I5 区域内排名前 3 位的字体颜色设置为蓝色。（2）选取"地区"行（A2:I2）和"所占比例"行（A4:I4）数据区域的内容建立"分离型三维饼图"(系列产生在"行")，标题为"数码相机销售情况统计"，图例位置靠左；将图插入到表 A8:F18 单元格区域，工作表命名为"销售情况统计表"，原名保存文件。

2. 打开文件"图书销售.XLS"，对数据清单的内容按主要关键字"出版部门"的递增次序和次要关键字"月份"的递增次序排序，完成对各编辑室销售额总计的分类汇总，汇总结果显示在数据下方，工作表名不变，原名保存工作簿。

六、PowerPoint 操作题（10 分）

打开指定文件夹下的演示文稿"教学内容.ppt"（如下图），按下列要求完成对此文稿的修饰并保存。

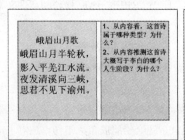

1. 插入一张新幻灯片；新插入的幻灯片作为第一张幻灯片；版式为"只有标题"；标题输入"李杜诗 5 首"；文字设置为蓝色（利用自定义标签，红色 0，绿色 0，蓝色 255），隶书，80 磅；第 2 张幻灯片版式更改为"垂直排列标题和文本"；在第 2 张幻灯片中插入艺术字"峨眉山月歌"（第 1 行的第 2 个），定位在水平位置 2 厘米，垂直位置 1 厘米，度量依据都是左上角。将此艺术字复制到第 3 张幻灯片的相同位置。删除最后一张幻灯片。

2. 使用"古瓶荷花.pot"演示文稿设计模板修饰全文；幻灯片切换效果设置为"从左下抽出"。

七、网络应用题（10 分）

某模拟网站的主页地址是：http://localhost/index.htm，打开此主页，浏览"关于 NCRE 与高等教育自学考试课程衔接的通知"的页面内容，将该页以文本文档的格式保存到考生文件夹下，命名为 news.txt。在主页中查找"全国等级考试查分数电话和网址"内容。

第1套全真模拟试卷答案及解析

一、选择题

(1)【答案】B【解析】1946 年，第一台计算机 ENIAC（Electronic Numerical Integrator And Calculator，电子数字积分计算机）在美国诞生。故正确答案为 B。

(2)【答案】B【解析】第二代电子计算机使用的电子器件是晶体管。本题的答案为 B。

(3)【答案】D【解析】在计算机内部，程序和数据都采用二进制存储。因此本题的答案为 D。

(4)【答案】D【解析】计算机辅助教学通常的英文缩写是 CAI（Computer Assisted Instruction），因此本题的答案为 D。

(5)【答案】B【解析】将计算机应用于办公，主要是对各种形式的信息进行收集、存储、加工、分析和传送，即进行信息处理，因此本题的答案为 B。

(6)【答案】B【解析】A 字符的编码是 1000001，对应的十进制数是 65。因此本题的答案为 B。

(7)【答案】C【解析】计算机的总线是计算机传输指令、数据和地址的线路，是计算机各部件联系的桥梁。一般来说，按照连接部件的不同，总线可分为内部总线和系统总线两类。内部总线是同一部件（如 CPU）内部控制器、运算器和各个寄存器之间连接的总线。系统总线是计算机内部部件（如 CPU、内存和 I/O 接口）接口之间相互连接的总线。因此本题的答案为 C。

(8)【答案】C【解析】将 4 个数都转换成十进制，A 为 216，C 为 30，D 为 166，这样很容易就能知道本题答案为 C。

(9)【答案】C【解析】汉字信息交换码即国标码，是用于汉字信息处理系统之间或者与通信系统进行信息交换的汉字代码。因此本题的答案为 C。

(10)【答案】C【解析】16×16 为 256，即一个汉字的字形码需要用 256 位二进制来表示，而 8 位二进制组成一个字节，可见一个 16×16 点阵的字形码需要 16×16/8=32 字节的存储空间。因此，正确答案为 C。

(11)【答案】D【解析】系统软件包括：操作系统、语言处理系统、服务程序和数据库管理系统，而 Word 字处理软件属于应用软件，因此本题的答案为 D。

(12)【答案】D【解析】1 字节等于 8 位，1KB=1024B，1MB=1024KB，即 1MB=1024×1024B。故本题答案为 D。

(13)【答案】B【解析】1 个 24×24 点阵的汉字字模需要 24×24/8=72 字节存储空间。本题正确答案为选项 B。

(14)【答案】D【解析】中央处理器主要包括运算器和控制器两大部件，故本题答案选择 D。

(15)【答案】A【解析】对机器来讲，汇编语言是无法直接执行的，必须用汇编语言将程序翻译成机器语言程序才能执行，选项 B 错误。机器语言是计算机硬件系统真正能理解和执行的惟一语言，它的效率最高，执行速度最快，且无需"翻译"，所以选项 C 错误；机器语言完全针对特定的机器，可移植性差，选项 D 错误。选项 A 的说法正确，为本题答案。

(16)【答案】D【解析】微机的性能指标主要包括字长、主频、运算速度、存储容量、存取周期等，故正确答案为 D。

(17)【答案】B【解析】计算机病毒是一组能破坏计算机功能或数据，影响计算机使用并且能够自我复制的程序。故正确答案为 B。

(18)【答案】B【解析】将发送端数字脉冲信号转换成模拟信号的过程称为调制，本题正确答案为选项 B。

(19)【答案】D【解析】路由器是实现局域网与广域网互联的主要设备。故正确答案为 D。

(20)【答案】C【解析】所有与 Internet 相连接的计算机都必须遵守 TCP/IP 协议，因特网通过 TCP/IP 协议控制各网络之间的数据传输，故正确答案为 C。

二、Windows 基本操作题

1. 【答案】启动资源管理器。打开 YONG 文件夹，鼠标右键单击文件 WORK.FOR，选择"复制"命令，打开 YEAR 文件夹，在空白处右击，选择"粘贴"命令。

2. 【答案】启动资源管理器。打开 SPORT 文件夹，鼠标右键单击文件夹 BANK，选择"属性"选项，选中"只读"复选框，单击"高级"按钮，选中"可以存档文件夹"复选框。两次单击"确定"按钮。

3. 【答案】启动资源管理器。打开 BOERU 文件夹，鼠标右键单击文件 WARREN.BAK，选择"剪切"命令，打开 ASIA 文件夹，在空白处鼠标右键单击，选择"粘贴"命令。鼠标右键单击该文件，选择"重命名"命令，输入名称 WARRY.BAS 并回车。

4. 【答案】启动资源管理器。打开 CRAFT 文件夹，选中文件 THIRTY.NEW，按<Delete>键，单击"是"确认删除。

5. 【答案】启动资源管理器。打开 WAIF 文件夹，在空白处鼠标右键单击，选择"新建"|"文件夹"命令，输入名称 POPE 并按<Enter>键。

三、文字录入

【答案】略

四、Word 操作题

1. 【答案】按快捷键<Ctrl+N>新建文档，输入文字，选中文字，在"格式"工具栏的"字体"下拉列表中选择"楷体_GB2312"。单击"保存"按钮，在"另存为"对话框中选择指定文件夹，输入文件名为 WD09A.doc。

2. 【答案】选中 WD09A.doc 文档中的内容，按快捷键<Ctrl+C>复制所选内容，按快捷键<Ctrl+N>新建文档，按快捷键<Ctrl+V>5 次，粘贴复制的内容，且各成一个段落。按快捷键<Ctrl+A>选中全部内容，在"格式"工具栏的"字体"下拉列表中选择"仿宋_GB2312"，在"字号"下拉列表中选择"四号"。单击"保存"按钮，在"另存为"对话框中选择指定文件夹，输入文件名为 WD09B.doc。

3. 【答案】选中 WD09B.doc 文档中的内容，按快捷键<Ctrl+C>，按快捷键<Ctrl+N>新建文档，按快捷键<Ctrl+V>。按快捷键<Ctrl+A>选中全部内容，选择"格式"|"项目符号和编号"命令，在"项目符号和编号"对话框中选择项目符号"◆"，单击"确定"按钮。单击"保存"按钮，在"另存为"对话框中选择指定文件夹，输入文件名为 WD09C.doc。

4. 【答案】按快捷键<Ctrl+N>新建文档，选择"表格"|"插入"|"表格"命令，在"插入表格"对话框中的"列数"文本框中输入 4，在"行数"文本框中输入 2，在"固定列宽"设置为"3 厘米"，单击"确定"按钮。在表格中输入数字。全选表格，在"格式"工具栏的"字体"下拉列表中选择 Times New Roman，在"字号"下拉列表中选择"五号"，单击"加粗"按钮和"倾斜"按钮。单击"保存"按钮。在"另存为"对话框中选择指定文件夹，输入文件名为 WD09D.doc。

5. 【答案】选中 WD09D.doc 文档中的表格，按快捷键<Ctrl+C>复制表格，按快捷键<Ctrl+N>新建文档，按快捷键<Ctrl+V>粘贴表格。选中表格的第二行，选择"表格"|"插入"|"行（在下方）"命令，使表格变为 3 行 4 列。选中表格再右击，选择"表格属性"项，在"表格属性"对话框的"列"选项卡中设置"指定宽度"为 2 厘米。在新增行中输入数字。选中表格，在"格式"工具栏中设置字体为"黑体"，字号为"四号"，单击"加粗"按钮和"倾斜"按钮，使其弹起。单击"保存"按钮，在"另存为"对话框中选择指定文件夹，输入文件名为 WD09E.doc。

五、Excel 操作题

1. 【答案】（1）打开工作簿文件。选择 A1：J1 单元格，单击"合并及居中"按钮。选择 J4 单元格，单击"自动求和"按钮并按<Enter>键；选择 B4 单元格，输入"= B3 / $J$3"并按<Enter>键，拖动单元格 B4 的填充柄到单元格 I4。选中 B4:I4，右键单击，选择"设置单元格格式"，选择类别为"百分比"，小数位为 2，

单击"确定"按钮。在 B5 单元格中输入=RANK(B3,$B$3:$I$3),将此公式复制到 C5:I5。选中 B5:I5,选择"格式"|"条件格式",输入条件为"单元格数值"、"小于或等于 3",格式设置为蓝色。(2)选择"地区"行(A2:I2)和"所占比例"行(A4:I4),选择图表向导按钮,选择"饼图"、"分离型三维饼图",单击"下一步",单击"下一步",标题输入"数码相机销售情况统计",选择"图例"选项卡,选择"靠左",单击"完成"。调整图表大小,移动到 A8:F18。双击工作表名称,改成"销售情况统计表"。

2.【答案】打开文件。选择"格式"|"排序",主要关键字选择"出版部门",次要关键字为"月份",都是升序,单击"确定"按钮。选择"数据"|"分类汇总",分类字段选择"出版部门",汇总方式选择"求和",选定汇总项选择"销售额(元)",单击"确定"按钮。单击"保存"按钮。

六、PowerPoint 操作题

1.【答案】打开演示文稿。鼠标右键单击第一张幻灯片,选择"新幻灯片",将新幻灯片拖放到第一张的位置,在幻灯片版式中选择"只有标题"。输入标题"李杜诗 5 首"。选中标题,"字体"选择"隶书",选择 80 磅,选择颜色按钮中的"其他颜色",在"自定义"标签中输入红色 0,绿色 0,蓝色 255。单击"确定"按钮。单击"第 2 张幻灯片",选择版式为"垂直排列标题与文本"。单击第 2 张幻灯片,选择"插入"|"图片"|"艺术字",选择第 1 行第 2 个,单击"确定",输入"峨眉山月歌"。单击"确定"。鼠标右键单击艺术字,选择"设置艺术字格式",水平位置设置 2 厘米,垂直位置设置 1 厘米,度量依据都是左上角。单击"确定"按钮。鼠标右键单击艺术字,选择"复制"。鼠标右键单击第 3 张幻灯片,选择"粘贴"。单击最后一张幻灯片,按 Del 键。

2.【答案】在幻灯片中右击,选择"幻灯片设计"命令,选择"古瓶荷花.pot",单击任务窗格标题栏,选择"幻灯片切换",选择"从左下抽出"选项,单击"应用于所有幻灯片"按钮。按<Ctrl+S>键。

七、网络应用题

【答案】打开 IE 浏览器,在地址栏中输入主页地址,按<Enter>键;单击"关于 NCRE 与高等教育自学考试课程衔接的通知"文本链接;选择"文件"|"另存为"命令,在"保存在"文本框中指定保存文件的文件夹,在"保存类型"中选择"文本文件"类型,在"文件名"文本框中输入名称为 news.txt。在 IE 浏览器中选择的"编辑"|"查找(在当前页)"命令,在"查找"对话框中的"查找内容"文本框中输入"全国等级考试查分数电话和网址",单击"查找下一个"按钮。

第 2 套全真模拟试卷

（考试时间 90 分钟，满分 100 分）

一、选择题（每小题 1 分，共 20 分）

下列各题 A)、B)、C)、D) 四个选项中，只有一个选项是正确的，请将正确选项涂写在答题卡相应的位置上，答在试卷上不得分。

(1) 通常人们说的一个完整的计算机系统应包括（　）。
  A）运算器、存储器和控制器　　　　B）计算机和它的外围设备
  C）系统软件和应用软件　　　　　　D）计算机的硬件系统和软件系统

(2) 目前，制造计算机所用的电子器件是（　）。
  A）电子管　　　B）晶体管　　　C）集成电路　　　D）超大规模集成电路

(3) 显示或打印汉字时，系统使用的输出码为汉字的（　）。
  A）机内码　　　B）字形码　　　C）输入码　　　D）国际交换码

(4) 按照使用范围分类，飞机的自动驾驶仪属于（　）。

A）通用计算机　　　B）专用计算机　　　C）数字计算机　　　D）模拟计算机

（5）十进制数 256 的按权展开为（　）。

A）$2×10^2+5×10^1+6×10^0$

B）$2×10^3+5×10^2+6×10^1$

C）$2×10^1+5×10^2+6×10^3$

D）$2×10^0+5×10^1+6×10^2$

（6）在微型计算机中，应用最普遍的字符编码是（　）。

A）ASCII 码　　　B）BCD 码　　　C）汉字编码　　　D）补码

（7）描述汉字字形的方法主要有哪两种？（　）

A）点阵字形和轮廓字形　　　　　　B）轮廓字形和矢量字形

C）通用型和精密型　　　　　　　　D）宋体和楷体

（8）十进制数 170 转换为无符号二进制数是（　）。

A）10101001　　　B）10111010　　　C）10011010　　　D）10101010

（9）下列选项中，不是微机总线的是（　）。

A）地址总线　　　B）通信总线　　　C）数据总线　　　D）控制总线

（10）冯·诺依曼计算机工作原理的设计思想是（　）。

A）程序设计　　　B）程序存储　　　C）程序编制　　　D）算法设计

（11）一般计算机硬件系统的主要组成部件有 5 大部分，下列选项中不属于这 5 大部分的是（　）。

A）运算器　　　B）软件　　　C）输入设备和输出设备　　D）控制器

（12）操作系统是计算机系统中的（　）。

A）核心系统软件　　　　　　　　　B）关键的硬件部件

C）广泛使用的应用软件　　　　　　D）外部设备

（13）下列叙述中，正确的是（　）。

A）CPU 由存储器和控制器组成　　　B）CPU 主要用来存储程序和数据

C）CPU 能直接读取内存上的数据　　D）CPU 能直接读取硬盘中的数据

（14）计算机系统软件的核心是（　）。

A）语言编译系统　　　　　　　　　B）操作系统

C）数据库管理系统　　　　　　　　D）文字处理系统

（15）计算机进行数据存储的基本单位是（　）。

A）二进制位　　　B）字节　　　C）字　　　D）字长

（16）下列各组设备中，完全属于外部设备的一组是（　）。

A）CPU、硬盘和打印机　　　　　　B）CPU、内存和驱动器

C）内存、显示器和键盘　　　　　　D）硬盘、软驱和键盘

（17）以下哪个现象肯定与计算机病毒无关？

A）磁盘的卷标名、文件建立日期、时间和长度发生了变化

B）内存空间变小，程序运行不正常或得出不合理的结果

C）喇叭出现异常声响，发出蜂鸣声、尖叫、长鸣等

D）显示器发热量过大

（18）IP 协议是对每个信息包都赋予一个地址，在 Internet 上，计算机（　）发送。

A）选择固定的路径　　　　　　　　B）根据线路闲忙，选择不同的路径

C）随机选择一个线路　　　　　　　D）选择一个不忙的路径

（19）在一个计算机机房内要实现所有的计算机联网，一般应选择（　）。

A）GAN   B）MAN   C）LAN   D）WAN

（20）计算机网络分为局域网、城域网和广域网，其划分的依据是（　　）。

    A）数据传输所使用的介质   B）网络覆盖的地理范围

    C）网络的控制方式   D）网络的拓扑结构

二、Windows 基本操作题（10 分）

1. 将文件夹下 SKIP 文件夹中的文件夹 GAP 复制到文件夹下的 EDOS 文件夹中，并将文件夹改名为 GUN。

2. 将文件夹下 GOLDEER 文件夹中的文件 DOSZIP.OLD 的只读和存档属性撤销。

3. 在文件夹下 YELLOW 文件夹中建立一个名为 GREEN 的新文件夹。

4. 将文件夹下 ACCES\POWER 文件夹中的文件 NKCC.FOR 移动到文件夹下 NEXON 文件夹中。

5. 将文件夹下的 BLUE 文件夹删除。

三、文字录入（10 分）

    HyperTransport 技术的基础是由数据路径、控制信号和时钟信号组成的双点对点单向链路。每一条数据路径都可以是 2 到 32 位宽，标准总线宽度是 2、4、8、16 和 32 位。命令、地址和数据共用数据路径。链路由数据路径、控制信号和一或多个时钟信号组成。基于完整的 HyperTransport 技术系统由处理器、总线和 I/O 组成。HyperTransport 最突出的技术特点在于其 6.4GB/s 的高速传输速度。

四、Word 操作题（25 分）

1. 在指定文件夹下打开文档 WDA011.DOC，其内容如下：

【文档开始】

    声明科学是中国发展的机遇

    新华网北京 10 月 28 日电　在可预见的未来，信息技术和声明科学将是世界科技中最活跃的两个领域，两者在未来有交叉融合的趋势。两者相比，方兴未艾的声明科学对于像中国这样的发展中国家而言机遇更大一些。这是正在这里访问的英国《自然》杂志主编菲利普·坎贝尔博士在接受新华社记者采访时说的话。

    坎贝尔博士就世界科技发展趋势发表看法说，从更广的视野看，声明科学处于刚刚起步阶段，人类基因组图谱刚刚绘制成功，转基因技术和克隆技术也刚刚取得实质性突破，因而在这一领域存在大量的课题，世界各国在这一领域的研究水平相差并不悬殊，这对于像中国这样有一定科研基础的发展中国家而言，意味着巨大的机遇。

    他认为，从原则上说，未来对声明科学的研究方法应当是西方科学方法与中国古代科学方法的结合，中国古代科学方法重视从宏观、整体、系统角度研究问题，其代表是中医的研究方法，这种方法值得进一步研究和学习。

【文档结束】

按照要求完成下列操作。

（1）将文中所有错词"声明科学"替换为"生命科学"；将标题段（"生命科学是中国发展的机遇"）设置为三号、仿宋_GB2312、红色、居中并加波浪线。

（2）将正文各段文字（"新华网北京……进一步研究和学习。"）设置为五号、楷体_GB2312；各段落首行缩进 0.74 厘米，行距 18 磅，段前间距 12 磅。

（3）将正文第三段（"他认为……进一步研究和学习。"）分为等宽的两栏，栏间距为 0.4 厘米，栏间加分隔线，并以原文件名保存文档。

2. 在指定文件夹下打开文档 WDA012.DOC，其内容如下：

【文档开始】

    全国部分城市天气预报

城市	天气	高温（℃）	低温（℃）
哈尔滨	阵雪	1	–7
乌鲁木齐	阴	3	–3
武汉	小雨	17	13
成都	多云	20	16
上海	小雨	19	14
海口	多云	30	24

【文档结束】

按照要求完成下列操作。

（1）将表题段（"全国部分城市天气预报"）设置为四号、蓝色、宋体；将文中后 7 行文字转换为一个 7 行 4 列的表格，并按"高温（℃）"列降序排列表格内容。

（2）设置表格列宽为 2.4 厘米，行高 16 磅，表格所有框线为红色 1 磅单实线；表格中所有文字设置为小五号、宋体，水平居中；以原文件名保存文档。

五、Excel 操作题（15 分）

1. 在考生文件夹下打开"学生成绩.XLS"文件。（1）将 sheet1 工作表的 A1：F1 单元格合并为一个单元格，内容水平居中；计算学生的"平均成绩"列的内容（保留小数点后 2 位），计算一组学生人数（置 G3 单元格内，利用 COUNTIF 函数）和一组学生平均成绩（置 G5 单元格内，利用 SUMIF 函数）；利用条件格式将 F3:F17 区域内数值大于或等于 600 的单元格图案底纹颜色设置为淡紫色。

（2）选取"学号"和"平均成绩"列内容，建立"柱形圆锥图"（系列产生在"列"），图表标题为"平均成绩统计图"，清除图例；设置图表背景墙格式图案区域颜色为浅绿；将图插入到表的 A19:F31 单元格区域内，将工作表命名为"成绩统计表"，原名保存文件。

2. 打开工作簿文件"图书销售.XLS"，对工作表"图书销售情况表"内数据清单的内容进行筛选，条件为各编辑室 1 月和 2 月、考试类和编程类图书，工作表名不变，原名保存工作簿。

六、PowerPoint 操作题（10 分）

1. 在"鉴赏分析.ppt"演示文稿中，插入一张新幻灯片，放到第一张幻灯片的位置；版式选择"标题和文本"，标题输入"梦游天姥吟留别"，副标题输入"李白"，两个标题都设置为加粗、楷体。设置副标题"李白"为超链接，链接到第 4 张幻灯片；将最后一张幻灯片的山图片，移动到第 2 张幻灯片的对应位置。在最后一张关于幻灯片的人像图片中，设置进入动画效果为"飞入"、"自左侧"、"中速"。

2. 将所有幻灯片的背景设置为"羊皮纸"，幻灯片放映方式设置为："观众自行浏览"。

七、网络应用题（10 分）

向老同学发一个邀请来参加母校 50 周年校庆的 E-mail，并抄送已退休的刘老师。

具体内容如下：

【收件人】Shuiyh@baifen100.com

【抄送】Liuwr@baifen100.com

【主题】邀请参加校庆

【邮件内容】今年 12 月 26 日是母校 50 周年校庆，邀请你来母校共同庆祝。

【注意】"格式"菜单中的"编码"命令中用"简体中文（GB2312）"项。

第 2 套全真模拟试卷答案及解析

一、选择题

(1)【答案】D【解析】通常人们说的一个完整的计算机系统应包括其硬件系统和软件系统。因此本题的答案为 D。

(2)【答案】D【解析】计算机的发展经历了 4 个阶段，第四阶段是从 1971 年至今，主机的电子器件是大规模、超大规模集成电路，本题正确答案为 D。

(3)【答案】B【解析】汉字内码是为在计算机内部对汉字进行存储、处理的汉字代码，能满足存储、处理和传输的要求。故正确答案为 B。

(4)【答案】B【解析】通用计算机适用于一般科学运算、学术研究、工程设计和数据处理等广泛用途的计算。专用计算机是为适应某种特殊应用需要而设计的计算机。飞机的自动驾驶仪是专门为了驾驶飞机而设计的，不能用于其他用途，因此它是一种专用计算机。C 选项和 D 选项不是按照使用范围来分类的。因此，本题答案为 B。

(5)【答案】A【解析】数"2"位于百位数的数位，代表 200；数"5"位于十位数的数位，因此代表 50；数"6"位于个位数的数位，代表 6。由此得到按权展开式。本题答案选择 A。

(6)【答案】A【解析】ASCII 码是美国标准信息交换码，被国际标准化组织拟定为国际标准，在微机中应用最为广泛。故正确答案为 A。

(7)【答案】A【解析】经过计算机处理的汉字信息，如果要显示或打印出来阅读，则必须将汉字内码转换成人们可读的方块汉字。输出时，根据内码在字库中查到其字形描述信息，然后显示或打印输出。描述汉字字形的主要方法包括点阵字形和轮廓字形。通用型和精密型仅仅是点阵字形中的两种。宋体和楷体仅仅是两种字体。因此，本题答案选择 A。

(8)【答案】D【解析】十进制数 170 转换为无符号二进制数是 10101010，因此本题的答案为 D。

(9)【答案】B【解析】按照信号的性质划分，总线一般分为数据总线、地址总线和控制总线。故本题答案选择 B。

(10)【答案】B【解析】冯·诺依曼在分析、总结莫奇利小组研制的 ENIAC 计算机的基础上，提出了存储程序的通用电子计算机 EDVAC 的方案，他总结并提出了以下 3 点：① 计算机的 5 个基本部件（运算器、控制器、存储器、输入设备、输出设备）；② 采用二进制；③ 存储程序控制。因此，正确答案是 B。

(11)【答案】B【解析】计算机硬件系统一般包括运算器、控制器、存储器、输入设备和输出设备等。软件属于软件系统。故正确答案为 B。

(12)【答案】A【解析】由于操作系统的功能是管理和调度计算机系统所有的资源，使其协调一致，有条不紊地工作，因此操作系统是核心的系统软件，本题的答案为 A。

(13)【答案】C【解析】CPU 是由运算器和控制器组成的，故 A 不正确；CPU 又称为中央处理器，顾名思义，它是用来处理计算机的操作和数据的，故 B 不正确；CPU 可以直接访问内存储器，不能直接访问硬盘，故 D 不正确。本题的正确答案为 C。

（14）【答案】B【解析】计算机系统软件包括操作系统、语言处理系统、系统性能检测工具和使用工具软件等，其核心是操作系统，它提供了软件运行的环境。故本题答案选择 B。

（15）【答案】B【解析】8 位二进制位组成一个字节，字节是计算机存储的基本单位。故本题答案选 B。

（16）【答案】D【解析】CPU 和内存不属于外设，故正确答案为 D。

（17）【答案】D【解析】根据计算机感染病毒的常见症状，可知答案应该选择 D。

（18）【答案】B【解析】对于各个信息包来说，达到目的地的路径有许多条。在 Internet 上，计算机可以根据线路的工作状态和忙闲情况，选择一条合适的路径，以平衡通信负载。故正确答案为 B。

（19）【答案】C【解析】在一个计算机机房内要实现所有的计算机联网，一般应选择 LAN（局域网），故正确答案为 C。

（20）【答案】B【解析】根据覆盖的地理范围，网络划分为局域网、城域网和广域网。因此本题的答案为 B。

二、Windows 基本操作题

1.【答案】启动资源管理器，打开 SKIP 文件夹，鼠标右键单击文件夹 GAP，选择"复制"命令，打开 EDOS 文件夹，在空白处右击，选择"粘贴"选项。鼠标右键单击该文件夹，选择"重命名"命令，输入名称 GUN 并按<Enter>键。

2.【答案】启动资源管理器，打开 GOLDEER 文件夹，鼠标右键单击文件 DOSZIP.OLD，选择"属性"选项，取消选中的"只读"复选框，再单击"高级"按钮，取消选中的"可以存档文件"复选框。两次单击"确定"按钮。

3.【答案】启动资源管理器，打开 YELLOW 文件夹，在空白处右击，选择"新建"|"文件夹"项，输入名称 GREEN 并回车。

4.【答案】启动资源管理器，打开 ACCES\POWER 文件夹，鼠标右键单击文件 NKCC.FOR，选择"剪切"项，打开 NEXON 文件夹，在空白处鼠标右键单击，选择"粘贴"选项。

5.【答案】启动资源管理器，选中 BLUE 文件夹，按<Delete>键。单击"是"确认删除。

三、文字录入

【答案】略

四、Word 操作题

1.【答案】打开文档 WDA011.doc。

（1）选择"编辑"|"替换"命令，在"查找内容"文本框中输入"声明科学"，在"替换为"文本框中输入"生命科学"，单击"全部替换"按钮。选中标题，选择"格式"|"字体"命令，设置"中文字体"为"仿宋_GB2312"，"字号"为"三号"，"字体颜色"为红色，"下划线"为波浪线。单击"格式"工具栏中的"居中"按钮。

（2）选中正文，在"格式"工具栏中设置字体为"楷体_GB2312"，字号为"五号"，选择"格式"|"段落"命令，在"特殊格式"拉列表中选择"首行缩进"，设置"度量值"为 0.74 厘米，在"行距"下拉列表中选择"最小值"，设置"设置值"为 18 磅，设置"段前"为 12 磅。

（3）选中正文第三段，选择"格式"|"分栏"命令，设置"栏数"为 2，"栏间距"为 0.4 厘米，选中"栏宽相等"和"分隔线"复选框。

2.【答案】打开文档 WDA012.doc。

（1）选中表题，在"格式"工具栏中设置"字体颜色"为"蓝色"，字体为"宋体"，字号为"四号"，选中表格数据，选择"表格"|"转换"|"文字转换成表格"命令，在"列数"文本框中输入 4，在"文字分隔位置"选项组中，选择"制表符"单选按钮。选中表格，选择"表格"|"排序"命令，选择"有标题行"单选按钮，在"排序依据"下拉列表中选择"高温（℃）"，选择"递减"单选按钮。

（2）选中表格并鼠标右键单击，选择"表格属性"项，在"行"选项卡中设置"指定高度"为"16 磅"，在"列"

选项卡中设置"指定宽度"为"2.4 厘米";选中表格,在"表格和边框"工具栏中设置线型为单实线,粗细为 1 磅,边框颜色为红色,单击"所有框线"按钮,使其呈按下状态;选中表格,设置表格字体为"宋体",字号为"小五号",单击"中部居中"按钮。单击"保存"按钮。

五、Excel 操作题

1.【答案】打开工作簿文件。选择 A1：F1 单元格,单击"合并及居中"按钮。选择 F3:F17 单元格,单击"自动求和"按钮右边的下拉箭头,选择"平均值",右键单击这个区域,选择"设置单元格格式",选择"百分比",2 位小数。选定 G3 单元格,输入公式为=COUNTIF(B2:B17，"一组")。单击 G5,输入==SUMIF(B3:B17,B3,F3:F17)/G3。选择 C3:F12,选择"格式"|"条件格式",条件为单元格数值大于或等于 600,选择"格式"按钮,选择"图案"选项卡,设置底纹颜色浅绿色。(2)选取"学号"和"平均成绩"列,单击"图表向导"按钮,选择"圆锥图"、"柱形圆锥图",单击"下一步",单击"下一步",标题输入"平均成绩统计图",选择"图例"选项卡,取消"显示图例"的选择,单击"完成"。鼠标右键单击背景墙,选择"背景墙格式",区域颜色选择浅绿。调整图表大小移动到 A19:F31。双击工作表名称,输入"成绩统计表"。按<Ctrl+S>键。

2. 打开工作簿。选择"数据"|"筛选"|"自动筛选",选择"月份"下拉箭头,选择"自定义",输入条件为月份等于 1,月份等于 2,这两个条件之间是"或"的关系。单击"确定"按钮。选择"图书类别"下拉箭头,选择"自定义",输入条件为图书类别等于考试类,图书类别等于编程类,这两个条件之间是"或"的关系。单击"确定"按钮。

六、PowerPoint 操作题

(1)【答案】打开演示文稿。鼠标右键单击一张幻灯片,选择"新幻灯片",将新建的幻灯片拖放到第一张幻灯片的位置,版式选择"标题幻灯片",标题输入"梦游天姥吟留别",副标题输入"李白",针对两个标题单击"加粗"按钮,选择楷体。选择"李白",选择"插入"|"超链接",选择"本文档中的位置"、"幻灯片 4",单击"确定"按钮。选择第 4 张幻灯片,鼠标右键单击选择山的图片,选择"剪切",单击选择第 2 张幻灯片,按<Ctrl+V>。单击选择第 4 张幻灯片,鼠标右键单击,选择"自定义动画",选择"添加效果"|"进入"|"飞入","速度"选择"中速","方向"选择"自左侧"。

(2)鼠标右键单击幻灯片,选择"背景",选择"填充效果"、"纹理"、"羊皮纸"。选择"确定"按钮,选择"全部应用"。选择"幻灯片放映"|"设置放映方式",选择"观众自行浏览"。单击"确定"按钮。按<Ctrl+S>键

七、网络应用题

【答案】打开 Outlook Express 软件。单击"创建邮件"按钮。在"收件人"地址栏中输入 Shuiyh@baifen100.com,在"抄送"地址栏中输入 Liuwr@baifen100.com。在"主题"文本框中输入"邀请参加校庆"。选择"格式"|"编码"|"简体中文(GB2312)"命令。在信体部分输入"今年 12 月 26 日是母校 50 周年校庆,邀请你来母校共同庆祝",单击"发送"按钮。

第 3 套全真模拟试卷

(考试时间 90 分钟,满分 100 分)

一、选择题(每小题 1 分,共 20 分)

下列各题 A)、B)、C)、D)四个选项中,只有一个选项是正确的,请将正确选项涂写在答题卡相应的位置上,答在试卷上不得分。

(1)以大规模、超大规模集成电路为主要逻辑元件的计算机属于(　　)。

A) 第一代计算机　　B) 第二代计算机　　　C) 第三代计算机　　　D) 第四代计算机

(2) 下列描述中不正确的是（　）
  A) 多媒体技术最主要的两个特点是集成性和交互性
  B) 所有计算机的字长都是固定不变的，都是 8 位
  C) 计算机的存储容量是计算机的性能指标之一
  D) 各种高级语言的编译系统都属于系统软件

(3) 办公自动化是计算机的一项应用，按照计算机的应用分类，它属于（　）。
  A) 科学计算　　　B) 信息处理　　　　C) 过程控制　　　　D) 计算机辅助设计

(4) 通常家用的 Pentium 级计算机属于（　）。
  A) 微型机　　　　B) 小型机　　　　　C) 中型机　　　　　D) 大型机

(5) 十进制数 66 转换成二进制数为（　）。
  A) 111101　　　　B) 1000001　　　　C) 1000010　　　　D) 100010

(6) 标准 ASCII 码字符集共有编码（　）个。
  A) 128　　　　　B) 52　　　　　　　C) 34　　　　　　　D) 32

(7) 下列关于区位码的叙述中，不正确的是（　）。
  A) 区位码的最大优点是无重码　　　　　B) 最大的缺点是难以记忆
  C) 高两位为位号，低两位为区号　　　　D) 区位码是一种字形码

(8) 一条计算机指令中，规定其执行功能的部分称为（　）。
  A) 源地址码　　　B) 操作码　　　　　C) 目标地址码　　　D) 数据码

(9) 对现代电子计算机的设计及其结构起到奠基作用的代表人物是（　）。
  A) 莫奇莱　　　　B) 冯·诺依曼　　　　C) 埃克特　　　　　D) 威尔克斯

(10) 运算器的组成部分不包括（　）。
  A) 控制线路　　　B) 译码器　　　　　C) 加法器　　　　　D) 寄存器

(11) （　）属于一种系统软件，缺少它，计算机就无法工作。
  A) 汉字系统　　　B) 操作系统　　　　C) 编译程序　　　　D) 文字处理系统

(12) 微型计算机存储系统中的 Cache 是（　）。
  A) 只读存储器　　B) 高速缓冲存储器　C) 可编程只读存储器　D) 可擦写只读存储器

(13) 计算机能够直接识别和执行的语言是（　）。
  A) 汇编语言　　　B) 自然语言　　　　C) 机器语言　　　　D) 高级语言

(14) 静态 RAM 的特点是（　）。
  A) 在不断电的条件下，其中信息不能长时间保持，因而必须定期刷新才不致于丢失信息
  B) 在不断电的条件下，其中的信息保持不变，因而不必定期刷新
  C) 其中的信息只能读不能写
  D) 其中的信息断电后也不会丢失

(15) 下面不是汉字输入码的是（　）。
  A) 五笔字形码　　　B) 全拼编码　　　C) 双拼编码　　　　D) ASCII 码

(16) 下列叙述中，正确的是（　）。
  A) 激光打印机属于击打式打印机
  B) CAI 软件属于系统软件
  C) 就存取速度而言，优盘比硬盘快，硬盘比内存快

D）计算机的运算速度可以用 MIPS 来表示

（17）下列软件中，不属于杀毒软件的是（　　）。

A）金山毒霸　　　　B）诺顿　　　　　　C）KV3000　　　　　　D）Outlook Express

（18）计算机网络的目标是实现（　　）。

A）数据处理　　　　B）数据通信　　　　C）资源共享和信息传输　D）信息传输

（19）广域网的英文缩写是（　　）。

A）WAN　　　　　　B）LAN　　　　　　C）IPX　　　　　　　　D）WWW

（20）下列各项，不能作为 IP 地址的是（　　）。

A）10.2.8.112　　　　　　　　　　　　　B）202.205.17.33

C）222.234.256.240　　　　　　　　　　D）159.225.0.1

二、Windows 基本操作题（10 分）

1．在文件夹下 INSIDE 文件夹中创建名为 PENG 文件夹，并设置属性为只读。

2．将文件夹下 JIN 文件夹中的文件 SUN.C 复制到文件夹下 MQPA 文件夹中。

3．将文件夹下 HOWA 文件夹中的文件 GNAEL.DBF 删除。

4．为文件夹下 HEIBEI 文件夹中的 QUAN.FOR 文件建立名为 QUAN 的快捷方式，并存放在文件夹下。

5．将文件夹下 QUTAM 文件夹中的文件 MAN.DBF 移动到文件夹下 ABC 文件夹中。

三、文字录入（10 分）

　　许多"帮助"主题使用隐藏文本和可展开的超链接以显示或隐藏主题内的附加信息。这样，无需跳转到其他"帮助"主题即可查看信息，且可方便地浏览其内容。每次可使用一个可展开的超链接，或者使用"全部显示"或"全部隐藏"以打开或关闭主题中所有可展开的超链接。按<Tab>键可选择下一个隐藏文本或超链接，或选择主题顶部的"全部显示"或"全部隐藏"。

四、Word 操作题（25 分）

1．在指定文件夹下打开文档 WDA031.DOC，其内容如下：

【文档开始】

　　多媒体系统的特征

　　多媒体电脑是指能对多种媒体进行综合处理的电脑，它除了有传统的电脑配置之外，还必须增加大容量存储器、声音、图像等媒体的输入输出接口和设备，以及相应的多媒体处理软件。多媒体电脑是典型的多媒体系统。因为多媒体系统强调以下三大特征：集成性、交互性和数字化特征。

　　交互性是指人能方便地与系统进行交流，以便对系统的多媒体处理功能进行控制。

　　集成性是指可对文字、图形、图像、声音、视像、动画等信息媒体进行综合处理，达到各媒体的协调一致。

　　数字化特征是指各种媒体的信息，都以数字的形式进行存储和处理，而不是传统的模拟信号方式。

【文档结束】

按照要求完成下列操作。

（1）将文中所有"电脑"替换为"计算机"；将标题段（"多媒体系统的特征"）设置为三号蓝色阴影楷体_GB2312，居中；并将正文第二段文字（"交互性是……进行控制。"）移至第三段文字（"集成性是……协调一致。"）之后。

（2）将正文各段文字（"多媒体计算机……模拟信号方式。"）设置为小五号宋体；各段落左、右各缩进 0.5 厘米，段前间距 12 磅。

（3）正文第一段（"多媒体计算机……和数字化特征。"）首字下沉两行，距正文 0.2 厘米；正文后三段添加项目符号"●"；以原文件名保存文档。

2. 新建文档 WDA112.DOC 的，并按照要求完成下列操作。

（1）制作一个 5 行 4 列的表格，设置表格列宽为 2 厘米，行高 16 磅，表格居中。

（2）对表格进行如下修改：在第 1 行第 1 列单元格中添加一条深蓝色 0.5 磅单实线对角线；合并第 2、3、4、5 行的第 1 列单元格；将第 3、4 行第 2、3、4 列的 6 个单元格合并并均匀拆分为 2 行 2 列 4 个单元格；表格第 1 行添加青色底纹；设置表格外框线为 1.5 磅深蓝色单实线，内框线为 0.5 磅深蓝色单实线，第 1、2 行间的表格线为深蓝色 1.5 磅单实线。以原文件名保存文档。制作后的表格效果如下：

（此处为表格示意图）

五、Excel 操作题（15 分）

1. 现有"分店销售"工作簿，要求：（1）合并 A1:D1 单元格区域，内容水平居中；利用条件格式将销售量大于或等于 400 的单元格字体设置为蓝色；将 A2:D12 单元格区域格式设置为自动套用格式"古典 1"，将工作表命名为"销售情况表"。计算销售量的总计，置 B13 单元格；计算"所占比例"的内容（百分比型，保留小数点后 2 位），置 B3：B12 单元格区域；计算各分店的销售排名（利用 RANK 函数），置 D3：D12 单元格区域；设置 A2:D12 单元格内容对齐方式为水平居中。（2）建立图表，选取"分店"列（A2:A12 单元格区域）和"所占比例"列（C2:C12 单元格区域）建立"分离型三维饼图"，图标题为"销售情况统计"，图例位置为底部，将图表插入到工作表的 A15:E30 单元格区域内。

2. 打开工作簿文件"图书销售.XLS"，对工作表"图书销售情况表"内数据清单的内容按主要关键字"出版部门"的递减次序和次要关键字"月份"的递增次序进行排序，对排序后的数据进行筛选，条件为考试类图书且销售量排名在前 5 名，原名保存工作簿。

六、PowerPoint 操作题（10 分）

1. 打开"题葡萄图.ppt"演示文稿。在第 1 张幻灯片中，设置标题和文本的字体为楷体 GB_2312，加粗，"题葡萄图"设置为 54 磅，"徐渭"设置为 32 磅。第 3 张幻灯片中，插入植物类别的剪贴画中的"plant, 植物"，放在水平位置 2 厘米，垂直位置 12 厘米，度量依据都是左上角。在第 2 张幻灯片中，修改版式为"标题、文本和内容"。删除第 4 张幻灯片。设置第 2 张幻灯片的动画效果，图片为"进入"、"擦除"、"自顶部"、"快速"，文本为"百叶窗"、"水平"、"快速"。动画顺序为先图片后文本。

2. 设置第 1 张幻灯片的背景为预设"羊皮纸"，底纹样式为"斜上"。设置全部幻灯片的切换效果为"盒状收缩"。

七、网络应用题（10 分）

向读者王某发一个 E-mail，并将指定文件夹下的一个文本文件 wentifk.txt 作为附件一起发出。

具体内容如下：

【收件人】wangkl@baifen100.com

【主题】问题反馈

【邮件内容】你好，你所提的问题已答，见附件。

【注意】"格式"菜单中的"编码"命令中用"简体中文（GB2312）"项。邮件发送格式为"多信息文本（HTML）"。

第 3 套全真模拟试卷答案及解析

一、选择题

(1)【答案】D【解析】第四代计算机的主要元件是大规模、超大规模集成电路。因此本题的答案为 D。

(2)【答案】B【解析】字长是指计算机运算部件一次能同时处理的二进制数据位数。字长越长，作为存储数据，则计算机的运算精度就越高；作为存储指令，则计算机的处理能力就越强。通常，字长一般为字节的整倍数，如 8、16、32、64 位等。目前普遍使用的 Intel 和 AMD 微处理器的微机大多支持 32 位字长，也有支持 64 位的微机。选项 B 的说法错误，本题答案为 B。

(3)【答案】B【解析】科学计算通常是指完成科学研究和工程技术中提出的数学问题的计算，故可以排除此选项；过程控制一般用于生产自动化，也可以排除；计算机辅助设计是指用计算机帮助设计人员进行设计，例如汽车设计等，因此也可以排除。所以答案为 B。

(4)【答案】A【解析】微型机的主要特点是小巧、灵活、便宜，通常只能供一个用户使用，所以也叫做个人计算机；小型机规模比大型机小，但仍能支持十几个用户同时使用，适用于中小型企事业单位使用；中型机和大型机都具有很高的运算速度和很大的存储量，允许相当多的用户同时使用，通常用于大型企业、商业管理或大型数据库管理系统。因此，正确答案是 A。

(5)【答案】C【解析】转换结果是 1000010，故正确答案为 C。

(6)【答案】A【解析】标准 ASCII 码是用 7 位表示一个字符，由于 $2^7=128$，所以可以表示 128 种不同的字符，标准 ASCII 码字符集共有编码 128 个，因此本题的答案为 A。

(7)【答案】D【解析】区位码与每个汉字之间具有一一对应的关系，因此不会出现重码；但是难以记忆；它的高两位是位号，低两位是区号；区位码是一种数字编码。因此，正确答案选择 D。

(8)【答案】B【解析】一条指令就是给计算机下达的一道命令，一条指令包括操作码和地址码（或称操作数），操作码指出该指令完成操作的类型，本题的答案为 B。

(9)【答案】B【解析】冯·诺依曼总结了 ENIAC 计算机的特点，提出了全新的存储程序的通用电子计算机 EDVAC 方案，奠定了现代计算机设计的基础，如今虽然计算机的设计和制造技术都有了极大的发展，但仍没有脱离冯·诺依曼提出的"存储程序控制"的基本工作原理。故正确答案为 B。

(10)【答案】B【解析】译码器属于控制器。故本题答案选择 B。

(11)【答案】B【解析】操作系统是系统软件，它是管理、控制和监督计算机软、硬件资源协调运行的程序系统，是系统软件的核心，缺少它，计算机就无法工作。故本题答案选择 B。

(12)【答案】B【解析】微型计算机存储系统中的 Cache 是高速缓冲存储器，本题的答案为 B。

(13)【答案】C【解析】计算机能够直接识别和执行的语言是机器语言，本题正确答案为选项 C。

(14)【答案】B【解析】静态 RAM 的特点是在不断电的条件下，其中的信息保持不变，因而不必定期刷新，其中的信息可读可写，但断电后信息就会丢失。故正确答案为 B。

(15)【答案】D【解析】计算机中的信息都是用二进制编码表示的，用以表示字符的二进制编码称为字符编码。计算机中最常用的字符编码是 ASCII（American Standard Code for Information Interchange，美国信息交换标准交换代码），被国际标准化组织指定为国际标准。它不是汉字编码，本题的答案为 D。

(16)【答案】D【解析】激光打印机属于非击打式打印机，选项 A 说法错误；CAI 软件是计算机辅助教育软件，属于应用软件，选项 B 说法错误；就存取速度而言，内存快于硬盘，选项 C 说法错误；选项 D 说法正确。故本题答案选择 D。

(17)【答案】D【解析】Outlook Express 是编辑电子邮件和收发电子邮件的软件，故本题的答案为 D。

（18）【答案】C【解析】计算机网络的主要目标就是资源共享和信息传输，故本题的答案为 C。

（19）【答案】A【解析】选项 A 是广域网的英文缩写，选项 C 是一种网络协议的英文缩写，选项 D 是万维网的英文缩写。所以本题正确答案为 A。

（20）【答案】C【解析】IP 地址使用 4 个字节表示，每个 IP 地址分为 4 段，每段用 1 个十进制数表示，其间用"."隔开。每个段的十进制数范围是 0~255。所以，选项 C"222.234.256.240"不合法。选项 C 为本题正确答案。

二、Windows 基本操作题

1.【答案】启动资源管理器。打开 INSIDE 文件夹，在空白处鼠标右键单击，选择"新建"|"文件夹"选项，输入名称 PENG 并按<Enter>键。鼠标右键单击该文件夹，选择"属性"选项，选中"只读"复选框。单击"确定"按钮。

2.【答案】启动资源管理器。打开 JIN 文件夹，右击文件 SUN.C，选择"复制"命令，打开 MQPA 文件夹，在空白处右击，选择"粘贴"命令。

3.【答案】启动资源管理器。打开 HOWA 文件夹，选中 GNAEL.DBF 文件，按<Delete>键。单击"是"按钮确认删除。

4.【答案】启动资源管理器。在 QUTAM 文件夹中，使用鼠标右键拖动 MAN.DBF，放到该文件夹的空白处，在快捷菜单中选择"在当前位置创建快捷方式"。

5.【答案】启动资源管理器。打开 QUTAM 文件夹，选中 MAN.DBF 文件，按快捷键<Ctrl+X>，打开 ABC 文件夹，按快捷键<Ctrl+V>。

三、文字录入

【答案】略

四、Word 操作题

1.【答案】打开文档 WDA031.doc。

（1）选择"编辑"|"替换"命令，在"查找内容"文本框中输入"电脑"，在"替换为"文本框中输入"计算机"，单击"全部替换"按钮。选中标题，选择"格式"|"字体"命令，设置"中文字体"为"楷体_GB2312"，"字号"为"三号"，"字体颜色"为蓝色，在"效果"选项组中选择"阴影"复选框；在"格式"工具栏中单击"居中"按钮。选中正文第二段，按住鼠标左键拖放至第三段之后。

（2）选中正文，设置字体为"宋体"，字号为"小五"；选择"格式"|"段落"命令，设置左、右各缩进"0.5厘米"，"段前"为"12磅"。

（3）将光标置于第一段，选择"格式"|"首字下沉"命令，选择"下沉"，设置"下沉行数"为 2，"距正文"为"0.2厘米"；选中正文后三段，选择"格式"|"项目符号和编号"命令，选择项目符号"●"。单击"保存"按钮。

2.【答案】

（1）按快捷键<Ctrl+N>，创建新文档。选择"表格"|"插入"|"表格"命令，设置"列数"为 4，"行数"为 5。选中表格后鼠标右键单击，选择"表格属性"项，在"行"选项卡中设置"指定高度"为"16 磅"，在"列"选项卡中设置"指定宽度"为"2 厘米"。选中表格，单击工具栏中的"居中"按钮。

（2）将光标置于第一行第一列单元格中，选择"表格"|"绘制斜线表头"命令，"表头样式"选择"样式一"。双击绘制，打开"设置自选图形格式"对话框，选择"颜色和线条"选项卡，线条颜色选择蓝色，其他使用默认设置。选中表格第 2、3、4、5 行的第 1 列单元格，打开"表格和边框"工具栏，单击工具栏中的"合并单元格"按钮。选中表格第 3、4 行第 2、3、4 列的 6 个单元格，单击工具栏中的"拆分单元格"按钮，打开"拆分单元格"对话框，行数设置为 2，列数设置为 2。选中表格第 1 行，在"表格和边框"

工具栏的底纹颜色列表中选择青色。全选表格，"粗细"选择"1.5 磅"，"线型"选择单实线，边框颜色
选择深蓝色，在边框列表中选择"外框线"按钮，使其呈按下状态；"粗细"选择"0.5 磅"，在边框列表
中选择"内框线"按钮，使其呈按下状态。选中表格第一行，"粗细"选择"1.5 磅"，在边框列表中选择
"下框线"按钮，使其呈按下状态。按快捷键<Ctrl+S>，保存文档名为 WDA112.DOC。

五、Excel 操作题

1.（1）【答案】打开工作簿文件。选择 A1：D1 单元格，单击"合并及居中"按钮。选择 B3：B12 单元格，选
　　择"格式"|"条件格式"，设置条件为"单元格格式"、"大于或等于"、"400"，单击"格式"按钮，颜色
　　选择蓝色。单击"确定"按钮。单击 A2:D12，选择"格式"|"自动套用格式"，选择"古典 1"，单击"确
　　定"按钮。单击 B13，选择"自动求和"按钮并按<Enter>键。选择 C3 单元格，输入"= B3 / $B$13"，拖
　　动单元格 C3 的填充柄到单元格 C12。选择 C3:C12，鼠标右键单击，选择"设置单元格格式"，选择"百
　　分比"类型，小数位 2 位。D3 中输入"=RANK(B3,$B$3：$B$12)"，将此公式复制到 D4:D12。选择 A2:D12，
　　鼠标右键单击，选择"设置单元格格式"，对齐方式选择水平居中对齐。单击"确定"按钮。（2）选取"分
　　店"和"所占比例"列，单击"图表向导"按钮，选择"饼图"、"分离型三维饼图"，单击"下一步"，单
　　击"下一步"，标题输入"销售情况统计"，选择"图例"选项卡，选择"底部"，单击"完成"。调整图表
　　大小移动到 A15:E30。按<Ctrl+S>键。

2.【答案】打开工作簿文件。选择选择"数据"|"排序"命令，设置"主要关键字"为"出版部门"，选中"降
　　序"单选按钮，设置"次要关键字"为"月份"，选中"升序"单选按钮，单击"确定"按钮。选择"数
　　据"|"筛选"|"自动筛选"命令，图书类别选择"考试类"，销售量排名中选择"自定义"，选择"小于
　　或等于"、"5"，单击"确定"按钮，单击"保存"按钮。

六、PowerPoint 操作题

1. 打开文件"题葡萄图.XLS"。在第 1 张幻灯片中，分别选择标题和文本，字体设置为楷体 GB_2312，单击"加
　　粗"按钮，选择"题葡萄图"，字体设置为 54 磅，选择"徐渭"，设置为 32 磅。在第 3 张幻灯片中，选择
　　"插入"|"图片"|"剪贴画"命令，在任务窗格中搜索"植物"。单击剪贴画"plant, 植物"，鼠标右键单
　　击插入的剪贴画，选择"设置自选图形格式"，设置位置水平 2 厘米，垂直 12 厘米，度量依据都是左上角。
　　在第 2 张幻灯片中，鼠标右键单击，选择"幻灯片版式"，在任务窗格中，选择版式为"标题、文本和内容"。
　　单击第 4 张幻灯片，按<Del>键。选择第 2 张幻灯片，鼠标右键单击，选择"幻灯片放映"|"自定义动画"，
　　选择图片，选择"添加效果"|"进入"|"擦除"，速度选择"快速"，方向选择"自顶部"。选择文本，选
　　择"添加效果"|"进入"|"百叶窗"，方向选择"水平"，速度选择"快速"。

2.【答案】在第一张幻灯片中单击鼠标右键，选择"背景"命令，选择"填充效果"选项，在"渐变"选项卡
　　中选择"预设"单选按钮，选择"预设颜色"为"羊皮纸"，选择"斜上"单选按钮，单击"确定"，单击
　　"应用"按钮；选择"幻灯片放映"|"幻灯片切换"命令，选择"盒状收缩"选项，单击"应用于全部幻
　　灯片"按钮。单击"保存"按钮。

七、网络应用题

【答案】打开 Outlook Express 软件。单击"创建邮件"按钮。在"收件人"地址栏中输入
wangkl@baifen100.com，在"主题"文本框中输入"问题反馈"。选择"格式"|"编码"|"简体中文（GB2312）"
命令，选择"格式"|"多信息文本（HTML）"命令。在信体部分输入"你好，你所提的问题已答，请见附件。"
单击"附件"按钮，选择文本文件 wentifk.txt，单击"附件"按钮，单击"发送"按钮。

第4套全真模拟试卷

（考试时间 90 分钟，满分 100 分）

一、选择题（每小题 1 分，共 20 分）

下列各题 A）、B）、C）、D）四个选项中，只有一个选项是正确的，请将正确选项涂写在答题卡相应的位置上，答在试卷上不得分。

（1）使用晶体管作为主要逻辑元件的计算机是（　　）计算机。
    A）第一代　　　　B）第二代　　　　C）第三代　　　　D）第四代

（2）计算机的计算精度主要由（　　）决定。
    A）CPU 的主频　B）存储容量　　　C）字长　　　　　D）内存

（3）在计算机应用中，"计算机辅助设计"的英文缩写为（　　）。
    A）CAD　　　　　B）CAM　　　　　C）CAE　　　　　D）CIMS

（4）微机中访问速度最快的存储器是（　　）。
    A）只读存储器　B）硬盘　　　　　C）U 盘　　　　　D）内存

（5）已知 D 的 ASCII 值为 44H，那么 F 的 ASCII 值为十进制数（　　）。
    A）46　　　　　　B）42　　　　　　C）64　　　　　　D）70

（6）十六进制数 A2B 的按权展开为（　　）。
    A）$10\times16^2+2\times16^1+11\times16^0$　　　　B）$10\times16^3+2\times16^2+11\times16^1$
    C）$10\times16^1+2\times16^2+11\times16^3$　　　　D）$10\times16^0+2\times16^1+11\times16^2$

（7）已知字符'B'的 ASCII 码的二进制数是 1000010，字符'F'对应的 ASCII 码的十六进制数为（　　）。
    A）70　　　　　　B）46　　　　　　C）65　　　　　　D）37

（8）为解决某一特定问题而设计的指令序列称为（　　）。
    A）语言　　　　　B）程序　　　　　C）软件　　　　　D）系统

（9）有关信息和数据，下列说法中错误的是（　　）。
    A）数值、文字、语言、图形、图像等都是不同形式的数据
    B）数据是信息的载体
    C）数据处理之后产生的结果为信息，信息有意义，数据没有
    D）数据具有针对性、时效性

（10）关于流媒体技术，下列说法中错误的是（　　）。
    A）实现流媒体需要合适的缓存
    B）媒体文件全部下载完成后才可以播放
    C）流媒体可用于远程教育、在线直播等方面
    D）流媒体格式包括 asf、rm、ra 等

（11）计算机的软件系统可分为（　　）。
    A）程序和数据　　　　　　　　　　B）操作系统和语言处理系统
    C）程序、数据和文档　　　　　　　D）系统软件和应用软件

（12）下列四项中不属于计算机的主要技术指标的是（　　）。
    A）字长　　　　B）内存容量　　　C）重量　　　　　D）存取周期

（13）在下列各种编码中，每个字节最高位均是"1"的是（　　）。

　　　　A）汉字国标码　　　B）汉字机内码　　　　　　C）外码　　　　　　　D）ASCII 码

（14）扫描仪属于（　　）。

　　　　A）系统软件　　　　B）应用软件　　　　　　C）输入设备　　　　　D）输出设备

（15）下列叙述中，正确的选项是（　　）。

　　　　A）计算机系统是由硬件系统和软件系统组成的

　　　　B）程序语言处理系统是常用的应用软件

　　　　C）CPU 可以直接处理外部存储器中的数据

　　　　D）汉字的机内码与汉字的国标码是一种代码的两种名称

（16）计算机根据性能分类时，主要的指标包括（　　）。

　　　　A）字长、存储容量、价格、体积

　　　　B）字长、存储容量、运算速度、外部设备、允许同时使用一台计算机的用户多少和价格高低等

　　　　C）存储容量、运算速度、价格、重量

　　　　D）存储容量、运算速度、外部设备、主机的颜色

（17）关于计算机病毒的叙述中，正确的选项是（　　）。

　　　　A）计算机病毒只感染.exe 或.com 文件

　　　　B）计算机病毒可以通过读写优盘、光盘或 Internet 网络进行传播

　　　　C）计算机病毒是通过电力网进行传播的

　　　　D）计算机病毒是由于 U 盘不清洁而造成的

（18）无线网络相对于有线网络来说，它的优点是（　　）。

　　　　A）传输速度更快，误码率更低　　　　　　B）设备费用低廉

　　　　C）网络安全性好，可靠性高　　　　　　　D）组网安装简单，维护方便

（19）下列各项中，非法的 IP 地址是（　　）。

　　　　A）225.45.6.2　　　B）256.117.34.1　　　　C）192.168.0.0　　　D）255.355.255.255

（20）按照统一资源定位器（URL）的格式规定，下面所示的 URL

　　　　http://www.mrw.com/main/mvcd/hello.html 中，

　　　　其主机域名（或 IP 地址）部分是（　　）。

　　　　A）http://www.mrw.com/main/mvcd　　　　　B）http://www.mrw.com

　　　　C）main/mvcd　　　　　　　　　　　　　　D）www.mrw.com

二、Windows 基本操作题（10 分）

1. 在文件夹下 HUOW 文件夹中创建名为 DBP8.TXT 的文件，并设置属性为只读。

2. 将文件夹下 JPNEQ 文件夹中的文件 AEPH.SA 复制到文件夹下 MAXD 文件夹中，并将该文件改名为 MAHF.BAK。

3. 为文件夹下 MPEG 文件夹中的 DEVAL.EXE 文件建立名为 SUXP 的快捷方式，并存放在文件夹下。

4. 将文件夹下 ERPO 文件夹中的 SGACYL.TT 文件移动到 XXY 文件夹中，并改名为 ADMICR.DAT。

5. 搜索文件夹下的 ANEMP.FOR 文件并将其删除。

三、文字录入（10 分）

　　要从 Office 程序中发送传真，Outlook 和 Word 会提供发送传真的界面。要传真的文档将自动转换为 TIFF 图像文件并附加到电子邮件中。电子邮件的正文是供首页使用的区域，必须填写的字段包括收件人姓名、传真号码和主题。可在这些字段中输入信息，也可以从通讯簿中选择联系人。其中的国家/地区代码必须以加号(+)开头；如，+61/555-1212。建议使用首页并填写"收件人"和"主题"字段以确保传真抵达预定的收件人。

四、Word 操作题（25 分）

1. 在指定文件夹下打开文档 WDA091.DOC，其内容如下：

【文档开始】

60 亿人同时打电话

15 世纪末哥伦布发现南美洲新大陆，由于通讯技术落后，西班牙女王在半年后才得到消息。1865 年美国总统林肯遭暗杀，英国女王在 13 天后才得知消息。而 1969 年美国阿波罗登月舱第一次把人送上月球的消息，只用了 1.3 秒钟就传遍了全世界。今天，许多重大事件都可以马上向全世界传播。

无线电短波通讯的频率范围为 3～30MHz，微波通讯的频率范围为 1 000～10 000MHz，后者的频率比前者提高几百倍，可以容纳上千门电话和多路电视。而激光的频率范围为 1×107～100×107MHz，比微波提高 1～10 万倍。假定每路电话频带为 4 000Hz，则大约可容纳 100 亿路电话。如果全世界人口按 60 亿计算，那么世界上所有人同时利用一束激光通话仍绰绰有余。

【文档结束】

按照要求完成下列操作。

（1）将文中所有"通讯"替换为"通信"；将标题段（"60 亿人同时打电话"）设置为小二号蓝色空心黑体，加波浪线、居中，并添加黄色底纹。

（2）将正文各段文字（"15 世纪末……绰绰有余。"）设置为四号楷体_GB2312；各段落首行缩进 0.85 厘米，行距设置为 1.1 倍行距；将正文第二段（"无线电短波通信……绰绰有余。"）中的两处"107"中的"7"设置为上标表示形式。

（3）将正文第二段（"无线电短波通信……绰绰有余。"）分为等宽的两栏，栏间距为 0.6 厘米；在页面底端（页脚）居中位置插入页码；并以原文件名保存文档。

2. 在指定文件夹下打开文档 WDA092.DOC，其内容如下：

【文档开始】

职工姓名	基本工资	职务工资	岗位津贴
张三	307	702	411
李四	225	545	326
王五	462	820	620
赵六	362	780	470
平均值			

【文档结束】

按照要求完成下列操作。

（1）在表格的最后一行的相应单元格中计算并填入该列上方内容的平均值。

（2）设置表格居中，表格中的所有内容水平、垂直居中；设置表格列宽为 2.5 厘米，行高 18 磅；设置外框线为蓝色 1.5 磅双窄线，内框线为蓝色 0.75 磅单实线；并以原文件名保存文档。

五、Excel 操作题（15 分）

注意：下面出现的所有文件都必须保存在指定的文件夹下。

1. 在考生文件夹下打开"人员.XLS"文件：（1）将 sheet1 工作表的 A1:E1 单元格合并为一个单元格，内容水平居中；计算职工的平均工资（置 F3 单元格内）；计算职称为高工、工程师和助工的人数置 G5:G7 单元格区域（利用 COUNTIF 函数）；将 F4:G7 区域格式设置为自动套用格式"会计 2"。（2）选取"职称"列（F4:F7）和"人数"列（G4:G7）数据区域的内容建立"簇状柱形图"，图标题为"职称情况统计图"，清除图例；将图插入到表的 A14:E24 单元格区域内，将工作表命名为"人员情况统计表"，原名保存文件。

2. 打开工作簿文件"图书销售.XLS"，对工作表"图书销售情况表"内数据清单的内容进行筛选，条件为 1 月份和 2 月份且销售量排名在前 20 名；对筛选后的数据清单按主要关键字"销售量排名"的递增次序和次要关键字"出版部门"的递增次序进行排序，工作表名不变，原名保存文件。

六、PowerPoint 操作题（10 分）

打开演示文稿"桃花扇.ppt"（如下图），按下列要求完成对此文稿的修饰并保存。

1. 插入新幻灯片，作为第一张幻灯片。在其主标题处输入"桃花扇"，副标题输入"孔尚任"。第 2 张幻灯片版面改变为"垂直排列标题与文本"，第 3 张幻灯片版面改变为"标题和竖排文本"。将最后一张幻灯片移动到第 2 张的位置，将此图片设置为进入效果"棋盘"、"快速"、"下"。设置幻灯片母版（包括标题母版），日期区域输入"2008 年 10 月"，页脚区输入"桃花扇赏析"。

2. 全文幻灯片的切换效果都设置成"纵向棋盘式"，模板设置为"诗情画意.pot"。

七、网络应用题（10 分）

接收并阅读由 yhuo@baifen100.com 发来的 E-mail，在收件箱中新建文件夹 wentidy 并将收到的邮件保存在该文件夹下。

第 4 套全真模拟试卷答案及解析

一、选择题

（1）【答案】B【解析】第二代计算机的主要逻辑元件是晶体管。因此本题的答案为 B。

（2）【答案】C【解析】CPU 的主频和内存决定了计算的快慢速度；存储容量决定了计算机可以存储的数据和信息的多少；计算精度随着字长的增加而不断增加，因此字长决定了计算精度。本题答案选 C。

（3）【答案】A【解析】CAD 的全称是 Computer Aided Design（计算机辅助设计）。CAM 是 Computer Aided Manufacturing（计算机辅助制造）；CAE 是 Computer Aided Engineering（计算机辅助工程），CIMS 是 Computer Intergrated Manufacturing System（计算机集成制造系统）。本题答案选 A。

（4）【答案】D【解析】微机中访问速度最快的存储器是内存。选项 D 为正确答案。

（5）【答案】D【解析】ASCII 码中，大写英文字母按顺序排列，D 的 ASCII 值为 44H，那么 F 的 ASCII 值就是 46H，将此 16 进制转换为 10 进制，结果是 70。选项 D 为正确答案。

（6）【答案】A【解析】十六进制数按权展开基数为 16。A 表示十进制的 10，B 表示十进制的 11。本题答案选择 A。

（7）【答案】B【解析】将二进制数 1000010 转化为十六进制数为 42，字符'F'的 ASCII 码比字符'B'的 ASCII 码大 4 所以 42+4=46。

（8）【答案】B【解析】为解决某一特定问题而设计的指令序列称为程序，本题的答案为 B。

（9）【答案】D【解析】数值、文字、语言、图形、图像等都是不同形式的数据。数据是信息的载体。数据处理之后产生的结果为信息，信息具有针对性、时效性。信息有意义，而数据没有。本题的答案为 D。

（10）【答案】B【解析】流式传输时，音频/视频文件由流媒体服务器向用户计算机连续实时地传输。用户不必等到整个文件下载完成，只需几秒或很短时间的启动延时，就可以进行观看，也就是边下载边播放。选项 B 说法错误，为本题正确答案。

（11）【答案】D【解析】计算机的软件系统可分为系统软件和应用软件两大类。故本题答案选择 D。

（12）【答案】C【解析】衡量计算机性能的主要技术指标有：字长、内存容量、存取周期、运算速度、主频。因此本题的答案为 C。

（13）【答案】B【解析】在计算机内部为了能够区分是汉字还是 ASCII 码，将国标码每个字节的最高位由 0 变为 1（也就是说机内码的每个字节都大于 128），变换后的国标码称为汉字的内码。本题的答案为 B。

（14）【答案】C【解析】扫描仪在计算机的外设中属于输入设备。

（15）【答案】A【解析】程序语言处理系统是系统软件，故 B 不正确；CPU 只能直接处理内存储器中的数据，故 C 不正确；汉字的机内码是为在计算机内部对汉字进行存储、处理和传输而编制的汉字代码，汉字输入计算机后必须转换为内码才能在计算机内处理，而汉字的国标码是用于汉字信息处理系统之间或者与通信系统之间进行信息交换的汉字代码，故 D 不正确。正确答案为 A。

（16）【答案】B【解析】计算机根据性能分类时，字长、存储容量、运算速度、外部设备、允许同时使用一台计算机的用户多少以及价格高低是主要的指标。认为体积越大，重量越大，计算机的性能就越高的想法是错误的，体积、重量与计算机性能之间并不存在绝对的关系，因此它们绝不能作为评价计算机性能高低的指标。主机的颜色更是与计算机性能毫无关系。因此，本题答案选择 B。

（17）【答案】B【解析】除 exe 或.com 文件外，计算机病毒还可以感染 Microsoft Word 文档（.doc）和模板文件（.dot），选项 A 叙述有误。计算机病毒是一段程序，因此它的传播可以通过读写 U 盘、光盘或 Internet 网络进行，而不能通过电力网。它不同于生物病毒，不是因为 U 盘不清洁而造成的，所以选项 C 和 D 叙述有误。本题的答案为 B。

（18）【答案】D【解析】有线网络中，铺设和检查电缆费时费力，不容易完成，如果重新布局，则需要重新安装网络线路，维护费用高，难度大。无线网络相对而言组网安装简单，维护方便。4 个选项中只有选项 D 的叙述是正确的。

（19）【答案】B【解析】IP 地址由 32 个二进制位表示，分为均等的 4 段，每段为一个 8 位的二进制数。一般用 4 个十进制数表示，每个十进制数的取值范围为 0～255。选项 B 中的第 1 个数 256 超出了表示范围，因此选项 B 是错误的。

（20）【答案】D【解析】URL 的格式一般为 Protocol://hostname:port/path/file。"http://"后面紧跟的到下一个"/"为止的内容"www.cctv.com"为主机域名（或 IP 地址）。所以选项 D 正确。

二、Windows 基本操作题

1.【答案】打开 HUOW 文件夹，在空白处右击，选择"新建"|"文本文档"命令，输入名称 DBP8.TXT。鼠标右键单击该文件，选择"属性"选项，选中"只读"复选框。单击"确定"按钮。

2.【答案】启动资源管理器。打开 JPNEQ 文件夹，鼠标右键单击文件 AEPH.SA，按快捷键<Ctrl+C>，打开 MAXD 文件夹，按快捷键<Ctrl+V>。鼠标右键单击该文件，选择"重命名"命令，输入名称 MAHF.BAK 并按<Enter>键。

3.【答案】启动资源管理器。在 MPEG 文件夹中，鼠标右键拖动 DEVAL.EXE，放到该文件夹的空白处，选择"在当前位置创建快捷方式"。

4.【答案】启动资源管理器。打开 ERPO 文件夹，选中 SGACYL.TT 文件，按快捷键<Ctrl+X>，返回 XXY 文件夹，按快捷键<Ctrl+V>，右击该文件，选择"重命名"命令，输入名称 ADMICR.DAT 并按<Enter>键。

5.【答案】启动资源管理器。在要搜索的文件夹中，选择"查看"|"详细信息"，单击"名称"列，按照名称排序，找到文件名 ANEMP.FOR，按<Del>键。单击"是"按钮确认删除。

三、文字录入

【答案】略

四、Word 操作题

1.【答案】打开文档 WDA091.doc。

（1）选择"编辑"|"替换"命令，在"查找内容"文本框中输入"通讯"，在"替换为"文本框中输入"通信"，单击"全部替换"按钮。选中标题，选择"格式"|"字体"命令，设置"中文字体"为"黑体"，"字号"为"小二"，"字体颜色"为蓝色，"下划线"为波浪线，在"效果"选项组中选择"空心"复选框；单击"格式"工具栏中的"居中"按钮 ；选择"格式"|"边框和底纹"命令，在"底纹"选项卡中选择"填充"颜色为"黄色"，"应用范围"为"文字"。

（2）选中正文，在"格式"工具栏中设置字体为"楷体_GB2312"，字号为"四号"。选择"格式"|"段落"命令，设置"特殊格式"为"首行缩进"，"度量值"为"0.85 厘米"，"行距"为"多倍行距"，"设置值"为 1.1。选中第二段 107 的个位数 7，选择"格式"|"字体"命令，选择"上标"复选框；选中变为上标的 7，单击"格式刷"按钮，在第二个 107 的个位数 7 上拖动鼠标。

（3）选中正文第二段，选择"格式"|"分栏"命令，设置"栏数"为 2，"栏间距"为"0.6 厘米"，选中"栏宽相等"复选框。选择"插入"|"页码"命令，设置"位置"为"页面底端（页脚）"，"对齐方式"为"居中"。单击"保存"按钮。

2.【答案】打开文档 WDA092.doc。

（1）将光标置于"基本工资"的"平均值"单元格中，选择"表格"|"公式"命令，在"粘贴函数"下拉列表中选择 AVERAGE，在"公式"文本框中的公式为=AVERAGE(ABOVE)，以此类推，计算其他单元格的平均值。

（2）选中表格，单击"居中"按钮，单击"中部居中"按钮；鼠标右键单击选择"表格属性"选项，在"行"选项卡中设置"指定高度"为"18 磅"，在"列"选项卡中设置"指定宽度"为"2.5 厘米"；在"表格和边框"工具栏中选择线型为双窄线，粗细为 1.5 磅，边框颜色为"蓝色"，单击"外部框线"按钮，选择线型为单实线，粗细为 0.75 磅，单击"内部框线"按钮。单击"保存"按钮。

五、Excel 操作题

1.【答案】（1）打开工作簿文件。选择 A1: E1，单击"合并及居中"按钮。单击<F3>键，单击"自动求和"按钮的下拉箭头，选择"平均值"，范围选择 E3:E12。在 G5~G7 单元格中分别输入"=COUNTIF(D3:D12,D11)"、"=COUNTIF(D3:D12,D3)"、"=COUNTIF(D3:D12,D9)"。选择 F4:G7 单元格，选择"格式"|"自动套用格式"，选择"会计 2"。（2）选择"职称"和"人数"列，选择图表向导按钮，选择"柱形图"、"簇状柱形图"，单击"下一步"，单击"下一步"，标题输入"销售情况统计"，选择"图例"选项卡，取消"显示图例"复选框的选择，单击"完成"。调整图表大小移动到 A14:E24。双击工作表名 Sheet1，输入"人员情况统计表"。按<Ctrl+S>键。

2.【答案】打开工作簿。选择"数据"|"筛选"|"自动筛选"命令，在"月份"中选择"自定义"，设置月份"等于"、"1"、"或""等于"、"2"。单击"确定"按钮。在"销售量排名"中选择"自定义"，设置销售量排名"小于或等于"、"20"。选择"数据"|"排序"，设置主要关键字"销售量排名"、"升序"，次要关键字"出版部门"、"升序"。按<Ctrl+S>键。

六、PowerPoint 操作题

1.【答案】打开演示文稿。右键单击幻灯片，选择"新幻灯片"，将其拖放到第 1 张幻灯片的位置。主标题处

输入"桃花扇",副标题输入"孔尚任"。选择第 2 张,鼠标右键单击,选择"幻灯片版式",选择版式中的"垂直排列标题与文本"。选择第 3 张,选择版式为"标题和竖排文本"。单击最后一张幻灯片,拖放到第 2 张的位置。单击图片,选择任务窗格标题栏中的"自定义动画",选择"添加效果"|"进入"|"棋盘",速度设置"快速",方向设置"下"。选择"视图"|"母版"|"幻灯片母版",在两个母版的日期区域都输入"2008 年 10 月",页脚区都输入"桃花扇赏析"。单击"关闭幻灯片母版"视图。

2. 鼠标右键单击幻灯片,选择"幻灯片切换"。选择"纵向棋盘式",选择"应用于所有幻灯片"。鼠标右键单击幻灯片,选择"幻灯片设计",选择"诗情画意.pot"。

七、网络应用题

【答案】打开 Outlook Express 软件。选择"工具"|"发送和接收"|"接收全部邮件"命令。单击"收件箱"图标，选择"文件"|"文件夹"|"新建"命令,选择"收件箱",输入文件夹名称 wentidy；在邮件列表中选择发件人为 yhuo 的邮件,拖动邮件到新建文件夹 wentidy 中。

第 5 套全真模拟试卷

(考试时间 90 分钟,满分 100 分)

一、选择题(每小题 1 分,共 20 分)

下列各题 A)、B)、C)、D) 四个选项中,只有一个选项是正确的,请将正确选项涂写在答题卡相应的位置上,答在试卷上不得分。

(1) 第一台电子计算机使用的逻辑部件是(   )。

    A) 集成电路   B) 大规模集成电路   C) 晶体管   D) 电子管

(2) 每秒钟完成基本加法指令的数目用来表示计算机的(   )。

    A) 内存的多少   B) 运算速度

    C) CPU 主频   D) 内存速度的快慢

(3) 计算机在实现工业生产自动化方面的应用属于(   )。

    A) 实时监控   B) 人工智能   C) 数据处理   D) 数值计算

(4) 按照性能,可以将计算机分为哪些类?(   )

    A) 超级计算机、大型计算机、小型计算机、微型计算机

    B) 电子管、晶体管、集成电路、大规模集成电路、超大规模成电路

    C) 单片机、单板机、多芯片机、多板机

    D) 286 机、386 机、486 机、Pentium 机

(5) 在计算机内部用来传送、存储、加工处理的数据或指令都是以(   )形式进行的。

    A) 二进制码   B) 拼音简码   C) 八进制码   D) 五笔字型码

(6) 二进制数 1111011111 转换成十进制数为(   )。

    A) 990   B) 899   C) 995   D) 991

(7) 与点阵字形相比,轮廓字形的优点在于(   )。

    A) 字形精度高   B) 不需要复杂的数学运算处理

    C) 不能任意缩放   D) 会产生锯齿

(8) 目前流行的高级语言源程序必须翻译成为目标程序后才能执行,完成此翻译过程的程序是(   )。

    A) 汇编程序   B) 编辑程序   C) 解释程序   D) 编译程序

(9) 如果操作系统使得每个用户可以在各自的终端上以交互的方式控制作业运行,则这种操作系统是(   )。

A）单用户操作系统　　　　　　　　　　B）批处理操作系统

C）分时操作系统　　　　　　　　　　　D）实时操作系统

（10）下列叙述中，正确的是（　　）。

A）字节通常用英文单词 bit 来表示

B）目前广泛使用的 Pentium 机器字长为 5 个字节

C）计算机存储器中将 8 个相邻的二进制位作为一个单位，这种单位称为字节

D）微型计算机的字长并不一定是字节的整数倍

（11）闪存内部是一块（　　）。

A）Flash 存储器　　B）软盘　　　　　　C）硬盘　　　　　　　D）DRAM

（12）中国台湾、香港等地区使用的繁体汉字的编码标准为（　　）码。

A）Unicode　　　　B）UCS　　　　　　C）BIG5　　　　　　D）GBK

（13）下列四种设备中，属于计算机输入设备的是（　　）。

A）UPS　　　　　　B）服务器　　　　　C）绘图仪　　　　　D）鼠标

（14）在具有多媒体功能的微型计算机中，常用的 CD-ROM 是（　　）。

A）只读型软盘　　　B）只读型硬盘　　　C）只读型光盘　　　D）只读型半导体存储器

（15）设汉字点阵为 32×32，那么 100 个汉字的字形状信息所占用的字节数是（　　）。

A）12800　　　　　B）3200　　　　　　C）32×3200　　　　D）128K

（16）微处理器按其字长可以分为（　　）。

A）4 位、8 位、16 位　　　　　　　　　B）8 位、16 位、32 位、64 位

C）4 位、8 位、16 位、24 位　　　　　　D）8 位、16 位、24 位

（17）以下关于优盘的叙述中，不正确的是（　　）。

A）断电后数据不丢失，而且重量轻、体积小，一般只有拇指大小

B）通过计算机的 USB 接口即插即用，使用方便

C）不能用优盘替代软驱启动系统

D）没有机械读／写装置，避免了移动硬盘容易碰伤、跌落等原因造成的损坏

（18）Internet 提供的服务有很多，（　　）表示电子公告。

A）E-mail　　　　　B）FTP　　　　　　C）WWW　　　　　D）BBS

（19）根据域名代码规定，域名中的（　　）表示政府部门网站。

A）.net　　　　　　B）.com　　　　　　C）.gov　　　　　　D）.org

（20）有关使用 FTP 下载文件，下列说法中，错误的是（　　）。

A）FTP 是文件传输协议　　　　　　　　B）登录 FTP 不需要账户和密码

C）可以使用专用的 FTP 客户端下载文件　D）FTP 使用客户／服务器模式工作

二、Windows 基本操作题（10 分）

1. 将文件夹下 HOMEWORK 文件夹中的 MATHE.TXT 文件移动到文件夹下 COUNT 文件夹中。

2. 在文件夹下创建文件夹 CARD，并设置属性为只读。

3. 将文件夹下 COUNTRY 文件夹中的 JAPAN.BAS 文件复制到文件夹下 FRANCE 文件夹中。

4. 将文件夹下 PARK 文件夹中的 GAT.PAR 文件删除。

5. 为文件夹下 SCHOOL 文件夹中的 CLASSDAY.EXE 文件建立名为 CLASSDAY 的快捷方式，并存放在文件夹下，并将文件 CLASSDAT.EXE 改名为 NEXT.WRI。

三、文字录入（10 分）

若 XML 文件格式不正确，Word 会显示一条消息。在消息对话框中，单击"详细信息"可阅读 XML 错误信息，再在文本编辑器中打开该文件以修改错误，然后尝试在 Word 重新打开文件。如果正在 Word 中编辑文件并希望仅保存 XML 数据（放弃 Word XML 架构），当格式不正确时请不要保存文档。如，在"XML 结构"任务窗格中，请检查以确认只定义了一个文档根元素。

四、Word 操作题（25 分）

1. 在指定文件夹下打开文档 WDA081.DOC，其内容如下：

【文档开始】

冻豆腐为什么会有许多小孔？

你可知道水有一个特性：它在 4℃时的体积最小，到 0℃结冰，体积反而要变大，而且比常温时水的体积还要大些。

豆腐里通常有很多水分，这些水好像装在无数的豆腐小容器中。这些微小的豆腐容器有的连通，有的闭和，各个微小的豆腐容器的大小和水分的分布是不规则的。

等到冰融化时，被挤压的豆腐网络不再复原，因此冻豆腐就有了许多小孔。

当豆腐冷到 0℃以下时，豆腐里的水就要结冰。水一结冰，体积变大，各个微小的豆腐容器的器壁就受到挤压，最后整块豆腐压缩成网络形状。

【文档结束】

按照要求完成下列操作。

（1）将标题段（"冻豆腐为什么会有许多小孔？"）设置为小二号红色阴影黑体，加下划线（单线），居中并添加蓝色底纹。

（2）将正文第四段文字（"当豆腐冷到……压缩成网络形状。"）移至第三段文字（"等到冰融化时……许多小孔。"）之前，并将两段合并；正文各段文字（"你可知道……许多小孔。"）设置为小四号宋体；各段落左、右各缩进 0.6 厘米，悬挂缩进 0.4 厘米，行距设置为 2 倍行距。

（3）将文档页面的纸型设置为"16 开（18.4×26 厘米）"，左、右边界各为 3 厘米；在页面底端（页脚）以右对齐方式插入页码，并将初始页码设置为 3；以原文件名保存文档。

2. 在指定文件夹下打开文档 WDA082.DOC，其内容如下：

【文档开始】

2001 年 11 月 4 日外汇牌价

货币名称	现汇买入价	现钞买入价	卖出价
美元	826.4500	807.0000	828.9300
日元	6.7724	6.6164	6.7996
港币	105.9600	103.4600	106.2700
德国马克	381.3500	372.3400	382.4600
英镑	1208.9000	1181.0400	1213.7500

【文档结束】

按照要求完成下列操作。

（1）将表题段（"2001 年 11 月 4 日外汇牌价"）设置为小四号红色宋体，居中；在"外汇牌价"一词后插入脚注"据中国银行提供的数据"；将文中后 6 行文字转换为一个 6 行 4 列的表格，表格居中，并按"卖出价"列降序排列表格内容。

（2）设置表格列宽为 2.5 厘米、表格线宽为 0.75 磅蓝色单实线；表格中所有文字设置为小五号宋体，表格第 1

行文字水平居中，其余各行文字中第 1 列文字两端对齐，其余列文字右对齐；最后以原文件名保存文档。

五、Excel 操作题（15 分）

1. 在考生文件夹下打开"期中成绩.XLS 文件：（1）将 sheet1 工作表的 A1：F1 单元格合并为一个单元格，内容水平居中；计算"总分"列的内容，按总分的递减次序计算"排名"列的内容（利用 RANK 函数，升序）；将 A2:F10 数据区域设置为自动套用格式"古典 1"。（2）选取"学号"列（A2:A10）和"总分"列（E2:E10）数据区域的内容建立"簇状条形图"（系列产生在"列"），图表标题为"总分统计图"，清除图例；设置 X 坐标轴格式主要刻度单位为 2；将图插入到表的 A12：G26 单元格区域内，将工作表命名为"期中成绩统计表"，原名保存文件。

2. 打开工作簿文件"图书销售.XLS"，利用筛选，显示第 1 编辑室考试类图书销售排名在前 15 的记录，原名保存工作簿。

六、PowerPoint 操作题（10 分）

打开指定文件夹下的演示文稿"供水.ppt"（如下图），按下列要求完成对此文稿的修饰并保存。

分质供水 离我们有多远	分质供水 • 随着社会的日益发展，人们的生活标准越来越高，许多城市家庭用上了纯净水，无须处理即可直接引用。	要赶上欧美国家的标准，还需要很长一段时间 • 北京自来水水质检测中心高先生也喝生水，他们家孩子也喝，他说没有什么顾虑。北京的水处理得很好，一出来就肯定符合国家饮用水的标准。 • 同样是达标，但我们和其他国家达到的标准也不一样。水环境研究所宋主任向连城说，我国的水质不如欧美国家的水质好。……

1. 将第一张幻灯片中的标题设置为 54 磅、加粗；将第二张幻灯片版面改变为"垂直排列标题与文本"，然后将第二张幻灯片的备注区输入"最近上海十几个新建小区用上了分质供水。"，将此幻灯片移动为演示文稿的第三张幻灯片；将所有幻灯片的背景纹理设置为"水滴"。新建一张幻灯片，作为最后一张幻灯片，版式选择"标题和内容"，插入剪贴画"buildings, homes, houses, lakes"，标题输入"美苑花园"。剪贴画的动画效果设置为"进入"、"旋转"、"水平"、"慢速"。

2. 将全部幻灯片的切换效果设置为"中央向上下展开"，放映方式为"演讲者放映"。

七、网络应用题（10 分）

接收并阅读由 Server@baifen100.com 发来的 E-mail，回复邮件，邮件内容为："E-mail 地址已收到。"

第 5 套全真模拟试卷答案及解析

一、选择题

(1)【答案】D【解析】第一台电子计算机使用的逻辑部件是电子管。本题答案选 D。

(2)【答案】B【解析】一般以每秒钟完成基本加法指令的数目来表示计算机的运算速度。因此答案为 B。

(3)【答案】A【解析】计算机在实现工业生产自动化方面的应用属于实时监控。

(4)【答案】A【解析】选项 B 是计算机发展的几个阶段；选项 C 是按结构对微型计算机的分类结果。选项 D 是按照 CPU 芯片对微型计算机的分类结果。正确答案为选项 A。

(5)【答案】A【解析】二进制位是构成存储器的最小单位，在计算机内部用来传送、存储、加工处理的数据或指令都是以二进制码的形式进行的。故正确答案为 A。

(6)【答案】D【解析】二进制数 1111011111 按权展开后，转换成十进制数后的结果是 991。故本题答案选择 D。

(7)【答案】A【解析】轮廓字形比点阵字形复杂，一个汉字中笔画的轮廓可用一组曲线来勾画，它采用数学方法来描述每个汉字的轮廓曲线。这种方法的优点是字形精度高，且可以任意放大、缩小而不产生锯齿现象；缺点是输出之前必须经过复杂的数学运算处理。因此，正确答案选择 A。

(8)【答案】D【解析】计算机是不能直接识别和执行高级语言源程序的，要用翻译的方法把高级语言源程序翻译成等价的机器语言程序（称为目标程序）才能执行。完成此翻译过程的程序是编译程序。

(9)【答案】C【解析】单用户操作系统的主要特征是计算机系统内一次只能支持运行一个用户程序，批处理操作系统可以让多个程序或多个作业同时存在和运行，分时操作系统可以在一台计算机周围挂上若干台近程或远程终端，每个用户可以在各自的终端上以交互的方式控制作业运行，实时操作系统适合有响应时间要求的快速处理过程。因此，正确答案选择 C。

(10)【答案】C【解析】字节通常用 Byte 表示，目前广泛使用的 Pentium 机其字长为 4 个字节，且字长必须是字节的整数倍，故正确答案为 C。

(11)【答案】A【解析】闪存内部是一块 Flash 存储器，故正确答案为 A。

(12)【答案】C【解析】BIG5 是中国台湾、香港地区普遍使用的一种繁体汉字的编码标准。

(13)【答案】D【解析】凡是可以向计算机输入信息的设备均可作为输入设备。本题答案为 D。

(14)【答案】C【解析】CD-ROM 是只读型光盘，只能读取无法写入。

(15)【答案】A 【解析】1 个 32×32 点阵的汉字字模需要 32×32/8=128 字节存储空间。100 个这样的汉字字模需要 100×128=12800 字节。因此本题的答案为 A。

(16)【答案】B【解析】微处理器按其字长可分为 8 位、16 位、32 位、64 位。因此本题的答案为 B。

(17)【答案】C【解析】USB 优盘利用闪存在断电后还能保持存储数据而不丢失的特点而制成，非常适合复制文件及数据交换等应用。由于闪存盘没有机械读 / 写装置，避免了移动硬盘容易碰伤、跌落等原因造成的损坏。其优点是重量轻、体积小，一般只有拇指大小，15~30g 重；通过计算机的 USB 接口即插即用，使用方便；容量有从 1GB 到 32GB 不等。优盘有基本型、增强型和加密型三种。基本型只提供一般的读写功能；增强型是在基本型上增加了系统启动等功能，可以替代软驱启动系统；保密型提供文件加密和密码保护功能。选项 C 叙述错误，因此本题的答案为 C。

(18)【答案】D【解析】BBS 表示电子公告，E-mail 表示电子邮件，FTP 指文件传输，WWW 则指万维网交互式信息浏览。故正确答案为 D。

(19)【答案】C【解析】".net" 代表主要网络支持中心网站；".com" 代表商业机构；".gov" 代表政府机构；".org" 代表非赢利组织。所以选项 C 正确。

(20)【答案】B【解析】在 FTP 服务器程序允许客户进入 FTP 站点并下载文件前，必须使用一个 FTP 账号和密码进行登录，一般专有的 FTP 站点只允许使用特许的账号和密码登录。还有一些 FTP 站点允许任何人进入，但客户也必须输入账号和密码，这种情况下，使用 anonymous 作为账号，客户电子邮件地址作为密码。选项 B 说法错误，为本题正确答案。

二、Windows 基本操作题

1.【答案】启动资源管理器。打开 HOMEWORK 文件夹，鼠标右键单击文件 MATHE.TXT，选择"剪切"命令，打开 COUNT 文件夹，鼠标右键单击，选择"粘贴"命令。

2.【答案】启动资源管理器。在文件夹中的空白处鼠标右键单击，选择"新建"|"文件夹"选项，输入名称 CARD 并按<Enter>键，鼠标右键单击该文件，选择"属性"选项，选中"只读"复选框。单击"确定"按钮。

3.【答案】启动资源管理器。打开 COUNTRY 文件夹，鼠标右键单击文件 JAPAN.BAS，选择"复制"命令，右键单击 FRANCE 文件夹，选择"粘贴"命令。

4.【答案】启动资源管理器。打开 PARK 文件夹，选中 GAT.PAR 文件，按<Del>键。单击"是"按钮确认删除。

5.【答案】启动资源管理器。在 SCHOOL 文件夹中，鼠标右键拖动 CLASSDAY.EXE 放到该文件夹的空白处，选择"在当前位置创建快捷方式"选项。鼠标右键单击文件 CLASSDAT.EXE，选择"重命名"选项，输入名称 NEXT.WRI 并按<Enter>键。

三、文字录入

【答案】略

四、Word 操作题

1.【答案】打开文档 WDA081.DOC。

（1）选中标题，选择"格式"|"字体"命令，设置"中文字体"为"黑体"，"字号"为"小二"，"字体颜色"为红色，"下划线"为单线，在"效果"选项组中选择"阴影"复选框；在"格式"工具栏中单击"居中"按钮；选择"格式"|"边框和底纹"命令，在"底纹"选项卡中选择"填充"颜色为"蓝色"，"应用范围"为"文字"。

（2）选中第四段文字，按住鼠标左建拖拽至第三段之前，删除原第四段文字的回车符；选中正文，设置字体为"宋体"，字号为"小四"；选择"格式"|"段落"命令，在"左"、"右"文本框中分别输入"0.6 厘米"，设置"特殊格式"为"悬挂缩进"，"度量值"为"0.4 厘米"，行距为"2 倍行距"。

（3）选择"文件"|"页面设置"命令，在"纸型"选项卡中设置"纸型"为"16 开（18.4×26 厘米）"，在"页边距"选项卡中分别设置"左"、"右"边界为"3 厘米"；选择"插入"|"页码"命令，设置"位置"为"页面底端（页脚）"，"对齐方式"为"右侧"，单击"格式"按钮，选择"起始页码"单选按钮，在后面的文本框中输入 3。单击"保存"按钮。

2.【答案】打开文档 WDA082.DOC。

（1）选中表题，在"格式"工具栏中设置字体为"宋体"，字号为"小四"，字体颜色为"红色"，单击"居中"按钮；选择"插入"|"脚注和尾注"命令，选中"脚注"单选按钮，输入文字"据中国银行提供的数据"，在文档任意处单击；选中表格数据，选择"表格"|"转换"|"文字转换成表格"命令，设置"列数"为4，选中"制表符"单选按钮；选中表格，单击"居中"按钮；选择"表格"|"排序"命令，选中"有标题行"单选按钮，选择"排序依据"为"卖出价"，选中"递减"单选按钮。

（2）选中表格并鼠标右键单击，选择"表格属性"选项，在"列"选项卡中设置"指定宽度"为"2.5 厘米"；在"表格和边框"工具栏中选择线型为单实线，粗细为 0.75 磅，边框颜色为蓝色，单击"所有框线"按钮；在"格式"工具栏中设置字体为"宋体"，字号为"小五"；选中表格第一行，单击"居中"按钮，选中表格除第一行外的第一列，单击"两端对齐"按钮，选中表格除第一行第一列外的其他单元格，单击"右对齐"按钮。

五、Excel 操作题

1.（1）【答案】打开工作簿文件。选择 A1 : F1 单元格，单击"合并及居中"按钮。选择 E3:E10，单击"自动求和"按钮并按<Enter>键。F3 单元格输入"=RANK(E3,$E$3:$E$10)"，将此公式复制到 F4:F10。选择 A2:F10，选择"格式"|"自动套用格式"，选择"古典 1"，单击"确定"按钮。（2）选择"学号"和"总分"列，单击"图表向导"按钮，选择"条形图"、"簇状条形图"，单击"下一步"，再单击"下一步"按钮，标题输入"总分统计图"，选择"图例"选项卡，取消"显示图例"复选框的选择，单击"完成"。鼠标右键单击 X 坐标轴，选择"坐标轴格式"，输入主要刻度单位为 2，调整图表大小移动到 A12:G26。双击工作表标签，输入"期中成绩统计表"。Ctrl+S。

（2）【答案】打开工作簿文件。选择"数据"|"筛选"|"自动筛选"命令，在"出版部门"中选择"第 1 编辑室"，类别中选择"考试类"，排名中选择"自定义"，设置"小于或等于"、"15"，单击"确定"按钮。

按<Ctrl+S>键。

六、PowerPoint 操作题

1.【答案】打开演示文稿。选中第一张幻灯片的标题，设置字号为 54，单击"加粗"按钮，在第二张幻灯片中鼠标右键单击，选择"幻灯片版式"命令，选择"垂直排列标题与文本"，第二张幻灯片的备注区输入"最近上海十几个新建小区用上了分质供水。"；拖拽第二张幻灯片到第三张幻灯片后；在第一张幻灯片中鼠标右键单击，选择"背景"命令，选择"填充效果"选项，在"纹理"选项卡中选择"水滴"，单击"全部应用"按钮。在最后一张幻灯片中右击，选择"新幻灯片"，选择"标题和内容"版式。在标题区输入"美美苑花园"，在内容区域单击"插入剪贴画"，在"搜索"区域输入"buildings"，找到并双击"buildings, homes, houses, lakes"。鼠标右键单击插入的剪贴画，选择"自定义动画"，选择"添加效果"|"进入"|"旋转"，方向选择"水平"，速度选择"慢速"。

2.【答案】鼠标右键单击幻灯片，选择|"幻灯片切换"命令，选择"中央向上下展开"选项，单击"应用于全部幻灯片"按钮。按<Ctrl+S>键。

七、网络应用题

【答案】打开 Outlook Express 软件。选择"工具"|"发送和接收"|"接收全部邮件"命令。单击"收件箱"图标，选择发件人为 Server 的邮件，单击"答复"按钮，在信体部分输入"E-mail 地址已收到。"，单击"发送"按钮。

第 8 章

应试策略

8.1 MS Office 考试概述

一级 MS Office 完全是上机操作，对于考生而言，在复习中要以提高实际操作能力为重点。按照新考纲，上机考试共有 7 类操作。即选择题、汉字录入、Windows 基本操作、Word 操作、Excel 操作、PowerPoint 操作以及因特网操作。一级 MS Office 上机考试时间定为 90 分钟。

操作系统使用 Windows XP，Office 使用 Office 2003 版本。

1. 选择题

在新大纲中，有关计算机和计算机网络的基础知识相对经典和固定，在选择题中占 20 分。考生复习时应当以记忆名词、概念为主，并理解基本原理，能够灵活运用，比如有关进制的转换。

2. 汉字录入题

考生进入汉字录入屏幕后，系统给出一篇短文，在该短文的下方空出一行进行汉字输入，输入的文字与原文是上下对齐的，多或少一个字符都不行。

需要提醒考生的是，考试过程中可以打开多个任务，而所有键盘输入都是针对当前活动窗口的光标位置。可以用鼠标改变当前活动窗口及光标位置。

汉字录入占 10 分，要求在 10 分钟之内录入 150 个汉字。汉字录入系统自动计时，到时间后自动存盘退出，此时考生不能再继续进行汉字录入考试。

3. Windows 基本操作题

操作系统的功能和使用是重点内容之一。这部分内容的复习应当建立在熟练操作的基础上。复习时，应当边操作、边学习、边记忆，同时通过本书例题和讲解，熟悉考题类型，反复巩固加深印象。

基本操作部分一般有 5 道 Windows 操作题（占 10 分），包括文件（或文件夹）的创建、复制、移动、更名、属性设置、删除以及创建快捷方式等。这一部分题不限操作方式。要顺利完成这一部分试题的操作，必须熟练掌握"资源管理器"和"我的电脑"的使用方法。

做这部分题时要注意操作技巧：在不影响答题操作前提下，将资源管理器的窗口尽可能缩小一些，避免使用最大化，将考试系统窗口和资源管理器窗口平铺到桌面上，目的是用资源管理器做题时，能够看到试题窗口内的试题要求，防止做题时在资源管理器窗口和考试系统窗口之间来回切换，影响答题速度。

4. Office 操作题

当考生进入试题中的"Word 操作题"、"Excel 操作题"或"PowerPoint 操作题"时，上机考试系统将自动启动相应软件，考生可根据试题内容要求进行考试。

做好这部分题的关键是灵活使用相应软件的各项功能。对于一级考试，内容不会涉及太深，工具栏的常用按钮和菜单栏的各项功能基本上能满足要求。做这部分题时也要注意软件窗口不要覆盖考试系统窗口，否则来回切换窗口很费时。

一定要注意的是，要按照题目要求进行保存文件的操作，否则，即便完全做对了，如果没有保存，也不会得分。因为判断分数是根据结果文件来确定的，不是根据过程。

Word 操作题占 25 分，Excel 操作题占 15 分，PowerPoint 操作题占 10 分。

5. 因特网操作题

因特网操作题包括两个内容：Internet 的拨号连接、浏览器（IE）的简单使用和电子邮件（E-mail）收发。只要掌握基本方法就足以应付考试了。

8.2 复习准备

1. 善于总结

在计算机等级考试中，使用考试系统从题库随机抽取考题，也就是说在一个考场中，每个人的考试题目都可能不相同，但是，从总体上来看，考试题目的类型基本上是不变的，所以就要求考生在复习过程中，要善于对平时遇到的练习题目以及模拟试题进行分析总结，找出常见的考点并认真掌握。

2. 心理素质

良好的心理素质能促进考生在考试时正常发挥或者超常发挥。但有些考生在做题时觉得自己没有读懂，就放弃了考试，这是考试中最忌讳的坏习惯。应当会做一点就做一点，就有得分的希望。如果轻易放弃，某种程度上也就等于减小了通过考试的希望。

3. 复习方法

考生不能通过一级考试的主要原因有两点：对考试环境不熟悉，平时上机操作太少；对上机考试的形式不习惯，临场紧张，导致现场操作失误经常发生。所以复习中，要特别注意多做实际操作练习。

考试之前试着自己独立做一些模拟题。如果在规定的时间内做完，并且每套题的得分均高于75 分，可以肯定地说，已经能够通过考试了。冷静地进入考场，不要失常就可以过关。

如果发现有的题做错了或有的题不会做，再反复看与这些题目有关的知识，直到真正明白为止，这样也能很快过关。

当然，如果做完后平均得分不到 60 分，就说明对于要求掌握的知识没有完全掌握。一般来说，在考试中比较难过关，就必须再加把劲。

4. 复习捷径

很多人的学习习惯可能是：先进行系统的知识学习，再做应考的准备，最后参加考试。应该说，要全面系统地掌握一种知识，的确应当遵循这样的步骤。但是，如果我们的目的是想花尽量短的时间，来迅速有成效地"通过"计算机等级考试，就应当调整学习方法。实际上，计算机等级考试，尤其是一级的考试是有很大的"空子"可钻。主要体现在：题目的类型化。具体来说，一级中题目是有固定类型的，而且其类型不多，考生完全可以在考前事先熟悉这些题型。

如 Windows 操作题基本上就只有文件（或文件夹）的创建、复制、移动、更名、属性设置、删除等这几个类型，考生只要做过一次（一两套）模拟练习，Windows 操作题就基本掌握了，也就是说，与其花大量时间全面复习 Windows，从而掌握这几个操作，不如直接先做个练习，不会的查书或请教别人。后者的效率是前者的几十倍。

其他操作题也是这样，只有有限的几种类型，正确高效的复习方法，应当是通过题目学习操作方法。

5. 熟悉考场环境

要熟悉考试场地及环境，尤其要熟悉考场的硬件情况和所使用的相关软件的情况，如熟悉考场使用的计算机，开机，进入考试系统，以免临场影响情绪。对于考场键盘，应想办法增加练习机会，尽可能使不舒适感减少。否则考试时不仅影响速度，更影响情绪。

不要错过参加模拟考试的机会。考点在正式考试前，会给考生提供一次模拟上机的机会，并且一般会有指导老师回答考生的疑问。模拟上机除考题只有一套，并且可以提问外，其他与正式考试完全一样。模拟考试时重点不应放在把题做出来，而是放在熟悉考试环境，相应软件的使用方法，考试系统的使用技巧等方面。考生应多向指导教师请教技巧。这些在正式考试时是没有机会的。

8.3 考试秘籍

1. 深刻领会"要素评分法"

考试系统是操作题的要求，提取一些要素进行评分。比如要求建立的文件夹已经建立，考试系统就会给相应的分数；再比如题目要求在某文件中的某些字符要设为某种格式，如果该字符格式正确，则考试系统就会给相应的分数。因此，在可能的情况下，应当把自己会做的部分都做了。至于具体的操作方法则不拘一格，例如设置格式的要求，可以单击"格式"菜单下的"字体"命令，也可以单击鼠标右键快捷菜单中的"字体"命令来设置字体格式，只要最后的结果正确，系统都将评满分。

2. 重新抽取题目

考试系统的考题由题库随机生成。有的考生抽到难题或者自己不太熟悉的题后，想重新抽简单的题，于是热启动计算机，重新登录，这是不允许的，考试系统只允许考生登录一次。但如果机器意外死机，考生有权让老师重新启动，甚至重新抽取考题。

3. 使用帮助信息

在考试过程中，可以随时使用 Windows 以及 Word、Excel、PowerPoint、IE 等的帮助信息，可以单击"帮助"菜单中的选项，也可以随时按<F1>键调出帮助信息，从中查到需要的内容。但要注意，遇到不会做的题目时应当先跳过去，先做后面容易的题，全部题目做完以后再回过头来查看帮助，将问题一一解决。

4. 不同考场可能有所区别

有些考场要求考生输入准考证号并进行验证以后，进入要求单击按钮开始考试的界面。有些考场给每个考生固定了考试机器，考生无需输入准考证号，直接便可以按提示单击按钮，开始考试并计时。正是因为有这些区别，所以各个考场在考试之前都会为考生安排一次模拟考试，模拟考试所使用的考试环境与该考场正式考试所使用的一样，因此，建议考生参加各个考场正式考试之前的模拟考试。

5. 考试无法正常进行

在上机考试期间，若遇到死机等意外情况（即无法正常进行考试），可进行二次登录，当系统接受考生的准考证号，并显示出姓名和身份证号，考生确认是否相符，一旦考生确认，则系统给出提示。此时，要由考场的老师来输入密码，然后才能重新进入考试系统，进行答题。如果考试过程中出现故障，如死机等，则可以对考试进行延时，让考场老师输入延时密码即可延时 5 分钟。

6. 按要求存盘

一定要按考试要求的各种文件名调用和处置文件，千万不可搞错。要将结果文件保存在系统要求的文件夹中，如果保存到其他位置，即便做对了，也不能得分。

对于许多题目，如果是在原有文件的基础上作题，那么最后要注意通常是以原名保存，按<Ctrl+S>键即可。如果有题目要求保存在某文件夹下，使用某文件名，则特别注意文件夹和文件名不要写错，否则，即便是一个字母写错，文件都做对了也不能得分。

Office 操作中特别要注意保存文件这个环节，否则不能得分。

7. 等待评分结果

上机考试结束后，考生将被安排到考场外的某个休息场所等待评分结果，考生切忌提早离开，因为考点将马上检查考试结果，如果有数据丢失等原因引起的评分结果为 0 的情况，考点将酌情处理。说不定需要重考一次。如果这时找不到考生，考点只能将其机试成绩记为 0 分。

8.4　上机考试过程

全国计算机等级考试上机考试系统提供了开放式的考试环境，考生可以在 Windows XP 操作系统环境下自由使用各种应用软件系统或工具。它的主要功能是考试项目的执行、上机考试的时间的控制以及试题内容的显示。下面以本书配套光盘的上机考试系统为例来讲解考试过程。考试过程分为登录、看题、做题、退出等几个阶段。

1. 登录过程

① 安装并启动本书配套上机考试系统后，出现初始屏幕界面，如图 8-1 所示。

② 单击"开始登录"按钮，出现登录界面，如图 8-2 所示。

图 8-1　初始屏幕界面　　　　　　　　　　图 8-2　登录界面

③ 输入准考证号等信息，单击"考号验证"按钮，出现"确认"对话框，如图 8-3 所示。

④ 如果正确，则单击"是"按钮，出现如图 8-4 所示的提示考生可进入考试界面。

⑤ 单击"开始考试"按钮，出现抽题界面，从中选择题目编号（正式考试无此界面），确定后出现考试界面，如图 8-5 所示。

　　　　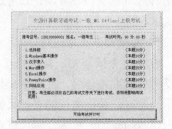

图 8-3　"确认"对话框　　　　图 8-4　进入考试界面　　　　图 8-5　抽题界面

2. 考试过程

① 单击"开始考试并计时"按钮，出现如图 8-6 所示的考题选择界面。

显示/隐藏考试窗口　　　　准考证号　　　　考试时间计时　　　　交卷按钮

屏幕上方显示的窗口

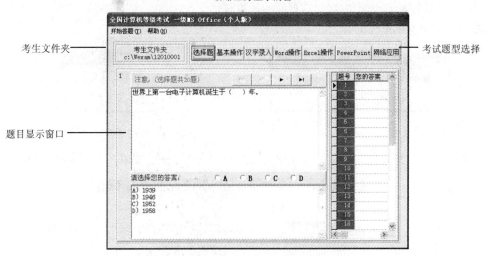

考生文件夹　　　　　　　　　　　　　　　　　　　　考试题型选择

题目显示窗口

图 8-6　考题选择界面

② 屏幕顶部显示考生的准考证号、姓名、考试剩余时间以及可以随时显示或隐藏试题内容查阅工具的按钮和退出考试系统的按钮。单击"隐藏窗口"按钮，屏幕中间的考试窗口就被隐藏，且"隐藏窗口"按钮变成"显示窗口"按钮。

③ 在考试窗口中，可以单击"选择题"、"基本操作"、"汉字录入"等按钮，选择题型，开始答题。图 8-7 是单击"基本操作"按钮之后出现的题目。考生可根据题目要求，启动资源管理器，进行相关的操作。

④ 图 8-8 是单击"开始答题"→"汉字录入"菜单命令之后出现的"汉字录入"题界面，考生可在此输入题目中的汉字。

⑤ 图 8-9 是单击"Excel 操作"按钮之后出现的界面，选择"开始答题"→"Excel 操作题"→01-1.xls，系统会自动启动 Excel，考生按照题目要求答题。有关 Word 操作的过程与此类似。

　图 8-7　基本操作题　　　图 8-8　"汉字录入"题界面　　　图 8-9　"Excel 操作"题界面

3. 交卷

① 考试完成后，单击"交卷"按钮即可。如图 8-10 的右端所示。

显示窗口 120199990001 一级考生 ⏰ 87:47 ✕ 交卷

图 8-10 "交卷"按钮

② 出现"确认"对话框（如图 8-11 所示），单击"是"按钮。

③ 随后出现如图 8-12 所示的询问是否显示分数对话框，注意，这是真实考试环境所没有的，也是本书配套光盘中上机系统的特点。单击"是"按钮。

图 8-11 "确认"对话框　　　　　　　　　　　图 8-12 询问是否显示分数对话框

④ 出现如图 8-13 所示的对话框，在这里可以进行评分、生成答案以及查看题目解析的操作。

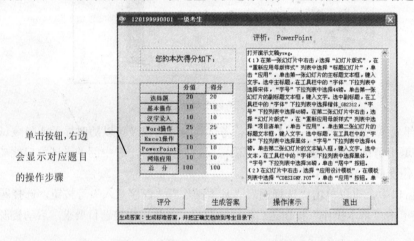

图 8-13 显示分数界面

当上机考试时间到或考试需要提前结束时，如果中文版 Excel 或 Word 等软件正在运行，那么上机考试系统将会提示考生进行人工关闭，直至中文版 Excel 或 Word 等软件结束运行，则上机考试系统才会自行结束运行。